科幻文学群星榜

华语实力科幻作品
群星奖大满贯

Sci-Fi

动物观察者

陈楸帆——著

山东教育出版社

图书在版编目（CIP）数据

动物观察者 / 陈楸帆著 . — 济南 ：山东教育出版社，2021.7
（科幻文学群星榜）
ISBN 978-7-5701-0578-6

Ⅰ . ①动… Ⅱ . ①陈… Ⅲ . ①幻想小说－中国－当代
Ⅳ . ① I247.5

中国版本图书馆 CIP 数据核字（2021）第 062836 号

DONGWU GUANCHA ZHE

动物观察者　　　陈楸帆　著

主管单位：山东出版传媒股份有限公司
出版发行：山东教育出版社
地址：济南市市中区二环南路 2066 号 4 区 1 号　邮编：250003
电话：（0531）82092600　　网址：www.sjs.com.cn
印　　刷：三河市冠宏印刷装订有限公司
版　　次：2021 年 7 月第 1 版
印　　次：2021 年 7 月第 1 次印刷
开　　本：880 mm × 1300 mm　1/32
印　　张：11.5
印　　数：1–10000
字　　数：274 千
定　　价：43.80 元

《科幻文学群星榜》编委会

总序

想象新时代

《科幻文学群星榜》是由中国科普作家协会科幻专业委员会联合其他科幻组织，共同推出的一套科幻书系。这是一个规模庞大的工程，目前来看也是独一无二的工程，基本囊括了中华人民共和国成立以来老中青几代具有代表性的科幻作家的佳作。这些作家以年龄看，最早的是20世纪20年代出生的，最晚的是“90后”。

这套书系的出版，恰逢中华民族实现第一个百年目标——全面建成小康社会。因此，它呈现了百年未有之变局中，中国人对一个崭新时代的想象。随后陆续推出的作品，还将伴随中国迈进基本实现现代化的伟大进程。

科幻文学作为一种年轻的文学品类，本身就是现代化的产物。1818年，世界上第一部科幻小说《弗兰肯斯坦》诞生在第一个实现产业革命的国家——英国。此后科幻文学在法国、美国、日本等工业化国家繁荣起来，进入蓬勃发展的黄金时代。科幻作品反映着科技时代人类社会的变迁和走向，反思当代人类面临的多重困境，力图打破所谓世界末日的预言，最终描绘出一个五彩斑斓、生机勃勃的新未来。

如今，地球上正在发生的最具“科幻色彩”的事件之一，便是中国的崛起。这个进程不仅改变了这个文明古国的命运，也影响着全人类的走向。中国奇迹般地成了拉动世界经济增长的有力引擎。人类历史上首次十亿以上人口的国家将要集体迈入现代化的门槛。中国科幻文学正是中华民族伟大复兴进程的见证者、参与者与推动者。

早在20世纪初，中国的一些有识之士便把科幻作品译介进来，掀起了第一次科幻热潮。它承载起“导中国人群以行进”“改变中国人的梦”的使命。20世纪50-60年代，随着中国自己的工业和科技体系的建立，科幻作家们以满腔热情擘画了一个欣欣向荣的新世界。1978年改革开放后，中国再次向现代化进军，科幻迎来新的勃兴。作家们满怀豪情地书写科学技术为实现现代化、为谋求人民的幸福生活所创造出的神奇美景。进入21世纪，尤其是随着新时代的来临，这个文学门类也进入成长的新阶段。随着《三体》等作品的问世，中国科幻迎来了新一轮热潮。作家们描绘着古老的中华民族在实现全面小康和建成现代化强国的过程中所面临的新机遇、新挑战，谱写着中国走向世界、步入太阳系舞台中央并参与宇宙演化的新篇章。

科幻文学的发展折射着中国国运的巨大变迁。当今，海内外不同领域的人们对中国的科幻文学的空前关注，实际上是关注中国的未来，关注世界第二大经济体将如何持续演进，关注14亿人的创造力将怎样影响乃至重塑这个星球。从现实意义上来说，这套书系不但包含这些丰厚的信息，而且集中梳理了新中国科幻文学取得的辉煌成就，整理出新中国科幻文学发展的宽阔脉络；从一个特殊的侧面，还反映了中华民族从站起来、富起来到强起来的进程，见证中国走向更加灿烂辉煌的未来。

这套书系具有以下三个特点：

一是权威性。它由中国科普作家协会科幻专业委员会主持编选，并与国内多个科幻组织合作，其中包括得到了中国科普作家协会科学文艺专业委员会、科幻世界杂志社、南方科技大学科学与人类想象力研究中心、未来事务管理局、八光分文化、重庆钓鱼城科幻中心等的鼎力相助。编者从中华人民共和国成立以来的海量科幻文学作品中，精选出足以体现时代特征的作品。收入书系的作者，涵盖了雨果奖、银河奖、星云奖、晨星奖、光年奖、未来科幻大师奖、引力奖、水滴奖、冷湖奖、原石奖、坐标奖、星空奖等中外各类科幻大奖的获得者。

二是系统性。它收集了中华人民共和国成立以来不同时期作家的代表作。作者中有新中国科幻奠基者和老一代作家如郑文光、童恩正、萧建亨、刘兴诗、潘家铮、金涛、程嘉梓、张静等，也有改革开放后崛起的新生代作家刘慈欣、王晋康、何夕、韩松、星河、杨鹏、杨平、刘维佳、赵海虹、凌晨、潘海天、万象峰年等，以及以“80后”为主体的更新代作家陈楸帆、飞氘、江波、迟卉、宝树、张冉、程婧波、罗隆翔、七月、长铗、梁清散、拉拉、陈茜等，还有在21世纪崛起的全新代作家杨晚晴、刘洋、双翅目、石黑曜、王诺诺、孙望路、滕野、阿缺、顾适等，从而构成比较完整而连续的新中国科幻光谱，是对中国科幻文学发展历史的一次系统检阅。

三是丰富性。它比较全面地展现了广域时空中新中国的科幻生态和创作风格。这里面既有科普型的，也有偏重文学意象的；既有以自然科学为主体的核心科幻，也有侧重社会现象的“软”科幻；既有代表科幻未来主义的，也有反映科幻现实主义的；既有传统风格的写法，也有实验性质的探索。作品的主题涵盖了中国科技、社会、文化和民生的热点。从中可以看到，一个曾经积弱的民族，如今正活跃在地球内外、大洋上下、宇宙太空、虚拟世界、纳米单元、时间航线、大脑意识等各个空间。这里有中国政府和人民引领抗击全球灾难的描述，有脱贫的中国农民以新姿态迈出太阳系的故事，也有星际飞船和机器人在银河系中奏唱国际歌的传奇。

这套书系力求构建起一个灿烂的星空，并以此映射人们敏感而多样的心灵。爱因斯坦说，想象力比知识更重要。科幻是相伴人类发展进步而产生的新兴事物，是一个民族想象力的集中反映，是科技创新的艺术表达，在人们面前呈现出一幅幅奔向明天、憧憬和创建未来的美好画卷。许许多多杰出的科学家、工程师和企业家，在年轻时就受到科幻文学的熏陶和影响，因此走上了创造神奇新世界的道路。中国正在稳步建设创新型国家，需要更多富有创造力的人才脱颖而出。科幻文学也肩负着实现中国梦的责任，在点燃青少年科学梦想、激发民族想象力和创造力方面，起着不可或缺的作用。

这套书系将为广大读者尤其是年轻人打开中国科幻和未来世界的门户，有助于人们拓宽视野、开阔思想、激发灵感、探索未知、明达见识。它也将进一步促进中外科幻、科技、文化和文明的交流，为人类的共同发展做出中国的一份独特贡献。

中国科普作家协会科幻专业委员会

2020年10月1日

创作谈

我们依然在仰望星空

转眼间到了2020年这样一个科幻的年份，距离我在《科幻世界》上发表第一篇作品《诱饵》也已经过去了23个年头。庆幸有这样一个机会，在出版社和编辑老师的帮助下，将我创作生涯前期中的一些不成熟的篇章（大多创作于2005—2010年）结集成册，聊作纪念。

值得纪念的东西很多，纪念一个爱幻想的少年成为一名爱思考的中年人；纪念科幻小说这样一种在20多年前“姥姥不疼舅舅不爱”的小众文类，竟然变成了社会甚至国际关注的焦点、热点；纪念我与科幻之间神奇的缘分，从单纯、毫无功利之心的兴趣爱好，演化为如今值得投入一生为之奋斗的事业。

20年弹指一挥间，小时候觉得遥不可及的未来竟然已尽在眼前，地铁、高铁、人工智能、无人驾驶、基因编辑、量子通信、月球登陆、火星探测、人造太阳……种种令人头晕目眩的科学技术已然成为现实，以猝不及防的凶猛之势冲击并改变着我们的生活。

回看旧作，羞赧于青涩思想与笔触的同时，却惊觉其中有一些稚嫩的萌芽竟然伴随我的写作一路成长，并逐渐成形。这或许便是一名写作者无法摆脱的母题或命运交叉的路径。

在这个巨变的时代，我们应该如何思考未来、想象世界、书写科幻，这是一个我时时反思的问题。正好借此良机，略为展开一二，一哂方家。

2015年8月22日，刘慈欣老师的《三体》获得全球科幻界的最高荣誉——雨果奖的最佳长篇小说奖。颁奖词由瑞典宇航员凯尔·林格伦在距离地球400千米的同步轨道上的国际空间站宣读，影像通过网络向全球亿万人直播。

这不禁让我回想起50年前，人类第一次在月球表面留下脚印，并用全新视角看待我们身处的这颗美丽、脆弱的蔚蓝色星球的历史性时刻。

这两个事件在我看来，存在着惊人的共同点。他们都是受超卓不凡的人类想象力所驱动，实现看似不可能的任务，进而又激发起人们更为广泛的对于科学技术、宇宙万物、人类未来的好奇与热情，推动了人类作为文明整体探寻知识与进步的脚步。

而这正是科幻存在并将日益成为未来潮流的核心之所在。

刘慈欣老师曾说过，历史上很多大国崛起的过程都伴随一种大规模的科幻现象，也就是将超现实的想象蓝图变为改造现实的科技与社会变革。

比如西班牙和葡萄牙的崛起伴随着大航海时代，英国的崛起伴随着蒸汽机的出现和工业革命，美国的崛起伴随着电气技术和信息技术。因此，科幻的产生与发展是与近代以来巨大的社会变革密切相关的。

可以这么说，在科学技术成为国家发展与社会进步的主推动引擎的今天，科幻的意义已经远远超越了文学范畴，成为一种文化现象与思维范式。

正如现象级电影《流浪地球》向我们展示的，一场想象性的全球生态危机，让我们熟悉的世界秩序被全面颠覆，它所形塑的审美经验是陌生化的，却不是与现实完全无涉的。观影引发的大众对于当下环境、人伦、科技与价值观的反思与警示，远远超过任何形式的科普宣传与理念灌输，这就是科幻的价值与意义。

如果说，我们的时代正在变得越来越科幻化，那么科幻就是这个时代的现实主义，一种立足未来反观当下的科幻现实主义。

我们正处于一个变化与挑战并存、希望与恐惧交织、知识与愚昧混杂的时代。

我们获取的知识越多，我们显露出的无知也就越多。宇宙中未知之域、未解之谜和未竟之事的范围之广，远远超出了我们所有人的理解能力。

在已知止步之处，便是幻想滋长的疆土。

正如复旦大学中文系严锋教授所说，幻想是人类与生俱来的本能，但是人又不满足于幻想，渴望寻求真实，实现幻想。

传统神话与宗教折射的是人类古老的渴望，想要超越有限的生命、超越肉体的力量、超越个体的智慧。这些渴望从来就没有消失，也永远不会消失。人类越来越理智、成熟，从前的幻想已经无法满足现代人的精神需求，所以人类一直在寻找幻想的新形式。他们在今天找到了新的依附对象，这就是科学。

生物工程让人看到了无限生命的可能，人工智能让人看到了超级智慧的可能，量子物理让人看到了无限世界的可能，而这些可能都不仅仅是空想，还是观测与实验数据的支撑。从前人信神，现在人信科学，两者的共同点是能给人提供安慰和希望，但科学的安慰和希望比从前的神更加真实可信。

从这个意义上讲，科学不但是现代的神，而且比旧神更加强大。而科幻就是科学神话的最佳载体，或者说是旧神话与新科学的合体，将会逐渐成为人类的主导性神话。在这个新的神话中，科学为信仰和希望提供了实证性基础，借助科幻的叙事与共情能力广泛传播，形成新的对世界认知与阐释的共识，这也是科幻为什么那么受欢迎的核心密码。

但同样的，我们也需要警惕另外一种趋势。科学在不断对世界祛魅的过程中，自身也在不断复魅。这体现在高度垂直化的专业领域分工与高度抽象化的描述语言工具，不仅让普通大众产生了神秘敬畏感，也让专业以外的科学从业者难以评判置喙。

这是否会造成人类对科学的过度迷信，以及技术未经审慎考虑的滥用？是否会在大规模推行技术变革过程中对人类个体与集体利益、尊严与价值存在忽视与伤害？

很多科幻作品一直保持着人文主义对科学主义的高度警惕，也表达了对生态危机、技术滥用、生命伦理的严肃思考。科幻既是对科学的仰望，也是对科学的警示，这种敬畏交加的二元性构成了科幻的内在矛盾和独特思维。人们越依赖科学、越相信科学，也就越对科学抱有敬畏和疑虑，也就越需要超越科学的视野和人文的关怀。但这种超越和关怀又越来越无法脱离科学而存在，依然必须与科学共生共存。这也是人民为什么越来越需要科幻的根本原因。

一个不争的事实是，我国正处于前所未有的历史性转型期，从依靠人口红利与劳动密集型产业驱动的传统经济模式，向依靠科技创新与制度优势驱动的新型现代化社会升级。在这过程中，大力发展航天科技、量子物理、人工智能、5G通信、生物基因、区块链等面向未来的尖端技术，在教育领域推进创新思维，注重培养学生的想象力，提升整个社会的创造力。这些举措都需要通过科幻小说、影视等全媒介形态的优秀内容创作点燃大众，尤其是青少年一代对于科学技术的好奇心与热情。同时，它们又为科幻的流行提供了现实的土壤，进一步刺激了人们对未来的想象。两者相辅相成，共生共荣。

在充满了不确定的未来面前，我们是选择充满恐惧，沉沦焦虑，还是选择主动拥抱，探索种种可能性？

科幻也许正是这样一种选择，就像人类在50年前选择登月一般，不是因为它轻而易举，而是因为它困难重重。科幻能够帮助我们跨越文化差异的藩篱，探索技术革命下人性的尺度，讲述一个个属于科技时代的人类命运共同体神话。

唯有如此，作为一个整体的人类，才得以保持好奇、继续成长，而不是垂垂老去。

选择科幻，相信未来，我们依然在仰望星空。

目录

Catalogue

未来病史 / 001

谙蛹 / 025

动物观察者 / 067

春天的故事 / 091

犹在镜中 / 101

涟漪 / 125

第七愿望 / 155

吉米 / 187

鼠年 / 207

亲爱的，我没电了 / 243

递归之人 / 267

心机——Mole Detector / 299

无尽的告别 / 327

未来病史

就叫我斯坦利，我来自你们的未来。

让我由你们熟识的事物开始，沿着未来之河溯流而下，去探寻明日之后的人类病症——无论肉体或心灵——直至历史的终点。

平板症候群

一切源于使用视网膜显示屏的平板上市。经次像素渲染技术升级后的版本的像素密度超过300PPI（Pixels Per Inch/每英寸像素），高于日常印刷品的起始水准。这意味着电子阅读物的显示质量从此可以在硬性指标上与纸质媒体比肩。评论家们惊呼另一场古登堡革命将至，传统印刷业已死，人类将进入阅读的新纪元。

评论家一如既往地短视，如同黑洞中倒吊的蝙蝠。

某公司首先推动的是一场教育界的革命，他们让孩子们人手一个平板，同时投入大量资源将教材电子化、多媒体化、社交化。孩子们，特别是东亚地区的孩子们告别了沉重的书包，他们的脊柱重新舒展，肩颈肌肉释放了压力。他们得以借助光传感器智能调节显示屏亮度，而且，相较传统教材，平板的视角更广阔，图像细节更敏锐清晰，这也延缓了眼球晶状体疲劳变形的过程。

世界看起来一片光明，直到父母们把那块带魔力的平板交给更小的孩子。

目前有记录的年龄最小的平板使用者为4个月零13天大的婴儿。平板符合人类直觉的操控方式让婴孩毫无障碍地迅速滑入一场指尖的冒险，并沉溺其中。许多拍摄婴孩把玩平板的视频被上传到网络，他们毫无掩饰的夸张反应赢得了亿万次的点击及更多的“like”。人们在欢笑之余并没有预料到背后隐藏的危险。

第一个被确诊的病例来自韩国。六岁的朴成焕被诊断为自闭症，然而功能性核磁共振及PET检查结果却显示他的大脑波形并无异常。他表情淡漠，语言能力低下，肢体协调性不佳，对于父母的情感表达没有回应；他对外界事物丝毫不感兴趣，全部的注意力集中于平板屏幕上，反复打开、关闭应用程序，却无法持续性地进行游戏、浏览或者其他操作。

似乎世界对于他的全部意义，便在于手指滑过屏幕时带来的力反馈震动。

一名敏锐的儿童临床心理学家观察到了这一现象，并对同一时期的其他类似案例进行了交叉比较分析，提出了震惊世界的“平板症候群”概念。紧接着，世界各地纷纷响应他的发现，将这一症候群的患病人数提升到了五位数。

现在学界已达成共识，他们认为，这种特殊的知觉机能障碍主要由于婴孩在感官神经联结尚未完全发育成形的阶段，便接触到强化视觉及触觉反馈的平板产品。在无目的动作中，引出大量的感觉信息（特别是锐化视觉和触觉）必须和身体的各器官保持足够的统合力和协调力，是人类身体发展的最重要基础。而平板症候群患者便缺失了这重要一环。

在他们看来，正常的世界是灰暗的、模糊的、低像素的，无法通过滑动手指来触发动作，显得沉闷无趣。患者久经训练的脑干前庭觉系统变成了一种特殊的信号过滤器，只有通过平板传递的信息才能够顺畅进入大脑皮层，引发神经元兴奋，而其他的感官信号均被排除在外。

全球的患者家长成立了联合组织，向某公司提出高达数百亿美元的赔偿要求，理由是某公司并未在产品醒目位置标明可能对婴孩带来的严重后果。诉讼案旷日持久，最终达成庭外和解，除了数目不详的赔偿金外，某公司还将投入巨资研究对该种罕见病的复健治疗方法。

平板症候群患者们逐渐长大成人，通过治疗，他们学会了一种独特的生活方式——平板成了他们身体的外延。他们通过它说话、表达喜怒哀乐、交流思想。除了文字和声音，他们还用震动来传递信息，仿佛深海中的鲨鱼，或是泥土中的蚯蚓。他们会将手指或手掌置于对方的平板上，感受一种外人无法知悉的触觉。

他们像是隐藏在人类社会中的异星生物，除了经济上必要的出入外，拒绝与任何异族，也就是正常人类交流来往。

他们群聚成类似家庭的组织结构，以某种不为人知的规则相互配对，交媾，繁衍后代。曾经有媒体记者在高价诱惑未果下，试图偷拍平板症候群患者的家庭生活，其下场便是人间蒸发。

不要恐慌，最坏的尚未到来。

他们的后代，有八分之一的机会遗传这种对于平板超乎病态的依赖。

拟病态美学

伴随着审美意识形态的去男性中心化，塑身美容技术在21世纪中叶发展到巅峰。身体表面的改造工艺已不能够满足日新月异的多元族群需求，一种新的，或者说古老的美学潮流重新复苏，蔚为奇观。

该潮流可追溯到中国魏晋时期。玄学鼻祖何晏在东汉名医张仲景治疗伤寒的药方基础上，开发出“五石散”，其基本成分为石钟乳、石硫黄、白石英、紫石英、赤石脂。“服五石散，非唯治病，亦觉神明开朗”。五石散带来的副作用却成为士大夫阶层所追求的时尚，所谓燥热急痴，一边轻裘缓带，一边神游天外；长期服用，性情急躁、精神恍惚，一如嵇康拔剑逐蝇。

服石之风流行了五六百年。至唐，诗文间“行散”二字已成为高贵的身份标签，仿佛垮掉一代的大麻。

无独有偶，中世纪欧洲贵族为追求病态美感，主动罹患肺结核，甚至服用少量砒霜以换取皮肤的特殊苍白光泽。可见，以病为“美”，此事古今中外同也。

现在，高科技可以帮助你。

韧带收缩剂可在有效时间内减小关节活动的幅度，配合面部肌肉注射微量河豚毒素，可塑造出东洋古典主义的姿态及神情。在东京六本木区域，你经常可以遇见身材高大，头发漂染成乌黑，步伐谨慎，笑容僵硬不露齿的白种女人，她们是来自跨国集团的高管秘书。为所谓的“文化融合”、上流圈子里的病态时尚，以及亚洲老板的特殊性癖好，她们需要定期维持行动障碍及局部面瘫患者的症状。

“Blinker眨眼者”，出自某种神经官能症患者群体，症状为眼匝肌抽搐呈无规律性眨动。受此启发，社交恐惧症候群患者在眼底埋入芯片，经由电子神经接驳触发肌肉束动作，最终形成了一套复杂而缜密的读取–解码–反馈机制。他们由眼睑的眨动传递信息，可完全取代语言及表情。于是你可以在眨眼者聚会中看到一群面无表情的沉默的人，四目相对，如同两座高速频闪的灯塔互送莫尔斯电码，甚至，可以做到左右眼分别与不同对象交流。

美学与政治向来密不可分，所以在多中心的破碎的政治图景下，人类很难就“美”的定义达成共识。在抗争与裂缝之处，疾病模仿者横行。

在纪念越南战争结束100周年的西贡大游行庆典上，集聚在胡志明广场前的“橙剂”方阵引爆了一场吸引全球媒体目光的病态秀。

越南战争期间，美军在较大范围内使用了名为“橙剂”的化学落叶剂，这种大量含有二噁英的化学毒剂由美军飞机低空慢速播撒在越南南部10%的森林、河流和土壤里，以期达到消灭敌人的目的。它们被装在橘黄色桶里，因而得名。“橙剂”中含有剧毒的四氯代苯和二噁英，造成了严重的环境污染。它的化学性质十分稳定——据研究表明，这种化学毒剂在环境中自然消减50％需要耗费9年，进入人体后需14年才能全部排出，且还能通过食物链在自然界循环。

那些游行者来自世界各地，显然经过精心准备。排在前列的是“畸形儿”队伍，他们四肢绵软无骨地（或者根本没有四肢）蜷曲在电动轮椅车中。有的眼窝位置一片光滑，有的头部鼓胀开裂呈心形，有的肢体粘连如同美人鱼。显然，他们并非真人，而是经过人工皮肤涂装的基因宠物。他们重复播放着预先录好的政治口号，声调怪异。

然后是“溃烂者”队伍，包括何杰金氏淋巴肉瘤病患者、氯痤疮患者、貌似皮肤完全剥落的猩红战士。他们抖索着挂满全身的肉瘤，各种颜色的汁液从不断破裂的囊泡中溢出，在地面绘出事先设计好的和平标志。他们互相亲吻，拥抱，向镜头喷溅、涂抹体液，用含混不清的声音呐喊。天知道他们在这套装置上花了多少费用和时间。

“爬行者”队伍步履缓慢，因为需要用残缺不全的肢体支撑身体前进。他们大部分是真正的残疾者，只是又稍加了伪装，如粘连的皮膜或者夸大肢体扭曲的角度。他们就像是从电影中爬出的节肢动物或多节动物，用必要的裸露换取曝光率的增加。

这一切都让最后压轴的PTSD（创伤后应激障碍）队伍显得黯淡无光，毕竟在一闪而过的镜头里，谁会去注意他们通过药物精心刻画的情感疏离、麻木及过度警觉呢。

高潮在于模仿1945年庆祝二战结束的“胜利之吻”，只不过把时代广场换成了胡志明广场，把水兵和护士换成了肉瘤怪和畸形儿。镁光灯闪烁，卫星信号直播，亿万人目睹了这一汁液淋漓的“橙剂之吻”。

谁又能说这不是“美”的呢？

可控精分

当你可以选择成为不同的自己时，你会做何选择？

请别误会，这里并非提供心灵鸡汤式的人生道路诊疗课程，而是字面意义上的，不同的自己。

弗洛伊德的叛逆弟子荣格曾说：“我就是相信，人类自我或曰人类灵魂的某一部分，不受制于时间和空间的法则。”这话看似在为他的“原型”理论作注脚，其实却意指德国汉学家卫礼贤所引介的易经思想带给他的冲击。

荣格与卫礼贤的合著《金花的秘密：中国的生命之书》，被形容成以古代道教思想整合人格的实用指南。这本于1962年出版的著作竟一语成谶。

从社学会的角度看，人类在长期进化过程中发展出一种被称为“角色从”的竞争策略，指通过占据特定的社会地位而具有的一整套角色关系，以适应不同环境模式下的人际交往。但它仍然只存在于弗洛伊德所谓的“自我”层面，不影响潜意识中的“本我”，属于可控的角色转换。

技术，加速了这一进化过程。

早期网络时代的精神分裂症患者们，能够自如地在不同界面窗口间转换人格，往往只需1秒钟，按下“Alt+Tab”，勤勉敬业的单身女白领的角色就会发会180° 大转换。随着上网时间的碎片化与非线性化，许多剩余人格被创造出来，但并没有得到妥善的处置。它们如同系统碎片般沉积在潜意识中，潜移默化地改变着人格基础，甚至间歇性地爆发，制造出许多耸人听闻的变态杀人事件。

22世纪初期，脑机界面开始进入规模化商用阶段，开发者创建出大量脑–网应用，可直接由意识驱动数据上下行执行任务。随着并行程序的增多，一种被称为“滑窗”的管理程序被开发出来，以保证用户的意识可在不同程序间平滑顺畅地切换。接着，可以预料到的，远东宗教激进主义恐怖组织“沙棘”释放出专门针对“滑窗”的木马病毒。这种被称为“破窗者”的病毒可随网络社交行为传播，潜入用户“滑窗”内部，使其切换机制彻底紊乱。

当你与情人调情时，大脑激活的是应付老板的人格；而面对老板指摘时，爱抚宠物狗的模式跳了出来；到了小狗在你腿边磨蹭撒娇时，你性欲勃发，气喘吁吁，无法自控。

随之而来的，是超过三十亿的MPD（多重人格障碍）患者，一场赛博朋克时代的大瘟疫。

社交网络被封禁成一个个隔绝区，以避免病毒再扩散。社交成为一场22世纪的猎巫运动，人工智能网警伪装成随机程序与用户进行互动，判断其是否感染病毒。若结论为“是”则强制用户断线，使其接受线下社区复健治疗后再进行人格控制能力综合评测，以决定是否能重返美丽的数字新世界。

整个行业一夜间倒退二十年。

在整场风暴中，中国竟然罕受波及，在全球灾变跟踪图上是一片深绿，引起了国际社会的高度关注。专家组经过深入分析后得出结论：一是高度管控的互联网行业；二是最新版本“伟大防火墙”的功劳。最后一点出乎所有人的意料，经过控制组的FMRI（功能性核磁共振）及ECOG（脑皮层电图）对比分析，他们发现中国人能够在不同“本我”频道间无缝切换；最重要的是，他们真心相信每一个自我都是真正的人格之主。

这个发现震撼了所有人。人们翻出卫礼贤那本早已被遗忘的著作，希望能从中得到启发。于是他们发现了来自神秘古老东方的人格管理秘术，并结合最新的NLP（神经语言编程）技术，拯救位于分崩离析边缘的世界。

各种流派的中国秘术开始流行，包括结合手势结印与身体姿势实现人格“锚记”的传统密宗技术，利用第三方软件定向刺激脑皮层整合太极脑图的易经学派，等等，不一而足。但影响最大的，当数官方大规模派出退休干部，在海外开设“老子学院”的创举。

“老子学院”提供一整套系统培训课程，从身心形意的修炼出发，通过禅坐和冥思，顿悟生命本质，将精神宇宙协调重置到阴阳两极、和谐对立的“赤子”状态，以“道”的状态引导多重人格障碍的患者们找到重返这个世界的归路。

我不会告诉你结局如何，那不符合“道”的精神。

但无论如何，中华民族终于在13世纪的《马可·波罗游记》之后，再次为世界打开了一扇大门。

孪生挽歌

事情从亚马逊丛林中一种名为“Duoliquotica”的多年生木本植物被发现开始。在当地土著人的传说中，这种植物由古神“多力卡”的精血变幻而成。此古神外形是一头双身，映射到植物型构上，便是毗邻而生的雌雄植株，在成熟花期互相缠绕，雌蕊受精孕育硕大果实，恍如饱满头颅之下双身倚立。

科学家从果实中提取出同名神秘化合物，功效作用不明。在一次偶发的临床试验中，怀孕受试对象茱莉亚·克里斯蒂娃被查出怀上同卵分裂双胞胎，才揭开其神秘面纱。在后续重复实验中，一共有23对同卵双胞胎降临世间，后来学界将他们统称为“DUO24”，而媒体则更喜欢用“孪神24”称呼他们。

第一对双胞胎亚当与爱娃，在尚未掌握语言的阶段，便以其哭泣和笑容的高度同步率闻名于实验室——无论两人被区隔于多远的房间，他们同步的间隔时间误差不超过0.3秒。这种怪异的天赋随着他们词汇量的增加，变成令人无法忍受的表演。

他们几乎同时说出每一句话，然后不加停顿地继续，在外人看来仿佛两人在自说自话。但录音回放显示，这是一种极高效率的对话，不会有理解上的延时，在时间点上交叠的两句话互为问答。

事实上，脑电图显示，无须语言上的交流他们也能理解彼此，这更像是一种技巧上的游戏。

科学界如获至宝。这是历史上首例经得起考验的心灵感应事件。紧接着，其他双胞胎也表现出不同程度上的精神联结现象。令人迷惑的是，这种联结并非通过任何形式上的信息传递，比如电磁信号、生化信息素、空气振动……即便把双方关在完全密闭的隔绝室里，他们仍然能够知悉对方的喜怒哀乐及所思所想。

这类似于量子物理中纠缠态的存在，无论距离多远，只要其中一个量子改变状态，另一个量子便会随之产生变化。

在那个时代，人类的基础理论尚未进步到由此现象上升为本质的阶段。因此在一段时间轰轰烈烈的媒体炒作之后，项目因没有实质性的进展，被转入地下。所有的实验品被更改身份，服务于军方，这是比任何仪器更为灵敏、安全的加密远距通信工具。

美国军方借助这些双胞胎获取了大量情报，俄罗斯、中东、东亚、欧盟……先用贿赂打开机要大门，再以防不胜防的双子心法传输信息。直到一桩奇特的恋情暴露整个计划。

第九对双胞胎兄弟大卫与彼特同时恋上了一位日本女子，更确切地说，彼特经由大卫的“远程传输”爱上了野田美奈子——一名防卫官员。遗憾的是，他仅能全身心地品尝这“二手”爱情。彼特多次要求与大卫互调身份，横遭拒绝后妒意顿生。于是，他用天赋完成了属于“DUO24”风格的报复。

彼特向大卫不分昼夜地传送高密度的偏执思想，甚至在睡梦中也没有停下，后者抵抗无力后陷入谵妄状态，丧失理智并依照彼特的指令杀死爱人，然后自首，供出整个计划。

大卫恢复意识后选择了自杀，就在他停止呼吸的同一秒，远在三千公里外的彼特微笑着从公园长椅上滑落，瘫倒于枯叶丛中，似乎对此宿命早有预料。

悲剧在“DUO24”所有成员中引起轰动，长久以来，他们早已习惯作为彼此镜像的存在方式，却从未想过自己也是有欲望、恐惧和死亡的独立个体。其中的绝望者把这种能力看作上天的诅咒，一种貌似福利的基因缺陷。两个注定纠缠终生的悲苦傀儡，无法解除隐形的命运连线，不知哪一刻便会被无妄之灾夺去性命。

有5对双胞胎选择自行了结，他们的遗体被装入双体棺材，葬入六尺泥地。

军方提供了一个补偿方案，剩余的“DUO24”成员可自由选择加入人体冷冻计划，到遥远的未来寻求解药。

6对选择继续在世间相互支撑，苟活下去。6对携手步入冷冻仓，寄望于未来。还有6对产生了不可调和的分歧意见，一方希望被冷冻，逃避不可知的命运，另一方仍眷恋尘世生活。倘若只冷冻一方，则被冷冻者极有可能在睡眠中受另一半牵连而猝死。

最终他们选择了折中方案：每十年轮换一次，在被冷冻之前，将自己的生命交到同卵双生的兄弟姐妹手里，并相信他们会善待自己。

新月之变

科学家信誓旦旦地说，44亿年前，一颗火星大小的天体撞上地球，产生的碎片形成了月球。6500万年前，一颗巨大小行星的撞击造成了恐龙灭绝。12900年前一颗彗星瓦解产生的碎片降临在北美冰原上，直接导致猛犸象和其他大型哺乳动物的灭绝，以及古印第安克洛维斯文明的消失。随后极寒冰期持续了整整1000年。

考古学家言之凿凿地说，古玛雅人所预言的2012世界末日将由太阳系第十行星——传说中的Nibiru星引发。它在苏美尔语中有“渡船”之意，每隔3630年，便会沿着巨大的椭圆轨迹进入太阳系，穿越地球轨道。其巨大的引力将引起地球磁极偏转、地壳变动、巨大地震和海啸、气候异常及火山爆发。人类从此将被“引渡”进入新的纪元。

星座小王子温文尔雅地说，金逆已经结束，对于金逆，各位必须明白的要点是，它终将过去。它会给你机会反思那些不再有意义的关系，并停止对此习惯成自然。

人类并没有在2012年进入新的纪元，但是他们在23世纪迎来了新的变化。一块被称为“流浪者”的巨大陨石（千万人口城市尺度）经过漫长旅途，穿过广袤宇宙，被地-月引力系统捕获，稳定在近地轨道的拉格朗日点。地球从此拥有了第二个月亮。

浪漫的人类在习惯了潮汐、地貌、天文的奇观之后，开始面对自身内在微妙的变化。女性的生理周期变得紊乱，情绪波动加剧，数以万计的胎儿在孕妇腹中由于激素分泌失调而停止发育，人们称之为“新月之暗面效应”。一种看不见摸不着的力量开始左右人类的发展进程。

一些人在第二月圆之夜产生了特异性过敏症状，皮肤出现怪异纹路，肌纤维紧张收缩，瞳孔扩散，意识模糊具有强烈攻击性。他们会撕扯掉身上的衣服，赤身裸体地四肢着地，在城市街道或荒野里奔跑，仿佛回溯到远古始祖的图腾崇拜。这些人经检验后发现，他们的Y染色体的某个细枝末节处仍存留着早期人类的DNA表达式。这些人经过庞大的数据库筛选，被打上加密标签。

出于反歧视法令，他们的身份得以不被公布，但必须定期服用抑制性药物及佩戴滤光隐形眼镜来抵消第二月亮对他们的唤醒作用。一些都市青少年视之为新的时尚，在月圆之夜的野外举办盛大的变身派对，借助药物及辅助性器械化身为兽，纵情狂欢。

农作物与蓄养禽畜的生长周期同样被改变，天文学家们不得不费尽心思制订出新的月份、节气及历法。它们是如此复杂以至于完全无法被人工掌握，或依靠天象进行判断，唯有借助实时更新的提示软件才能指导农民和农耕机械的运作。

真正令人震惊的是在第二月圆期间受孕诞下的“新月一代”。

科学家始终无法解释新月光在精卵结合瞬间或者细胞分裂期间扮演着什么样的角色。从光谱分析、引力、地磁异动及其他所有可能影响的因素出发都无法给出合理的解释。他们唯一知道的是，子宫中的胎儿已经发育成有别于任何已知人类种族的新族群。人们恐慌地联想到，之前由于新月停止发育的正常胎儿，或许正是这一新族群在进化竞争中所做出的进攻性策略。

但无论如何，超过97.52%的父母选择生下孩子，不管他（她）将成为天使或者恶魔。

“新月一代”从体型和外貌上与常人并没有太大不同，除了皮肤特殊的折射率呈现出类似塑料薄膜般的反光质感。他们的新陈代谢比正常人缓慢3到5倍，这意味着寿命也较为长。他们身患普遍性的中度抑郁症状，曾经让父母们担忧这一代人会因自杀而被淘汰。但经过漫长的了解之后，人们才意识到这种类抑郁的心理屏障能够帮助他们抵御外界纷繁资讯所带来的心智消耗和过载，他们需要将注意力集中在更为重要的问题上——一个需要耗费数万世代去解决的问题。

这个问题便是，他们视之为创生神祇的第二月亮，将不可避免地随着时间流逝，在引力稳定系统失衡之后，脱离拉格朗日点，在引力拖拽下，撞击地球表面，缓慢而诗意地摧毁一切。

而他们希望拯救的是新月。

幼态延续

在21世纪初，人们以为这是一种心理疾病，专家们称之为“彼得潘症候群”。患者虽然身为成年人，年过而立乃至不惑之年，却依然不想长大，行事说话装嫩卖萌，仿佛永远生活在梦幻般的“永无乡”中。他们害怕现实，恐惧竞争，逃避责任与义务，不停更换伴侣，容易沉溺于药物或酒精营造的虚幻庇护所中。

他们将所有这些归罪于过度保护、溺爱的家庭成长环境，甚至怨恨自己的父母。

就像女性追求青春永驻、容颜不老，这一切不过是通往另一层阶梯的小小一步。

22世纪中叶，一种发育延缓综合征开始蔓延，患者的生物钟似乎比正常人慢了数倍，第二性征延后至30岁左右才出现，更年期也随之推迟。科学家们似乎认为，人类通过各种技术手段将寿命延长到150岁以上，青春理所应当地会变得更长。因此，大量赞颂漫长青春的文学作品和影像出现，患者被塑造成人类进化的方向。在社会学家和人类学家的论证下，这种疾病大有全面逆转被文化建构成社会“正常态”的趋势，而其他所有人则沦为时代的残疾弃儿。

他们只看到问题的一部分。

与其他动物相比，人类有一个长得不成比例的不成熟期。在灵长类动物中，狐猴、恒河猴、大猩猩和人类的幼仔期（儿童期）分别是两年半、7

年半、10年和20年。人类性成熟时间比黑猩猩晚了5年，长牙也是。为什么我们需要一个如此漫长的不成比例的童年?

科学家早在20世纪中叶便发现成年人类与幼年黑猩猩在生理上的同构性，小下颌、平脸和稀疏的体毛。人类与黑猩猩有大量的相同基因，但在随时间而改变的基因中，有近一半或者40%启动时间大大晚于黑猩猩，尤其在负责高等思考的大脑灰质中体现得更为突出。

所有的幼儿教育机构都会向家长宣称，大脑完全发育成熟之前，神经元突触尚处于未成型阶段，接受信息刺激的能力最强，脑容量的潜力巨大。

拥有更长幼年期的智人从灵长类的进化竞赛中脱颖而出，拔得头筹。我们将胎儿没有体毛、头大的特征保留到成年；将幼儿时期好奇、有学习兴趣的特征贯穿始终；有的人种将哺乳期产生能分解消化乳糖酶的特性终生保留下来，并将其他人冠以“乳糖不耐受”的病名。

这便是幼态延续对于物种的意义，现在，它又将二次降临了吗?

科学界希望借助这一机会，为人类进化助推加力，但他们首先面对的是一个法律问题。患者们从年龄上早已成年，但从生理或心理上均处于幼年期，如果想征召他们成为实验对象，是否只需个人同意，抑或是需要名义上亲属的签字？没有先前判例引发旷日持久的诉讼，患者亲属甚至被网络曝光，加以“自私猿猴”的恶名。网友们认为，为了一己安全，弃全人类进化大业于不管不顾，简直不配享有“智人”这一名号。这样的论调在历史中曾经无数次地出现，如同一朵朵轮回的浪花。

最终，逻辑战胜了情感。国家出面以集体监护人的名义为患者签署了实验合约，并购买了巨额保险作为对家属的补充条款。现在，所有人都闭嘴了。

科学家们以《发条橙》中“厌恶疗法”的升级版对患者进行皮层刺激

和信息输入。他们迫不及待地将全人类的知识和历史在看似漫长实则短暂的发育期内展示给实验品们，期望人类久未进化的大脑能够生长出更加复杂的突触连接，开拓从未有人到达过的知识疆域，解决人类社会久病成疾的种种棘手问题。潜意识中，他们把自己当作神，希望在第六天能够创造出全新的人类。

他们制造出了疯子、傻子、抑郁症患者、暴力狂、性成瘾者，以及植物人。

僭越者们甚至不知道自己错在哪里。他们并没有摸清基因开关的秘密，因为他们并不是那个埋下机关的人。

人类曾经将狼驯化为狗，他们试图保留狼在幼崽时期的特征，如垂耳、短鼻、大眼睛、好玩耍、与人亲密，将成熟体的凶猛、嗜杀悉数剔除。人们这么做，并不是为了帮助狼更快地进化为狼人，而只是为了贴合人类所谓的审美趣味而已。

一种引起误会的微妙病态就此萌生。

仪式依赖/戒断

你从遥远的地方走来，询问杂志的音讯；你付钱买下，放入包里，再经过交通工具的辗转，回到一处私密的空间；你在橘黄或苍白的灯光下，打开不可降解的塑料薄膜的包装；你沏一杯茶，或开启一听可乐；你抚摸纸的纹理，刻意或恰巧翻到这一页。

你开始阅读，读毕掩卷思考，或陷入厌倦。你告诉别人，去看或者别去看这篇文字。

你完成了人生中数以万亿计的仪式中微不足道的一个。

人类是仪式化的动物，从远古到未来，从摇篮到坟墓。仪式凝固在意识中，粘连起人的集群，驱逐死亡的恐惧，寻找自我的位置，定义存在的意义。不同文明的权力互相模仿，用仪式集结人心、敛夺财富、党同伐异、巩固统治。给人的姓名之上添加无穷尽的属性标签，单单没有属于他自己的那一枚。

在我的时代，技术让仪式成为日常不可分割的部分。它植入你的躯体，内化成可遗传的基因，附身于你的子孙后代，繁殖变异。它的生命力比宿主更加强劲。

或者也在你的时代?

你无法控制刷新页面的冲动。资讯爆炸带来焦虑，却能填满你空瘪的灵魂。你每隔15秒移动鼠标，点开社交网络、刷新评论、自我转发、关闭页面，周而复始。你无法停止。

你无法与人进行正面交流。空气作为声音媒介的功能已然丧失，你与其他人环坐、低头、手持最新最快的移动设备，如供奉着远古神祇，思维通过指尖汇入虚拟平台，你们争吵、大笑、互相调侃。现实的荒漠一片寂静。

你无法摆脱人造环境的控制。仪式无所不在，它已经不像是祭祀、布道、礼拜、演唱会、游戏或者任何体现三一律的集中式舞台。仪式本身也在进化，变成了一场分散式的云计算，均匀播撒到你日常生活的每一寸时空。传感器感知一切，调节你周遭的温度、湿度、风速、光照，调整你的心跳、激素分泌、性敏感度，愉悦你的身心。人工智能是神，你以为它是造福于你，给你带来新的转机，最终你却变成了孵化器中的蛋、提线下的傀儡，每一分每一秒，都在以献祭的姿态补完这一场没有终结的盛大仪式。

仪式就是你。

激进主义者们思考如何戒断这一切。仪式的力量在于重复，而不在于内容本身。在日积月累中通过反复读写来缓慢侵入意识深处，植入一个信念，并曲解伪装成个体本身的自由意志。就像21世纪初的那部科幻片一样，爱情是仪式最忠贞的消费者，爱国也是。

他们尝试模仿宗教激进主义的路德教徒，毁坏机器、入侵系统、唤醒人群，号召所有人远离科技，回归原野；以严苛的自然来磨砺身心，渴望最终能够寻回原初的质朴。媒体毫不留情地指出，这一行为正好暗合了公元七世纪时某派日本禅宗所提倡的仪式感。

唯一能做的是什么也不做。

激进主义者们像断线的傀儡在随机的地点倒下，卧室、地铁、机场、广场、办公室、沙滩、流水线、餐厅、马路、厕所……他们什么也不做，什么也不说，只是那么静静地躺卧着，等待着肢体衰退、生命耗竭。他们用虚无来反抗意义，用不自由来消解自由，用丧失自我来建构自我。

传感器感知到他们生命体征的流失，人工智能启动机械助手将这些戒断的肉体通过交通网运往医疗机构。他们像小船般漂过正常人的河流，被集中到洁白巨大的护理室，安插上各种维持生命的仪器和管线。他们陷入了两难境地，一种新的悖论正从虚无中冉冉升起。他们将用自己的生命去完成这场静止的抗争，这是人类历史上首次模拟自然死亡的集体自杀事件。

他们完成了一场最为伟大的仪式。

时感紊乱

时间只是人类的幻觉。那个犹太人在1915年说，从此均匀不变、有如铁板一块的时间被融化了，如同达利笔下挂在树梢的柔软钟面。

科学家尝试用许多种途径去控制时间，比如速度、重力、熵、量子纠缠……但最终宣告失败。人类穷尽所能去征服这无形无色却又无所不在的幽灵。它伴随着生命的开始，步向终点，似乎最智慧的头脑都无法洞悉它的秘密。时间之箭上纠结着人类文明所有的恐惧，它只有一个方向，一旦离弦，便再不停息，永难回头，直到宇宙的死寂。

既然改变不了世界，不如改变自己。

科学家们开始研究人类大脑中的时间感。每日在亿万人化学神经网络中浮泛沉落的记忆残渣，莫非就是最为寻常可见的穿越？实验证明，通过刺激海马体的特定区域，可以让人产生“似曾相识”感，如同眼前的一幕幕情境早已在童年的梦中预演。这像是一位最神奇的剪辑师，将人生的片段剪碎后重新拼贴，产生时间穿梭的效果。

一旦掌握了其中的秘诀，时间便是魔术师手中的橡皮泥，可以随意拉抻塑形。这是一种奇妙的悖论，加速大脑活动，外部时间随之延缓、慢下，反之亦然。这是意识世界的相对论。高手甚至可以在对象脑中植入封闭圆环，让可怜的人以为自己就像《土拨鼠之日》中的主角，每天都在重复前一天的生活，其实那只是记忆扭曲的错觉。

时感有限公司应运而生，为需求不同的人群提供多层次的时间感调节服务，同时赚取巨额服务费。当然，费用同样是按照标准物理时间进行精确分割计算。

东亚区的学生为应付考试压力，需要延缓外部时间。他们在考试前夜不眠不休，如同拥有了日本经典漫画《哆啦A梦》中的记忆面包，将整个学期的知识和应试技巧囫囵吞下。不过这样做有百分之零点五的概率会导致脑出血，于是另一种搭配药物也变得抢手。

瘾君子们需要恰恰相反的效果。他们希望大脑中的时间缓慢得近乎静止，让强力药物的致幻作用如同冻结于冰山中的巨大爆炸一样缓慢生长，每一簇火花都带着不动如山的禅意。他们会静坐在黑暗中，等待着药效发挥到极致，如蘑菇云把最后一寸意识吞没，而肉体驳入生命维持装置。对于他们来说，时间并不存在，只有幻觉才是真实的。

老年人是回忆的忠实拥趸，他们的要求巨细无遗而且花费不菲。检索标记生命中最美好的日子，编辑成精选记忆专辑，在他们所剩无几的余生循环播放，简短而又有效的回光返照，然后面带微笑地离开人世。

人类智慧从来不会被浪费，它们总是能被邪恶的“天才”发挥到淋漓尽致。

专制社会的统治者们很快发现了这项技术隐藏的巨大力量，他们运用这项技术的特殊授权版本奴役国民，让他们在法律规定的8小时工作时间内贡献了超过12小时的等效体力或脑力劳动，从而获得国民生产总值上的加速动力，以及国民疲乏不堪、濒临崩溃的身心。为了释放积聚过度的工作压力，政府开辟了专门用于休假式治疗的旅游区。在旅游区内通过技术手段将度假者的时间感拨乱反正，以对冲谋求平衡。

不明就里的劳动者们以更加勤劳的工作来换取度假机会，找回本来就属于他们的时间。

他们的下一代似乎天生便遗传了失衡的时间感，在社会机制的再调速下加倍扭曲，事情开始变得不受控制。他们学会了遗忘，一种与生俱来对抗大脑过度负荷的策略。每当固定的时间间隔（长短因人而异）过后，这些新人便会重置自己的记忆，如同初生的婴孩般对待这个世界以及自己的身体。他们互相模仿，一种原始的野性如瘟疫般蔓延开来，暴力和欲望突破了教化与技术设置的重重阻滞。

他们占领了城市和街道，破坏了所有试图改变他们身为自然人性质的机器和制度。

他们真正拥有了时间，他们已经不再需要时间。

终章：异言症

用结构主义语言学家的话来说，就是语言建构思维，思维认识世界、改造世界，因此语言才是世界的第一推动力。

是语言而非工具将人与猿猴区分开。能指与所指之间搭建起的桥梁，将主观意识世界与宇宙万物相连，意义如恒河之水，流会贯通。人类得以点滴拾捡、保存、分类、归纳并升华来自日常的感官经验，进而区隔“自我”与客观实界的界限，开始学会在不同个体之间进行思想的交流、意图的沟通。社会结构逐步成型，分工、劳作、家庭、社稷、国家、战争均建立于此。语言建立了理解的标准，人类一切讨论均基于我们使用同一套话语体系。

而缝隙正是长久存在于那些不可言说之物中。

如音乐、绘画、爱情、痛苦、幸福、孤独……这些词语如同冰山尖顶，掩藏了海面下幽深不可尽触的庞大繁杂感受，伴随着人类的文化基因，从远古至今；如地质学中的层积岩，彼此交叠、覆盖、渗透，绵延到现在。

当你在讨论这些话题时你并不知道自己在讨论什么。

所有的社会都希望行使一套行之有效的语言规范，从而规范大众的思想。从秦始皇的书同文到《1984》中的新话，一些词汇消失，新的说法被创造；某些用法只能够用于特定阶层、特定场合，而大众则需要规避这些高贵冷艳的词语，便发明出以谐音、转喻或者需要过度活跃的大脑联想功能才能流畅使用的民间话语体系。这是一场舌尖与声带上的狂欢。

在某个时代，狂欢同样是经过规训的意识形态工具，而实现手段便是技术。

政府在每个新生儿的大脑语言区域设置了防火墙，从而在人类历史上第一次真正实现了实时性的语言监控网络。当个体欲表达的内容触发防火墙实时更新的数据库红线时，他的信息将被拦截，同时施加某种程度的痛感惩罚；相反，当他说出符合统治者需求的话语时，防火墙会奖赏给他类似于吸毒的欣快感。

一个恩威并施的美丽新世界。

这套系统运行得如此完美以至于人们自发地将过滤机制内化到基因中，遗传给下一代。他们可以更加无缝地与防火墙的机制融合到一起，乃至于一个触发惩罚的负面念头刚产生便会被大脑飞速掐灭，最大程度地减少痛苦。这套机制慢慢地进入潜意识，与大脑皮层中属于两栖类、鱼类、爬虫类的部分相融，触及人类语言最为根源的部分。

事情发生了逆转。

到我出发的时候为止，未来的人们尚未完全明白发生了什么事情。一种可能的猜测是，人类确实是某种智慧的造物，它们在人类大脑中埋入了一套高度设计的语言系统。这套系统可以随着文明发展自我进化，但当某种外来侵入威胁到它的运行规则时，它将重置系统，将一切归零。而这种机制具有传染性。

你能想象吗？一个没有语言的世界，一切都崩溃了。

问题不在于无法说话，而是人类丧失了认识世界与自我的工具，宇宙恢复到混沌状态。

而我，是第二套系统的产物。只有少数人出现了这种症状，或许在你的时代，它会被称为“神启”。

不再是我说话，而是话说我。

似乎是智慧的神灵对愚蠢的人类丧失了耐心，被挑选出来的代言人带着全新的语言逻辑，指导混沌未名回到原始社会状态的人类重新认识世界，建设文明。那看起来确实是一个更为和平、光明、美好的新社会。科学家们发明出时间机器，发现了时间线理论，他们派出代言人到不同时间线的平行宇宙中去传播福音，避免其他世界的人类重蹈覆辙。他们中有许多人的下场可不怎么美好。

这就是我，斯坦利，来自未来世界的代言人出现在这里的原因。出于无法透露的原因，我将结束本次旅程，离开你们的时间线，跳跃到另一个未知的世界。

在你们的文明中，九为大数，象征永久、至高无上。愿我的九篇言说能陪伴这个世界的迷惘灵魂穿过末日之门，回归正途。

谙蛹

1

“安仔，这是什么？”

蓝亦清那充满倦意的声音在门廊里回荡着。今天公司的事真够磨人的，油滑的官员们来回踢着皮球，就是不肯承认他们把预估数值的小数点放错了一位。

安仔没有回答。

“安仔——”他加大了嗓门，带着明显的不耐烦。

“噔噔噔”，从楼梯上跑下来一个十三四岁的长发少年，瘦弱而苍白，套着宽大的T恤。安仔似乎并不打算离开楼梯，斜靠在扶手上，眼神漠然地盯着满脸怒容的父亲，一副无所谓的样子。

“我告诉过你多少次，不要随便进我的书房，不要乱动我的东西……”蓝亦清挥舞着手里蜂蛹似的金属颗粒，“这又是什么鬼东西，它为什么会在我的电脑桌上？！”

“啪”，一张薄薄的折页甩落在蓝亦清的脚边后，楼梯上又响起“噔噔”的脚步声，紧接着，二楼传来“咣”的一下重重的关门声。

蓝亦清呆望着楼梯，脸上的怒色凝住，然后渐渐平复，化为一副十分苍老的神情。他缓缓地低下腰，拾起那张纸，匆匆扫过一眼。

键盘清洁工。

又是什么纳米技术的新鲜玩意儿，他边读边转身往书房走去。

放入键盘可自动清洁灰尘、食物残渣及其他细小污物，无毒无害，无须供能。

蓝亦清怔了怔，心头一阵愧疚，一股酸楚的感觉涌上他的喉咙。自从妻子去世之后，父子俩就再也没有好好地聊过天，说笑过，甚至连同桌吃饭的机会都少得可怜。

哪个更重要？工作，还是儿子？蓝亦清心里清楚答案，可他确实身不由己。

他长叹了口气，把那颗金属蛹丢进了键盘的缝隙中，它在暗处滴溜溜地转了几下，便悄无声息了。

2

蓝正安喜欢画画，但不喜欢说话。

他盼望这个暑假已经很久了，终于可以离开闷沉沉的学校，离开那群闷沉沉的老师和同学了。真是眼不见为净，就连呼吸都顺畅了许多。

终于可以开始他的大计划了，安仔欢呼雀跃。他要把这个学期以来在数学、文学、物理、地理，还有其他乱七八糟课本边边角角上涂鸦的草图，全都搬进电脑，修改、上色、渲染，然后贴到他自己的画廊，也就是他的个人网站上。

这可是个大工程啊。安仔每天连门都不出，就是埋头苦干。当然，这事可不能被老爸知道，不然又要开始打雷了。

这会儿，他一边咬着海苔面包，一边玩着键盘，调整着扫描的数据。一不留神，几粒面包碎屑掉进了键盘的缝隙里。如果是平时，有点洁癖（却又喜欢在电脑前吃东西）的安仔肯定要把键盘擦个底朝天，不把碎屑弄出来誓不罢休，可这回，他只是笑笑便由它去了。

三天前，他偶然在网上的杂货摊发现了这个小玩意。据住在西南山区的卖主说“它很灵”，但似乎他自己也不知道这到底是什么、有什么用处，只是支支吾吾地说是从地里挖出来的。因为便宜，所以安仔买了几个。他后悔的是，自己不识趣地在老爸的桌上放了一个。

蓝正安突发奇想，他想看看这颗金属豌豆到底是怎么清除那些垃圾的，于是他拿出刚开封的一颗，放到桌面上，再撒上几粒面包碎屑。

那颗散发着紫红色金属光泽的“蛹”，表面布着几道随意又精致的螺纹，划出了略带凹凸的曲面，煞是好看。只是现在它一动不动，看不出特别之处。安仔挠了挠头，又拿出了他的Wacom画板，把蛹和面包屑都放到了画板上。

依旧没有动静。

安仔失望地叹了口气，回到屏幕前继续鼓捣去了。他没有注意到，那颗金属的蛹开始颤抖、融化，像一摊果冻般伸展着，吞没了面包屑，又漫过了画板光滑的平面。

3

蓝亦清使劲揉了揉眼睛，又戴上那副有螺纹的近视镜，可屏幕上出现的还是一样的字符。这已经出现不止一两次了，不管他是用“超信”聊天，还是用“咔咔”发邮件，总会有些莫名其妙的符号突然从字里行间蹦出来。而且，出现得越来越频繁。

他确信不是自己的手误，现在也排除了眼花的可能。那到底是什么呢？莫非中了病毒？木马程序？

蓝亦清开始琢磨起这些乱码，渐渐地，他看出了一些蛛丝马迹。

一开始，似乎是在试探着键盘的各个按键，不同的符码轮流出现，相互不重复。接着，是多个按键之间组合应用的形式，奇怪的是，像电源开关、窗口切换、后退等一类特殊功能键却没有被触及。他注意到，在那些看似杂乱无章的符码中，偶尔会出现一两个成型的字词，比如中文的“的”，英文的“the”之类的常用字，看似手误，其实却不然。

怎么会有这么低能的木马？他摇摇头，推测不出黑客背后的用意。

忽然一闪念，蓝亦清想起了一个人，她肯定会对这个感兴趣，而且，他俩也好些日子没见面了。他把重要数据备份后，启动了杀毒程序，然后拿起电话。

他想到的人是大学里的学妹——米兰。她学的是符号学专业，毕业后去了一家科研机构，从事与国防有关的通信加密研究。尽管蓝亦清知道，米兰从校园时期开始就一直暗恋着自己，可双方从未捅破过这层纸，一直到彼此成家，然后丧偶的丧偶，离婚的离婚。俩人若有似无地联系着，距离说远不远，说近不近，那份情感就仿佛从未破壳的蛹，完整地保存在彼此内心的深处。

电话那头的米兰爽快地答应了，说是正好探望一下安仔。喜欢孩子的她因为工作的缘故一直没有生育，而离婚之后也一直单身，所以每次探望安仔，总是要买上一堆东西，就像对待自家孩子一样疼爱着。

查毒结果：0个受感染文件，0个被隔离文件。

蓝亦清看着屏幕上出现的结果，扬了扬眉毛。不知为何，他突然特别期待米兰的来访。安仔应该也是吧，他自我解嘲地想道。

4

米兰的来访为这个死气沉沉的家吹进了一股新鲜的空气，就连蓝亦清也感觉自己似乎恢复了久违的活力。

米兰五官长得一般，但有种说不出来的韵味，看起来比实际要年轻许多，也就二十七八岁的样子。她特别爱笑，笑起来有两个甜甜的酒窝，分外可爱。打一进门起，她的笑声就没断过。

她先跑上楼去了安仔的房间，将大袋小袋往地上一丢，就抱着小男孩亲了起来。尽管安仔也很喜欢米兰阿姨，但毕竟他也是半个大小伙子了，脸涨得一片通红，不住地躲着。

“哟！几天没见，会摆臭架子了，蓝正安！”米兰嗔怪道。

“没……没……”安仔窘迫地躲着她的目光。

“那就让我好好瞧瞧，看看是变丑了还是长帅了，哈哈……哎？这是你画的？”米兰指着屏幕问。

安仔想关闭已经来不及了，只能支支吾吾地答应着。

“很不错嘛……”米兰端详着这幅画，吸引她的倒不是画的内容，而是那些奇特的色调和笔触，带着一种金属的光泽和质感，在细微的暗处铺排着复杂的纹理，看似杂乱无章，但又似乎隐藏着某种规律和秩序，看完竟让人有种刺痛的快感。"是你自己画的？"

"……可千万别告诉我爸。"

米兰愣了一下，又哈哈大笑了起来，拍了拍安仔的脑袋。

下楼到蓝亦清的书房，米兰又换了一副表情，显得平静而端庄。她对蓝亦清始终保持着一种兄长式的敬重与欣赏。听他介绍完大概的情况，米兰坐到电脑前随便打了几个字。

"确定没有中毒或者被黑了？"她问道。

蓝亦清摇了摇头。

"很有意思，让我想起了手头正在进行的活儿。"米兰继续敲打着键盘，"这像是某种密码，但是我看不出哪种模式，不可能是RSA[①]，也不像是AES[②]，倒像是最原始的恺撒置换法[③]。"

"哦？你在搞这个？我一直以为你只是坐在办公室里吹着空调，看看文件。"蓝亦清打趣道。

米兰朝他眨巴眨巴眼睛，吐出两个字："机密。"

"我觉得，对像我这样的，还犯不着用密码吧？"

"我也想这么说，用这么笨的办法传情书？我宁可找信鸽。"

两人对视了片刻，大笑起来。米兰突然停住，故作严肃地看着蓝亦清。

"也许……你该换个键盘了……"

---

① 公开密钥算法（也叫非对称算法）的一种，1978年由Rivest、Shamir和Adleman发明，因此被称为RSA。RSA算法建立在对整数进行分解的数学难题之上。

② 高级加密标准，由NIST（美国国家标准和技术协会）颁布的密匙加密标准。

③ 最为原始的加密方法之一，以二十六个英文字母为例，用循环的方式将字母置换成其后面第n个，当n=3时相当于将A改成D、B改成E、C改成F……以此类推。

5

安仔的大计划取消了，因为他有了新的计划。

先前在课堂上的涂鸦已经被抛到一旁，蓝正安创作的欲望如荷尔蒙般每天涨潮，新鲜的念头像链状火山般爆发不息，甚至连他自己都惊异于这种非比寻常的感觉，如迷狂的酒鬼，无法自拔。

另一件不寻常的事是，他竟无法控制手中的这块Wacom画板。尽管他细致地检查过所有数据设置，但莫名其妙的，压感笔下绘出的线条、色彩还有效果，都并非原本应该呈现的样子。更加不可思议的是，实际形成的图像，恰恰符合安仔脑海中所预想的画面，尽管他从未如此清晰而准确地将它转化为光学实像。

一些东西正在起作用，甚至，它的力量超越了安仔的想象。

晚饭时，蓝亦清发现安仔有点心不在焉，他似乎急切地想把碗里的饭菜扒完，眼神呆呆地盯着餐桌，丝毫不关心嘴里嚼的究竟是糖醋鱼还是红烧豆腐。

“好好吃饭！别慌里慌张的！”蓝亦清敲了敲桌子。

安仔回过神来，充满敌意地朝父亲瞪了一眼，把碗筷一丢，起身要走。

“你上哪去？”

“吃完了！”

“坐下！吃没吃相，坐没坐相，你这些天都在干吗？”

“没干吗。看书。”

“看什么书了？”蓝亦清脸色和缓了些。

“漫画！”说完，安仔又“噔噔噔”跑回楼上，把门一锁，留下餐桌旁吹胡子瞪眼的蓝亦清。

安仔丝毫不关心父亲的感受，在他看来，父亲除了关心那些医疗设备的型号、价格、销售渠道和公司股票价格之外，对其余的任何事情都不上心，包括自己。想到这里，他控制不住地一阵心酸，如果妈妈还在的话……他抓了抓头发，强迫自己把思路集中到屏幕上来。

这幅画太诡异了，他简直无法相信是出自自己的笔下。浓重的大反差色块，枝干般蔓延的纹理，以及细节处如天书般密密麻麻的未明符号，像风景，像生物，像污渍，又什么都不像。安仔看着这幅画，莫名感到一股毛骨悚然的寒意，仿佛那位蛰伏在画板里的魔鬼突然苏醒，如此急迫地渴望表达自己，甚至不惜吞噬“主人”的意志。

他突然想起了这一切怪事的源头。

6

“你是说，都是这玩意搞的鬼？”米兰瞪大眼睛，看着眼前被拆散的键盘。

“我也是昨天晚上才想到，安仔给了我这东西后，才出现怪事的。”

蓝亦清抿了口咖啡，不紧不慢地说，“所以我马上来找你了。”

米兰拿起键盘细细端详，被撬得乱七八糟的按键下，是一个个裸露的金属触片。在本应该是黑色硬塑的地方，却隐隐泛着一层不易察觉的虹彩，那种光泽，只有金属才能发出。

“这是什么？”

“我猜，是那颗该死的键盘清洁工融化成的薄膜。”蓝亦清皱皱眉头，额心聚起几根细纹。

“噢？”米兰挑了挑眉毛，试着用笔去划那层膜，“看起来是十分精致的工艺……似乎已经和塑料结合得相当致密了……”

“我早跟那小子说过，不要胡乱相信网上小贩的鬼话！”蓝亦清怒气冲冲地敲着勺子。

“先别这么武断。你知道吗？”米兰放下了键盘，温柔地直视着蓝亦清的双眼，“安仔讨厌你。你只有这么一个儿子，为什么不多跟他说说话？这对他很重要，或许对你也是……”

蓝亦清张了张嘴，却没有说出话来，只是默默地搅动着咖啡。

“我不认为这玩意儿能导致那些乱码，没有通信装置，这种厚度甚至不可能形成电路。”

“晶格纳米线？”蓝亦清停止了搅拌。

“没那么快，大哥，况且在你的文档里插几个乱码又能有什么用呢？”米兰笑了笑，还是那么好看，“我会把这玩意儿带回研究所，不过你别抱太大指望。”

“那我……”蓝亦清窘迫地站了起来，又坐了下去。

“休个假，好好陪陪安仔。”米兰夹着那个烂键盘，起身，“你会发现，你的儿子是个多么了不起的天才。”

7

“啪”，一个键盘摔在汤力的桌上。他抬头，不解地看着眼前这个笑意盈盈的女人。

“先分析一下那层镀膜的成分，再帮我把键盘装好。”米兰说。

“喔？24k金的？”汤力撇了撇嘴，来回摆弄着键盘。

“有人说这个键盘自己能打字，而且分不清究竟是来自机器还是人。”

“啧啧。恭喜你终于拿到了洛伯纳奖①，晚上庆祝一下？”满脸横肉的汤力装出一副谄媚的笑脸。

“少贫。今天告诉我结果。”

回到座位上，米兰陷入了沉思，似乎是汤力的调侃不经意间触动了她。图灵测试②？不，这最多像台吐着纸带的图灵机③。况且这也太过荒谬了，一层微不足道的膜赐予了电脑键盘与人类同等的智力？这还不如说蓝亦清精神分裂更容易让人信服。

---

① 设立于1991年，角逐规定，第一个通过一个无限制图灵测验的程序开发者将获得10万美金。

② 英国数学家阿兰·图灵提出的一个关于机器人的著名判断原则。此原则说：如果一个人使用任意一串问题去询问两个他不能看见的对象——一个是正常思维的人，一个是机器，经过若干询问以后他不能得出实质的区别，则他就可以认为该机器业已具备了人的“智慧”(AI)。

③ 1936年由阿兰·图灵提出的一种抽象的计算模型，他认为这样的一台机器就能模拟人类所能进行的任何计算过程。

可某种东西一直困扰着米兰，在她眼前闪烁晃动着，那仿佛是天才图灵富有洞察力的发现——在远离平衡状态的化学振荡，如潮水涨落般绘出一幅自组织的美妙图景——如此熟悉而又陌生，拍打着她此时不甚清晰的神志。

“嘿，米兰！你给我的到底是什么鬼东西？”汤力不客气地打断她的沉思。

“什么？”米兰有点迷糊。

“那个键盘！我的机器分析不出那层膜的成分！从来没见过这种晶格结构，而且……怎么说，它好像在……蜕变。”汤力有点气急败坏地指着桌子上正被那只叫“晃晃”的花猫试探着去挠的键盘。

米兰惶惑地顺着他手指的方向看去，不料却看见了骇人的一幕。

键盘上“啪”地弹出一张巴掌大小的金属膜，闪着紫红的光泽，朝“晃晃”的头部扑去。猫嘶叫一声，本能地弓背一退，避过了这突如其来的袭击。那张膜扑了个空，在半空中猛地蜷缩起来，恢复成蛹的形状，滴溜溜地在地上弹滚着。

“晃晃！”脸色煞白的汤力此时最关心的却是爱猫。

米兰木然地站着，貌似最不可能发生的事情此时却生生摆在面前，像是闷头一棍，打得人透不过气来。但是米兰很快便强迫自己恢复了理智，因为她记起了一件十分重要的事情，那幅在她脑海反复闪现的图像，并非在教科书上看见的BZ反应[①]图案。

那是安仔的画。

---

① 又名化学振荡反应。20世纪50年代初，俄国化学家别洛索夫首次提供的一个实在的自组织化学反应，打破了当时由热力学第二定律推出的“任何化学反应只能走向退化的平衡态，在两种颜色之间的化学振荡是不可能的”的论断，后由扎鲍廷斯基对试验进行完善并最终获得承认。

8

蓝亦清装好了新的键盘，试了试，没有出现乱码。虽然这证明不了什么，但他仍隐隐觉得这一切跟那个奇怪的蛹脱不开关系。更奇怪的是，他竟然觉得新键盘没有原来那个好使了。

先是打字速度明显慢了下来，错别字多了，而且词不达意。蓝亦清懊恼地发现，原本应该十分顺畅的句子打出来却如此别扭，而在自己的思路中竟然也有乱码闪现。这是一种说不清道不明的怪异感，仿佛某个不请自来的推销员，生硬地敲开你的门，闯进了卧室，还公然在你的日记上做着批注，而你却只能袖手旁观。

他停了下来，凝神看着那个黑色的键盘，开始有点恍惚。恍惚中他想起米兰的话，他仍然坚持认为，一切都是由于那个蛹造成的，那么，安仔的电脑……

蓝亦清一个激灵，为什么自己就一直没有想到安仔？为什么只知道责怪，却不曾关心？难道真像米兰说的那样，自己是个专制而不称职的父亲？他面带沮丧地站起身来，缓缓步上二楼，想着是该正视自己的问题，跟安仔好好谈谈了。

“安仔，我想跟你聊聊。”蓝亦清敲了敲门，问道。

“忙着呢，改天吧。”屋里传出安仔不耐烦的声音。

“安仔，是很重要的事情。”蓝亦清深深吸了口气，压住自己的脾气。

没有回答。过了一会儿，门开了，是一脸不情愿的安仔。

“我能进去吗？”

安仔面无表情地给蓝亦清让出路来。

该从哪里开始呢？蓝亦清竟然紧张起来，在数百人的会议上高谈阔论、谈笑风生的他，竟然在自己的儿子面前坐立不安。他瞥见了身后的电脑。

“安仔，嗯，上次你给我的那个小玩意……很好用，谢谢你。”

“不客气，我还以为你早扔了呢。”安仔依旧是冷冷的口吻。

“哪能呢，你也用了吧？”

“嗯。”安仔开始警觉起来。

“嗯……电脑有没有……有没有什么特别的反应？”蓝亦清小心地措辞。

“没有啊，一切都很正常。怎么了？”

“你就没有发现……”楼下的手机响了起来，蓝亦清停住了。安仔一副专心听讲的样子，看着爸爸。手机还在响。

“我接完电话再上来。”蓝亦清有点狼狈地下楼了。

安仔听着渐远的脚步声，从抽屉里摸出了Wacom画板。刚才怕被老爸发现，就把线拔了，藏了起来。可现在他心虚了，不知道老爸葫芦里卖的什么药。安仔抱着画板，焦急地寻找着能藏东西的旮旯，他丝毫没有察觉画板表面细微的变化。

蓝亦清一看号码，是米兰。

“喂，怎么了？”

“亦清！千万别让安仔接近电脑！”米兰的声音颤抖着。

“怎么回事？别着急，好好说清楚。”

“快去！别让他接近电脑，特别是键盘，那个键盘……”

突然，从安仔房间里传出一声惨叫，紧接着，蓝亦清听见了物体重重砸在地板上的声音。手机从他掌心不受控制地滑落到地上，“啪”地碎成几个部分。

9

洁白的特护病房里，蓝正安静静躺着，面色苍白，紧闭的眼睑下，眼球不停地快速颤动着。旁边坐着的蓝亦清彻夜未眠，他埋着头，眼中布满血丝，但不敢合上片刻，因为只要一闭上双眼，那噩梦般的一幕便会不断重演。

他亲眼看见自己的儿子瘫倒在地上，那片闪着紫光的膜紧吸着儿子的面门，然后缓缓地渗入眼窝。而他只能看着，一动不动地看着。

门开了，是护士，还有米兰。米兰脸色也不好，昨晚没怎么睡，一直在与各方面联系着相关事宜。

“怎么样了？”

“那东西已经滑到眼球后部，紧贴在视网膜上，暂时没有继续渗透的迹象。”蓝亦清疲倦不堪地抬起头，仿佛一夜之间老了好几岁，“医生说安仔暂时不会有生命危险，他似乎一直在做梦，不知道什么时候才能醒过来。”

“都是我的错，要是我早一点打电话……”米兰歉疚地自责道。

“不。这全是我的责任……我根本不配……不配当一个父亲。”蓝亦清的声音竟然哽咽了。

两个人都沉默了。病房里一片死寂。

“上面十分重视，已经成立了调查小组，马上会采取行动，兵分两路，一组到源发地进行勘查，另一组会对这些，嗯，我们现在把它叫作‘元蛹’，进行研究。我会负责解码部分。”

蓝亦清没有说话，片刻，他站了起来。

“我也去。”他的语气十分决绝。

“可是……你得照顾安仔啊……”米兰不解地望着这个男人。

“待在这里，根本帮不上任何忙。我的臭脾气，说不定还会阻碍安仔的恢复治疗……我要去看看，能不能帮上忙，总比什么都不干强吧？”

米兰没有反驳，她似乎隐约间触摸到蓝亦清的内心，激起了某种熟悉而又久违的感情。这种感情如此倔强而深沉，以至于让她瞬间回到了懵懂的青葱岁月。

“我会帮你联系的，安仔这边你不用担心，我会好好照顾他。”

米兰看见蓝亦清的眼中滑过一丝不易察觉的亮光，但只是刹那，那光便像流星般消逝在深陷的眼窝中。

10

安仔睡着了，但他又醒着，以某种被称为梦的方式。

他紧闭着双眼，但看见了一切。那些糅合着想象与现实的影像，如万花筒中不断翻转的图案，相互交织、碰撞、融合、振荡。新的影像推动着旧有的，如岩浆，如清泉，如一团不断分蘖的物质，向外喷涌、滑落，又循环往复到最初的起点，但内容已经全然不同。

他清楚地知晓，这些图像来自不同的个体，因为当他看见的同时，也感受到了。每幅图像背后都隐含着不同的情感，这些情感是如此鲜活而强烈。如果人类情感可以还原为等同的一系列复杂的神经元冲动与化学反应的话，那么，移植到安仔脑海中的，便正是不同个体彼时彼处的真实情感。

这只是蓝正安新发现中的一小部分。

不同图像背后的思维模式也是完全不同的，对事物的分类、对敌意的反应、时空概念、逻辑推理的范式甚至信仰的强弱，均是千差万别。而安仔却能跳跃到这些模式之上，冷静地观察图像相互之间的关系。更为有趣的是，他发现了黏着于事物之上的体验，超越了概念对现实的固化，它柔软而多变，如同裹着不同酱料的面条，滋味万千。

他看到了三百二十八朵云，有的悲伤，有的神秘，有的带着铁锈的甜涩，有的却关联到一个暮春早晨的离别，但它们都被笼统地称为“云”。所有的云都被囚禁到这小小词语的牢笼中，它们失去了色彩和光泽，成为一团暗淡的由凝结核和水蒸气组成的集合体。

安仔庆幸自己的那朵云逃脱了。

接着，他看见了自己，躺在病床上的自己。他知道，米兰阿姨来了，因为他感到了漩涡般的忧伤、无助和疲倦，还有一份藏得很深的情感。他不知道那应该叫作什么。爱？也许吧。

“他一直在做梦？”米兰看着安仔，问身边的医生。

“似乎是，他的大脑活动一直处于相当高的水平。如果不是做梦或者处理视觉信息的话，那就无法解释了。”

“在做什么样的梦呢？”米兰像是在问医生，又像是在喃喃自语。

“PET①和fMRI②显示，额叶、边缘皮质、杏仁核和海马体都很活跃。”

“这能说明什么？”

“额叶与视觉处理相关，边缘皮质和杏仁核与情感反应相关，所以他的心率和肾上腺素很不稳定。海马体负责学习、记忆和空间定位。可这些并不能说明什么。”

米兰“哦”了一声。她心乱如麻，密码破译工作进展缓慢，安仔仍在昏迷，她亦不知道蓝亦清那边是否有所突破。

“对了，还有这么一种说法。这几个部位组成一个功能系统，类似于灵长类的镜像神经元，帮助我们理解他人的情感和意图，也就是同理心。”医生突然想起了什么，补了一句。

理解他人，米兰琢磨着这话里的意思，思绪开始飞散。

11

蓝亦清从来没有想到，竟会在官方的调查组里碰见同事——研发部的

① 正电子断层发射扫描。

② 功能性核磁共振成像。

冷冬。无论如何这算不上好事，尽管他使劲地向蓝亦清表示慰问和体恤。

目前一切进展顺利，至少官员们是这么告诉他的。他们找到了贩卖“元蛹”的人，在盗卖文物和商业欺诈双重罪名的压迫下，客户信息轻而易举就到手了，扩散范围比先前想象的要小很多，剩下的便是回收组的工作了。

“如果有国外买家怎么办？”蓝亦清记得自己有一次冒傻气地问。

“我们有翻译。”那个人眨了眨眼，俏皮地回答。

事实证明，蓝亦清原先的担心是对的，挖掘现场已经筑起了几层小楼。卖主供认的地点是一处耕地转建筑用地，打桩时工人从地里挖出水牛大小的实心金属块，阳光一照便解体成成千上万个小蛹。卖主是附近的住家，喜欢搜集稀奇古怪的玩意儿，便将其包了下来，后来鬼使神差地发现蛹能吃掉键盘里的污物，便做起了买卖。

他们查阅了当地的文献资料，八百多年前确实有铁牛入地的记载，有堪舆方士测算为凶兆，于是路人皆走避，更无人挖采。

“嘿，哥们儿，你觉得那玩意会是外星人吗？”冷冬故作亲昵地拍了拍蓝亦清的肩膀，端着杯咖啡坐到他旁边。

“听起来像那么回事。”蓝亦清扭头向四周望了望，没有其他组员在场，“好了，别卖关子了，你到底在这干吗？”

“哈哈。你的鼻子还真灵。”冷冬干笑了两声，“我们现在可是政府的合作伙伴。你以为他们真的是来调查那玩意吗？不不不，官僚们永远是妄想狂。他们一是为了确定这玩意不是敌国的间谍工具，二是避免它流落到闲杂人等的手里，三才是那玩意本身。”

“公司干吗要协助政府进行研究？”蓝亦清不解。

“唉，像你这么精明的头脑，怎么会看不到这背后白花花的银子呢？”冷冬猛地灌了一口咖啡，“我们在类神经芯片的研发上已经落后了，今后十年将是争夺市场的关键时期，不领跑就得回家，必须建立突破性的优势。”

“你是说……那层膜？”

“没错！我们发现那玩意远远比硅基完美，无须解决硅生长锥所带来的连线问题。神奇的自组织能力，近似人脑神经突触的联络能力……尽管我们还没完全摸清它的原理，但是，忘了晶体管吧，还有那些笨拙的布线方式。这是一个属于我们的奇迹！”

“的确很激动人心。”蓝亦清冷冷地回应道，“不过，我不认为你们能掌握它，那是某种超越我们理解力的东西。”

“OK，向你的神秘主义致敬！”冷冬讨了个没趣，酸溜溜地端着咖啡杯走开了。

蓝亦清绝非随口说出的这番话，那些幻觉仍不时在他的脑海里隐现，更何况，安仔现在仍在病房里，没有丝毫苏醒的痕迹。一想到这里，他的心就如被地狱之火烧灼一般，剧烈地疼痛起来。

12

“该死！你就不能把那玩意关上吗？”米兰一把摘下防护头盔，朝房间另一端的汤力吼道。

胖子汤力满脸不情愿地关掉音响，做了个鬼脸。

米兰知道自己现在看上去一定糟透了，缺乏睡眠、披头散发，还有沮丧、焦躁和易怒的表情，轮番出现在没化妆的脸上。她甚至不敢照镜子。而这一切全是拜那见了鬼的密码所赐。

密码的破译工作没有丝毫进展。尽管她最初猜测那是原始的恺撒置换法，但是概率统计根本不起作用，她被迫放弃了这个乐观的想法。会是维吉尼亚式的多表替换吗？抑或是类似经典的转轮机ENIGMA[①]？那样的话她所面对的将是上亿次的计算量，更何况她对密钥仍是一无所知，根本无从入手。

米兰也尝试过将那些乱码转换为二进制或十六进制进行分析，但没有任何一种目前通用的算法与之相匹配，这并非像盗版软件般，可以通过反汇编，或者穷举注册码来进行暴力破解。她开始考虑数学问题，如果是像RSA那样的大整数因子分解，又或者是DSA式的离散对数或者椭圆曲线离散对数算法的话，那她只有举手投降了。即使发动所有百万亿次级的大家伙都未必能在规定时间内分解一个超过1024位的强素数[②]。

米兰不得不承认，她卡死在这里了。

“这就不是人干的活！”她摇摇晃晃地站起来，把头盔狠狠砸到地上，双眼噙满了泪水。

周围的人都诧异地望着她，不一会，诧异化为同情，又化为怜惜。她把自己逼得太狠了，也难怪会做出这种一反常态的举动。

“那个……”汤力怯怯地指了指她，又挠挠头，他不知道自己的幽默

---

① 二战期间德国人使用的转轮加密装置。由一个键盘和一系列转轮组成，通过转轮的移动和接线板的置换来完成加密及解密，在二战前期德军的胜利中扮演着重要角色，最终被波兰人破解。

② 一般认为，超过1024位的强素数无法用暴力破解法进行因子分解。

感此时是否合适，“他们没告诉你吗？”

“说！”米兰带着怒气喊道。

“那玩意儿似乎来自火星，或者外太空什么的……”

如同黑暗中“呼啦”敞开了一扇大门，米兰眼前豁然一亮。非人，是的，这密码本来就并未遵循人类的逻辑，硬要用人类的思路去解答，只能是南辕北辙，缘木求鱼。想到这里，她长长地出了一口气，淤塞已久的心头仿佛一下爽朗通透了。

“那么，天才的汤胖子，能不能告诉我你是怎么想的？”

米兰微笑着，如同往常般温柔而光彩照人。

13

随着调查日益接近尾声，蓝亦清愈加明显地感觉到，一股焦躁不安的情绪在队伍中蔓延着，其中表现最为明显的便是冷冬。他似乎在不停地跟不同的官员谈话，又或者频密地接听电话，神色慌张而严肃，一改平日嘻哈的作风。

蓝亦清不想去打听，更不会问冷冬，但在只言片语之间，他已经猜出了个大概。

事情正在起变化。“元蛹”的消息终于还是外泄了，几个竞争国已经先后采取行动。他们一方面暗地派出间谍机构进行活动，不惜代价，只为抢先获取样本；另一方面，背地形成战略同盟，计划在间谍行动失败之时，将问题摆上台面，通过国际舆论的压力迫使我国政府共享“元蛹”及相关资料，毕竟以全人类的名义的确足够冠冕堂皇。

政府现在承受着极大的压力，以当今科研实力的差距，交出“元蛹”无疑就是彻头彻尾的失败，甚至可能影响到今后的国际竞争格局。但是，无论从哪个方面看，阻止“元蛹”落入对方之手已是不可能的任务，只是早晚的问题而已。

“疯了，全疯了！这群低能的无脑儿！”冷冬骂骂咧咧地又坐到蓝亦清的身旁，只不过，这回手里端的是一杯啤酒。

蓝亦清扬了扬眉毛，表示期待着他的继续发言。

“他们居然要把所有的‘元蛹’都销毁掉！那我们怎么办？”冷冬抑制不住自己的怒气，但又别扭地把声音压低，“前期我们可是投入了上千万的公关费用！全打水漂了？”

“我记得，我们可是政府的合作伙伴。”蓝亦清掩饰不住满脸的讽刺。

“研究进度太慢了，在我们搞出个子丑寅卯之前，估计他们早就申请专利了。政府等不及了。”冷冬打了个嗝，满嘴酒气。

“难道他们能说销毁就销毁，连个说法都不给？”

“别逗了，哥们儿，莫非你还不知道？”冷冬眼神迷离地盯着蓝亦清，嘴角抽动几下，“嘿嘿……你的儿子，安仔，就是他们最后的筹码啊……”

蓝亦清打了个冷战，后背升起的寒意刺得他头脑分外清醒。是的，事情很明显，无论是从人道主义的角度延缓交出“元蛹”，还是以危害公民人身安全的罪名全面销毁“元蛹”，他的儿子蓝正安都是必不可少的一颗棋子。当然，这个假设的必要前提是，他依然昏迷不醒。

蓝亦清丢下微醺的冷冬，跌跌撞撞地离开了酒吧，冷汗布满了他的额头。他必须马上回到安仔的身边，一刻也不能耽搁，因为此时的他，已经无法相信任何人了。

14

“如果我是你，”沉默了许久的汤力终于抬起头，严肃地望着米兰，“我会瞧瞧爱丽丝和鲍伯①之间是怎么说悄悄话的。”

所有人都愣住了，米兰也愣住了，过了好一会儿，她才“噗嗤”笑出声来。

“见鬼，我怎么没有早点想到呢？”米兰懊丧地拍拍自己的脑袋。

汤力是对的。米兰之前只是在单独的电脑上钻研密码的规律，却从没有观察过两台被侵入的电脑之间是如何对话的。如果按照这种新的思路，先分别记录两台电脑的密文，再让它们联机对话，便能发现双方彼此呼应的句式变化，从而找到破解关键词汇的突破口。

这是一门陌生的语言，而不是密码。

各就各位，米兰像个将军般下令，胜利的曙光燃起了她的热情。烦琐的测试环节按惯例有条不紊地进行着，她的眉头时而舒展，时而紧锁，一些奇怪的感觉不时打断她的思路，如同胶片的跳帧般，闪现着迥异的色调与质地。

---

① 爱丽丝和鲍伯，密码学中用来指代使用密文通信的双方。

结果出来了。

“汤力，你看看这个。”米兰话音里带着无奈与迷惘。

联机对话之后，两台电脑的密文形式都有所改变。它们似乎吸收了彼此的一部分，最后竟然固定为一组相同的密文，就像两位对唱的歌手，尽管原先的音色、节奏、旋律都不尽相同，但最后彼此穿插磨合，以合唱结束了演出。

“某种共振效应？”胖子挠了挠头，“莫非真是无解……”

汤力的话使米兰想起了之前他们一直在攻克的课题——量子密码。由激光束传递单一的光子，光偏振的方向代表一连串量子比特的0和1，由此组成了密钥，对信息加密或解密。任何试图窃听密钥的行为，都将在海森堡测不准原理的制约下，扰动光子流的性质，从而被发觉。因此，除了背叛这种历史悠久的人类行为，量子密码几乎是无法破解的。

但这不是汤力想要表达的意思。

“我真的觉得，”汤力做出一副“我很认真”的表情，“真的真的觉得，这可能不是我们所想要的东西。”

“什么意思？”

“我突然想起一件事，为什么我们会一直把这些鬼画符当成密文？”胖子开始絮叨，“愚蠢的人类沙文主义！蠢到家了。记得我跟你说过的吗？这些玩意不属于这颗星球，它们凭什么按咱们的规矩办事？”

米兰沉默了。

“就因为它们会打字？噢，那可真聪明，都快赶上写莎士比亚的猴子了。也许，它们只是误打误撞；也许，这只是它们的排泄物；也许，它们根本不把它当回事儿……”

“够了，汤力。”米兰挥挥手制止了他的喋喋不休，“够了。让我安静会儿。”

她不得不承认，汤力说得有理，他们根本没有足够的证据，证明那是包含着某种意义的语言，这从头到尾只是一厢情愿。但这真的毫无意义吗？米兰隐隐感到自己忽略了某些至关重要的细节，一些显而易见的东西。

手机响了，她接起电话，双眉粲然一舒，脸上绽开了花般的笑靥。

安仔醒了。

15

蓝亦清没有想到，回来见儿子的第一面，竟然是在病房的电视机前。

电视并没有开，安仔直勾勾地盯着灰暗的屏幕，那里反射着自己木然的面容。一个高大的身影从背后靠近他，站住了。一只厚实有力的手拂过男孩的头发，滑落到他的肩膀，动作是那么轻缓柔和，似乎生怕惊飞了停歇在肩膀上的蜻蜓。

“他会一直这样吗？”蓝亦清没有回头，问身旁的医生。

“数据表明，他的一切生理状况都十分正常，但似乎某个梦境，引发了情绪的剧烈波动，造成了暂时的认知和交流障碍。”

“暂时？希望咱俩的‘暂时’是同一个时间概念。”蓝亦清显然对这番空话十分不屑，抬头看着熄灭的屏幕。他俯下身子，脸贴着安仔的耳畔，他想知道，安仔到底看到了什么。

逐行显像管。

1024×768个点距为0.25mm的荧光点。

安仔发现，这些纵横排列的点阵能够妥帖地管理他的梦境，或者说是他在睡眠状态中接收到的信息片段。他将梦境一一映射到荧光点上，然后按照不同的模式反复点亮、熄灭，寻求其间的规律。成千上万的各异影像与情感次第燃起，或水平，或垂直，或以毫无章法的路线描绘出怪异的形状。在极快的刷新频率下，超黑矩形屏幕所特有的碳粉颗粒，在荧光点之间扮演起路由器的作用，相邻光点的梦境借由碳晶体的各个表面进行折射，彼此游移、置换、重叠，又形成另一套更加复杂而高效的路径。

经过整理归类的梦境又重新回到安仔的头脑中，灰黑的屏幕上最后只剩下一个片段。这个片段从细微的一个荧光点开始自我复制，如多米诺骨牌般迅速占据了其他的光点，最后填满了整个屏幕，成为一幅整体的图像。那片段中的主角轮廓如此熟悉，其中蕴涵的感情却陌生而复杂，蓝正安不得不稍稍集中起精神。

轮廓逐渐清晰，最终凝结成一张沧桑而疲倦的面孔，那是神情黯然的蓝亦清。

那是一团掺杂着诸多微妙情感的集合体，交织翻腾，奔涌不息。一些或模糊或鲜活的影像碎片，被裹挟于情感的洪流中，若隐若现。安仔看到了母亲那年轻而柔美的脸庞，在愧疚与悔恨的浪花中，抬得高高的，像太阳般炽烈而明亮，让人无法直视。一股夹杂着疼痛的暗流穿越时间的重重记忆，与懊丧和愤怒汇聚在一起，卷起无数黑夜里的低泣，狂暴地旋转着。那漩涡的中心，却是安仔自己。

襁褓中的婴孩，咿呀学语，第一次叫爸爸，哭泣，教室里的背影，母亲病床边的沉默，争吵，敌对，冷漠，冷漠，冷漠……如电光石火，转瞬即逝。安仔透过父亲的眼睛，看到了自己的生命如大河流淌，一种强烈而深沉的情感如河床的基石，塑造着、指引着河的形状与流向。而这是他以前从未体会到的。

蓝正安第一次感到，自己与父亲之间，存在着如此强韧却又无形的纽带，将彼此的命运牢牢联结在一起。这便是血缘之情吗?

他又看到了第四个人。一股初春的气息在父亲的思绪中弥漫开来，如枝头的晨露，清澈、甜美、生机勃勃。他感慨于人类情感的丰富细腻，同时又察觉到了这份渴望中的犹疑与压抑。他开始明白了。

“安仔怎么样了？”米兰的身影反射在屏幕中，急切地问蓝亦清。

蓝亦清直起身子，眼眶潮红，颓然无语。米兰抚着安仔的肩膀，指尖滑过他的头发、前额、鼻尖，又无力地垂下。那双澄澈的眼睛里没有泛起丝毫的波光。

“刚刚接到紧急通知……”米兰迟疑着，不知道蓝亦清会有什么反应，“所有的‘元蛹’将被集中销毁，研究宣告失败。”

蓝亦清出奇地平静。政府终于决定铤而走险，他们将为这最后的选择付出代价。

“没有发现任何有用的东西吗？”他现在心里满满当当装着的，只有儿子。

“那些密码很可能只是毫无意义的涂鸦。我们始终想不明白的是，为什么它们会选择电脑作为寄主，又为什么会转移到人体上。”

“寄主”，米兰脱口而出的这个词深深地触动了蓝亦清，他开始回忆事情发生的始末：键盘，画板，阳光下分解的铁块，寄生。

“你说过，我给你的那个键盘里的‘元蛹’，也差点侵入了一只猫的躯体。”蓝亦清沉吟道，似乎抓住了一些关键的细节，“当时的键盘是脱离主机的吗？”

米兰仔细回想了一下，点了点头。

“看来我们可以做出一个有力的推论。”蓝亦清胸有成竹地说，“能量。它们是为了获取能量，所以接入了键盘和画板的电路中，又因为电源被切断，转而寄居到生物体上，汲取生物能。它们的胃口还真是好，不挑食。”

“等等！”他脸色陡变，像是想起了什么，“他们准备怎么销毁‘元蛹’？”

“集束激光……”米兰同时意识到问题的严重性，慌乱地掏出手机。

听筒中传来的，是一遍遍无法接通的冰冷提示。

16

事情发生得如此迅疾，他甚至没来得及做出反应，尽管之前他自认是一名训练有素的军人，肩上的杠与星可以作证。

他看着那堆垃圾在集束激光的照耀下青烟滚滚，不多会儿便化为气体。但令人始料不及的是，那些细小的“元蛹”以令人恐惧的速度融合成一座金属怪物，从废墟中膨胀开来。那怪物开始只是水牛般大小，但只是刹那，便长到了数十层楼的高度。再后来，他便发现自己刚迈开的脚步已经被吞没了。

现在他所苦恼的是，应该如何界定自己面对的状况。

透过紫红色的半透明物质，他能看见天空、地面和城市，都被笼上了一层金属般的质感，折射出重重叠叠的复杂纹理，如同水流般紊乱。他能看见其他人，他的长官和战友们，还有其他的陌生人，悬浮于这团巨大的物质中，如陷于蛛网上的小虫，无助地伸展着肢体。但令他心生疑惑的是，他竟看见了自己，从不同的角度，不同的距离。可那的的确确是他。

他在前进着。这台巨大而怪异的"公共汽车"正在穿越城市，但并没有造成破坏，每当接触到建筑物的瞬间，它便会颤动，然后顺畅地渗透那些由钢筋、水泥和混凝土浇灌而成的躯壳。不时会有躲避不及的人群加入他们的队伍，那些惊恐失措的路人，从底部卷入，沿着仿佛预先规划好的路线，打着旋子，被抛掷到某个角落，然后像被钉子固定住般，动弹不得，只剩下五官不停地扭曲着。

这真是一场滑稽的噩梦啊，他想。

可这梦又未免过于诡异了。每增加一个被吞噬的人，便会增加一个看见自己的视角。不仅如此，他突然意识到，脑海中一直回响的，并非只是自己思考的声音，而是由许多声音交织而成的合音，其中夹杂着各种不和谐的喧哗与骚动，颇为热闹。

这可不太对劲，他，或者他们想。还有更不对劲的，他突然不知道自己是谁了。事实上，他清楚明白地知道自己的名字，但一百五十八个名字，还在不断增加中。习惯告诉他，这其中应该只有一个名字对应着自己，可他却无法分辨。

好吧，那就我们吧。他有点懊恼地想到，回头报告应该怎么署名，那可需要附上厚厚一本签名簿。

但很快，他就把签名簿的事情抛到了脑后。一支集团化军队出现在他面前，装甲坦克一字形排开形成封锁线，炮兵与狙击手占据各个有利位置翘首以待，天空中传来战斗机的轰鸣声，大地战栗。

他知道，它们都不是对手，而且，他突然无比清晰地看到自己前进的方向。

在这段旅途中，将无人能够阻止我们前进的步伐，他想。

他已经开始习惯于使用“我们”了。

17

蓝亦清和米兰目瞪口呆地看着电视中发生的一切。那座硕大无朋的“元蛹”如同一颗金属果冻，所有的炮火在接触到它的瞬间，都被那种奇异的颤动吞没，然后从另一侧吐出。背后的城区被炸得一片狼藉，而蛹本身却毫发无伤。

它似乎对面前的这堆现代化武器视若无睹，依旧悠哉游哉地朝前蠕动。士兵们纷纷丢盔弃甲，开始溃逃，而来不及爬出控制舱的坦克兵们，则被吸出了舱门，成为众多乘客中的一员，仿佛果冻中的鲜果粒，在阳光中抖动着别样的光泽。

蓝亦清有种不祥的预感，尽管他不愿相信，但理智强迫他必须接受这个事实。巨蛹的确是朝着他们所在的方位而来，很明显，它的目标是安仔。

米兰同样感受到这种担忧，看着蓝亦清，眼神中充满不安。

“我去。”淡然二字，却似有千钧重量，震得两人一片愕然，因为，说出这话的不是别人，正是方才还一脸木然的蓝正安。

蓝亦清和米兰又惊又喜，他们紧紧地拥抱着安仔，同时也拥抱着彼此。

“米兰阿姨，爸。”安仔的眼神恢复了灵动，晶莹透亮，似乎饱含着一片温暖的阳光，“它们找的是我，我去。”

“不行！你这是去送命！”蓝亦清怒喝了一声，身体却瘫软了下来，“别去，安仔，就听爸爸这一回，好吗？”

“爸，你还记得吧，妈以前常给我讲的那个故事，那个犹太人的故事。如果每个人都为了保全自己，默不作声，到最后，人们就会连发出一丝求救的机会都没有……”

蓝亦清沉默着，在此时的安仔面前，他竟没有一丁点儿反驳的力量。他知道，儿子是对的，“元蛹”将会沿着这个方向，横扫数十个大小城市，途经之处，将会增加不计其数的牺牲者。安仔超越年龄的成熟和深明大义让他自豪，可为什么偏偏是他的儿子？他的眼眶湿润了，额角的青筋不住地跳动着，一股撕心裂肺的疼痛猛烈地袭击着他的神经，使他蓦然间仿佛又回到妻子病逝时的绝望境地。

“米兰阿姨，它们是一个整体，而且，每颗单独的蛹，既是部分又是单体。就好像分型图案，每个细处放大之后，又是一幅与原来极相似的图案。”安仔指指自己的脑袋，“所以我知道，它只要得到我脑子里的这一块，就完整了。”

米兰琢磨着安仔的意思，恍然大悟。如此说来，那些乱码就像填字游戏，每个“元蛹”都如同一张只填了小部分的字谜表格，彼此对话之后，便将各自的字母填入对方的空格，以确认各自的身份和位置。这样做到最后，便是一张完美无缺的复杂单词表。

“如果我，我是说如果……”安仔没有说出那个词，但米兰已心领神会。她不知道该说些什么好，眼前这个十四岁的小男孩，看着比自己还要成熟睿智许多，活像是被亡魂附体的通灵者，未免让人心寒。但此时，她只是用力地将安仔拥入怀里，抚摸着他柔细的长发。

这是我的孩子，米兰突然强烈地感到这一点。是的，从他母亲去世的那天起，她便下意识地将自己代入这一角色，把他当作亲生儿子般对待。可如今，她却要失去他。米兰双肩微颤，把安仔拥得更加紧实。

安仔突然诡秘地眨眨眼，像是看穿了什么，他凑近米兰的耳畔，轻声说了句：

“我爸就拜托你了……”

米兰再也控制不住自己的泪水。

18

这便是“元蛹”的内部？

蓝正安看着身后涟漪般泛开的紫色波纹，颇为惊讶，因为他仍然看得见父亲与米兰站在日光下，看起来十分紧张。在他们之间似乎只隔着一层有色玻璃，除此之外，无论是自己的呼吸、体温或者触感，都与在外界时没有太大的差异。

一股强大的力量将他轻轻托起，仿佛沿着某条隐性的轨道。紧接着是一系列复杂的旋转和爬升，安仔悬到了离地数十米的空中，但没有丝毫颠簸与摇晃。他好奇而略带惶恐地看着散布于整个空间的数百具人体，恍如儿时摇篮上空悬坠的玩具木偶，在紫色日光中缓缓旋转。他们有的紧闭双眼身体却不停颤动，有的双目怒睁却如木桩般僵硬；但毫无例外的，他们都如同提线傀儡般扭曲出怪异的姿势。

“噼啪”，整个元蛹刹那间暗了一下，旋即又恢复光明。正在安仔疑心自己眼花之时，它又以极快的速度闪动了几下，仿佛在天空中划过的一道道黑色闪电。当四周陷入漆黑的瞬间，那些人体却次第亮了起来，仿佛他们是显像管上的一个个荧光点，在电流经过的数微秒间绽放出耀眼的白光。

忽然，所有的一切都陷入了黑暗，连人类也不再发光。

蓝正安知道，对话开始了。

黑暗中出现了一点光亮，光点越来越多，越来越密集，最后竟汇聚成浩瀚无垠的星空。星空开始移动，安仔惊恐地看着极大尺度的星云迎面扑来，乳白色的旋臂舒展着穿透他的身体，恒河沙般细碎的恒星不停地撞击着他的脸庞。光芒炽烈，温度冰冷，接着又是漫无止境的虚空与缥缈。另一座星系从深紫色的背景闪现，放大，轰然而至，周而复始。

“欢迎回来。”

安仔似乎听见一个声音从脑中响起，但他很快醒悟到，这不过是人类大脑所习惯的信息处理方式：将某种意义转化为可感知的形式加以重现。他并没有真的听到声音，但“元蛹”的确在跟自己对话。或许这眼前的一切，也是它们为了匹配人类视觉而生成的信息？

“我并不属于你们。”

安仔脚下疾速地卷起一片光的漩涡，交叠在不断前行的星空上，漩涡中影像纷乱而模糊，仿佛是由许多片段拼贴而成。慢慢地，安仔看出了端倪。这是“元蛹”原来的世界，一个高度发达的文明社会，为了使整个种族形成一个圆融和谐的智慧共同体，“元蛹”被发明了出来，用来联结不同个体之间的情感与意识。愿望美好而高尚，但结局并非如此光明。

他看到了阴谋、背叛、血腥与屠杀，图像在混乱的爆炸与坍塌中隐没。背景中，一颗超新星爆发了，血红色的光芒照亮了数万光年的星空，并将持续亿万年之久。对于许多文明而言，那便是永恒。

“我们一直在寻找。”

背景蓦然收缩了尺度，深深潜入星系之内，不计其数的恒星、行星、陨石带快速地掠过安仔的身体，偶尔短暂地停歇，便会有光的漩涡喷涌而出。他明白了，“元蛹”带着那深植于记忆中的使命，在这亿万年的旅途中，寻找能够实现融合的智慧生物，但它们一次又一次地失败了。无数的世界在它们身后倾颓，文明化为废墟，智慧凋零，生命湮灭，而它们自身的智慧却在萌发、滋长、升华。

画面上出现了一颗淡蓝色的行星。放大，定格，缓缓旋转。地球。“元蛹”在大气层中解体，化为数千颗独立的蛹，如流星般坠入地球的各个角落，宛如一场盛大的烟花。

人类并未发展到能够自觉运用“元蛹”的文明阶段，他们如同天真的小孩，手捧着这天赐的礼物，满心欢喜地佩在胸前，或者秘藏于花纹繁复的珠宝盒中。只有极少数“元蛹”发挥了作用，但它们的主人并没有足够的智慧和理性去驾驭这种能力，于是，他们有的被送上了宗教法庭的绞刑架或者火刑台，有的虽成为名震一方的巫医或者通灵者，却因神智崩溃被放逐于荒原或自绝于文明。但无论怎样，这与“元蛹”的使命毫无关联。

经过数千年的辗转流离，“元蛹”依靠对极少数寄主施加潜在的影响，终于重新聚集在一起。这一过程与人类历史的进程息息相关，寄主中有征战四方的一代枭雄，也有富可敌国的行贾商人，更有智冠人杰的智者谋士，他们的占有欲和收藏癖成了“元蛹”实现目的的最佳工具。但当它们融为一体，企图再上征途时，却由于地球能源的利用率过低，导致它们蓄能不足，在逃离大气层之时，遭遇电磁风暴，重新坠入地底，陷入了漫长的休眠。

又是数百年过去，沧海桑田，世界成了今天的模样，但似乎除了技术的发展和能源的高度消耗，人类还是那个天真而虚荣的小孩，他始终没有长大。

安仔看着这令人目眩的千年蒙太奇，一种莫名的悲哀无法遏止地蔓延开来。不知是为了自己，还是为了它们。

“我们要走了。”

是的，非走不可。安仔突然深切地体会到“元蛹”的用心良苦。如果不尽快离开地球，人类必然像它们以往所造访的文明一般，因自身的贪婪和欲望，陷入万劫不复的境地。或许，现在整个世界已经悬挂在剃刀的边缘，只要往某个方向上稍稍加力，它便会干脆爽利地被分裂成两半。

背景又恢复成深紫色的星空，如此静谧而宽广，似乎它的存在便是一切。

“我们需要你。”

“为什么？”

他很快得到了答案。寄生在他脑中的“元蛹”，主管记忆和空间定位，与人类大脑中的海马体功能类似，但海马体还有一种它们所不具备的功能——学习。它们希望能够借助人类大脑的学习功能来完善自身，希望有一天能实现它们的使命。

“让我想一想。”

安仔惊讶于自己竟然会考虑这一决定，难道是脑中的“元蛹”在向他施加影响？他想到了父亲和米兰阿姨，想到了自己钟爱的画画，想到了现实生活的无数碎片和场景，也想到了前面无尽的旅程和未知的世界。

他想了很久，很久。

最后，他点了点头。

19

“请马上撤离危险区域，以免造成不必要的伤亡！请马上撤离……”

蓝亦清和米兰惶惑地朝着声音的方向寻去，是一辆正环绕着“元蛹”行驶的轻型装甲车，它的车载广播系统正不停地重复着这两句话。

“莫非……”米兰紧张起来，一种不祥的预感掠过她心头，“他们到底想干吗？”

“这群该死的，我不会让他们动安仔半根手指头！”蓝亦清攥紧了拳头。

装甲车十分不情愿地在他们俩面前停下，驾驶室的玻璃被摇下，一个全副武装的军人用蛮横的口气呵斥道：“你们俩聋了啊？！三十秒内还不滚出我的视线，一切后果自负！”

米兰拽住想要发作的蓝亦清，不卑不亢地还击：“你知道你在跟谁说话吗？”

那名军人一看来者不善，口气略为收敛："我也是奉命行事，半小时内将展开第二轮攻势，为了你们自己的安全，还是赶紧撤离吧。"

"你们的良心难道被狗吃了吗？！"蓝亦清再也忍不住了，怒目圆睁，"我儿子还在那里面，几百条人命难道就这么不管了？！"

"我只是奉命行事。"军人闭了嘴，脸色铁青。

"你们的指挥官是谁？"米兰捋了捋头发，脑海中努力搜索着可以利用的人脉资源。

那人说出一个名字。米兰眉头微挑，她居然认识这个人，事实上，那个人在发迹之前与米兰属于同一系统，两人曾在数次会议上打过交道，彼此印象都不坏。

"你帮我接通他的电话，就说是五所的米兰找他。"

"对不起，我没有这个权力。"军人摇摇头，一副爱莫能助的表情。

米兰狠狠地瞪了他一眼，在蓝亦清讶异的注视下，她掏出了手机。数通电话下来，动用了不少曲折的关系之后，她终于接通了指挥官的案头电话。

在米兰简单表明身份和意图之后，指挥官直截了当地告知她实际情况的严峻性，事情远远比他们所想象的要复杂。"国际社会对我国政府私自动用武力表示强烈不满，同时怀疑我国是否有能力妥当解决危机。敌对国已经提交动议，倘若时机成熟，将结盟强行介入此事，这将成为他们干涉我国内政的一个有力借口。无论最后是驻兵还是其他手段，所带来的严重后果将是无法预料的。高层已经下达了死命令，一定要在期限内解决问题，不惜任何代价。"

不惜任何代价。米兰的心一下子像掉进冰窟般，刺骨地冷。

"难道没有别的办法了吗？哪怕再延迟几个小时。"米兰失神地望着蓝亦清，焦急地问。许久，她听见电话那头传来一声叹息。

“你以为我愿意吗？但如果不这样做，恐怕我们付出的代价会更加惨重。”指挥官的声线微微颤抖，他沉默了片刻，话锋一转，“其实，我一直十分欣赏你那过人的直觉，这也正是我离开科研岗位转投战场的原因。我并不具备那种天赋。所以，请你用你的直觉告诉我，那到底是什么鬼东西？”

米兰沉吟了片刻，用缓慢却又不容置疑的口吻回答：“还记得有一次我们在会议上讨论的哥德尔定理吗？你说要理解哥德尔定理，必须先理解罗素悖论①，因为它是形式逻辑体系出现矛盾的源头。‘元蛹’就是这个世界的罗素悖论。”

电话那头陷入了长久的沉默。

“好吧，”指挥官艰难地吐出每一个字，“我答应你，攻击推迟半个小时，这已经是我所能做到的全部了。”

米兰还没来得及表示感谢，突然听到装甲车里的军人惊呼，蓝亦清“扑通”瘫软在地，口中喃喃地念叨着安仔的名字，眼神空洞。她顺着他的视线望去，“元蛹”已经不再透明，它浑身闪耀着金属的紫色光泽，缓慢而坚决地收缩着躯体。

“对不起，恐怕我的承诺要作废了……”

随着手机鸣着苍白的忙音，米兰的手臂无力地垂向地面。

① 英国哲学家罗素从集合论中的康托悖论出发，提出了罗素悖论，即定义集合S（罗素集）是所有不以自身为元素的集合所构成的一个集合。根据集合的概念，如果S属于S，那么S属于那些不以自身为元素的集合，便推出S不属于S；又如果S不属于S，那么S反而属于那些以自身为元素的集合，便推出S属于S。这两个相互矛盾的命题构成了悖论。罗素悖论的通俗化描述便是著名的“塞维尔村理发师悖论”。

20

“元蛹”那庞大的身躯如退潮般缓缓收缩，镜面般的外壳不断变幻着色彩与纹理，如星云，如卷云，如湍流，如回路，神秘莫测。它的外形也在不断地改变，如同一团放大了无数倍的阿米巴变形虫，触手、伪足、附鳍、根瘤……各种怪异的器官轮流着浮出体表，又潜没消失，仿佛在重演一场亿万年的进化史。

蓝亦清和米兰绝望地看着眼前发生的这一切，他们认为这是消化，而非进化。直到在“元蛹”退却的地面上出现了第一具人体。

接着是第二具、第三具……他们开始缓慢地蠕动肢体，发出低沉的呻吟声。他们还活着。

两人又惊又喜地检查着不断增加的幸存者，但是，没有安仔。被吐出来的人群已经在地面上密密麻麻地躺成一片，如同某件大型行为艺术作品。他们衣着完好，却神情恍惚，无法言语。

“安仔——”蓝亦清和米兰声嘶力竭地呼喊着，却只得到一片模糊的呢喃。

有些幸存者开始站起来，茫然地看着眼前的一切。站立的人越来越多，他们面朝着“元蛹”的方向，围成一个半径巨大的圆圈，圆心是持续收缩的金属怪物。他们仍在呢喃着，以同样的节奏，同样的音调呢喃着。

蓝亦清和米兰分头沿着圆圈的两个方向搜索，他们疯狂地穿越那些植物般的人群，努力从一张张肃穆而苍白的面孔中辨认出安仔。他们碰头了，一无所获。

忽然，所有的呢喃声同时消失了，世界陷入了噩梦般的静谧中。蓝亦清和米兰相互搀扶着，惊恐地朝圆心的方向看去。“元蛹”的收缩停止了，它凝固成一座精致而伟岸的雕塑。从它的形状上，找不到类似生物或者任何现实事物的特征，它只是一个巨大而抽象的符号，冷冷地存在于这个世界，映照着周围的一切。

它开始上升了，平滑、匀速地上升着，没有丝毫重力作用的痕迹。

米兰突然尖叫一声，蓝亦清顺着她手指的方向，看见一个小小的人形，瘫在“元蛹”升起处的中心。他们不顾一切地拨开人群奔了过去，是安仔。在遮天蔽日的“元蛹”下，蓝亦清紧紧地把儿子拥在怀里，米兰喜极而泣，泪流满面。

“爸……”安仔低低地叫了一声，但双眼仍然紧闭着。

“安仔！安仔！爸爸在这里！”蓝亦清眼眶潮红，温柔地抚摸着安仔的头发，他希望儿子只是做了一个噩梦，仅此而已。

“爸……”安仔艰难地睁开了眼睛，迷惘地看着四周，“米兰阿姨，我好像……做了一个很长很长的梦……”

“都结束了，一切都过去了……”米兰轻轻地说。

“它们……它们要带我走，我答应了。可……可我还在这里……”

米兰破涕而笑。是的，罗素悖论，她早该想到的。你既属于你，你又不属于你，这便是“元蛹”的逻辑。

“一切都过去了……”她只是又重复了一遍。

“元蛹”越升越高。人们站着，仰望着那个紫色的亮点渐渐消失在湛蓝的天空中，阳光照耀着他们的脸庞，他们的表情微妙而复杂，仿佛内心的某一部分也随着这不速之客消失无踪。至于那部分是什么，每个人都在寻觅着自己的答案。也许，他们要用一辈子去寻觅这个答案；也许，答案并不存在。

蓝亦清和米兰手牵着手，远望天际，某种温暖的力量将他们紧紧相连，在这一瞬间，他们感到了永恒。而对于安仔来说，这一瞬间的感受已经被注入一件美丽的事物，在他即将踏上的漫漫人生中，这段经历将是他永难忘怀的。

天边有朵云。

动物观察者

世界上现存193种猴类和猿类，其中192种浑身有毛，唯有一种是裸猿，他们自称“人类”。

——德斯蒙德·莫里斯《裸猿》

1

当我闭上双眼，一切纷繁的事物隐入黑暗，我能听见他们粗重、深长的鼻息；能闻见他们身上那腥臭、苦涩或是甜腻的气味；能看到在这座城市的阴冷洼地，他们佝偻着脊背，在墙头巷尾如影子般掠过，伴随着一声凄厉的尖啸或者是皮肉撕裂的脆响。

我能看到他们眼中放出的光，一种单纯的恶，一种斑斓的美，像是看见镜子中的自己。

他们已经忘了，至少在那兽的快感掳获身体的瞬间，他们不再记得我们曾经立下的盟誓，哪怕只是在一张肯德基餐巾纸上。那身为人类的理性光芒，或者也就像这张纸般脆弱，随时会被洇湿、揉烂、撕毁。

而王叫兽、熊猫二侠、可乐小姐、香蝶儿、超人……我的伙伴或敌人，他们的墓碑上将不会刻着名字。

那个梦境又影影绰绰地出现，仿佛要把我拽入一个色彩斑斓的漩涡，去那个充满森林、河流、山脉和草原的世界，去舒展自己的每一个毛孔、裸露每一寸肌肤，去追逐那地平线尽头的落日，去饱吸充满泥土气息和植物芬芳的空气，去扑咬，去咆哮，去嬉戏，去交配，去做一切我原本应该去做的事情。没有拘束，没有界限，没有压抑。

只有快乐，赤裸裸的快乐。

被超人囚禁的第四天，门铃响了。

开门的是个穿着黑色皮夹克的男子。即便隔着铁门，我也能感受到那目光中透出的寒意。他鼻子抽动着，说：“外卖。”

“没叫外卖。”熊猫二侠答道，便要关门。

“叫了。”那男子语气生硬，不容置疑。

二侠看了超人一眼，超人点点头。

黑衣男子缓缓步入，带着一种强大的压迫感，手中抱着一个灰色、精致的盒子，与我们收到的一模一样。唯一不同的是上方斜印着四个字：

废品回收。

在那一瞬，我真心地后悔，后悔加入“动物观察者”小组，后悔一切。

可世上并没有后悔药。

2

这个豆瓣私密小组的活跃用户不超6个。

组长“王叫兽”，大学退休教师，喜欢发表学术气息浓重的文章，什么“由蜂群社会结构谈改革进程”“哺乳类的天性？一夫一妻制走向何方”等等。他从各个动物小组找到合眼缘的成员，邀请入组。

“可乐小姐”，似乎是一个对自己男人性能力不甚满意的女人，总是“犹抱琵琶半遮面”地发一些内涵帖，比如“什么动物性能力比较强”，然后正文就问吃它们的鞭会不会对男人有帮助。

“熊猫二侠”，北京土著90后。他喜欢熊猫不是因为它是国宝，也不是因为好莱坞的动画片，而是因为熊猫“长着肉食动物的牙口和肠胃，却不得不吃素；长期性冷淡，每年俩月的发情期，可惜器官太短，射程不够，好歹给它看了毛片；人工繁殖下来的幼崽成活率还倍儿低。这是一种具有自我毁灭倾向的厌世生物，最大的心愿就是坐上时光机回到第四纪冰川期，把自己的同类赶尽杀绝”。

不知道现在的老师上课都教些什么玩意儿。

“34C香蝶儿”，她解释自己其实并没有34C，本想打摄氏度符号，表示自己比一般人体温低，但是没找着。“冷感美人”，她想制造这样的幻想。这个姑娘说话轴且絮叨，她对动物如何吸引异性深感兴趣。

“bermensch”，我最讨厌的一个家伙，据说他的ID是德文，源自尼采的“超人”概念。这个优越感超人一等的外企小白领时不时就拽出一堆鸟文。他觉得社会之所以日趋腐化堕落，全因为大部分人身上的动物性没有褪干净，从而影响了整个种族的飞升。我理解他的潜台词是需要一场大整肃。

而我，“卢瑟”，一个房地产中介职员，每天靠着“厚黑学”和“成功学”双重秘籍在食物链的底端夺取那么一丁点的残羹冷炙。我所有的努力都是为了在这都市丛林里苟活下去。如果可能的话，我想要把卢氏家族中那充满缺陷的DNA播撒出去。

我总觉得时间太少，欲望太多，因此理所应当地钟爱海豚，不是因为它助人为乐、生性善良的天性——在人类世界里的致命缺陷。我爱它那可以轮流运转的两个脑半球，对于我来说，那相当于可以白天夜里打两份工。

王叫兽经常号召大家到中国科技馆看个3D《海底探险》，学习一下赵忠祥老师经典的《动物世界》解说词等等，可每次应者寥寥。但这回，他说有极其重要的事情宣布，于是，组里来了我和熊猫二侠。

王叫兽穿着复古范儿的条纹短袖白衬衫，戴着玳瑁框眼镜，稀疏的头发一丝不苟地横跨“地中海”，浑身大蒜味儿，教授派头十足。他这辈子最大的愿望就是搞笔国家资金立项，组建封闭社区，征集一堆男女老幼志愿者，实践他从社会性动物身上观察到的“一些现象”。听起来不太正经又蛮刺激的样子。

他和“超人先生”的观念正好相反。他认为人类应该学习并发扬动物界的优良传统，比光扯些仁、义、礼、智、信的道德“遮羞布”要实在得多。我希望看到他俩对掐的一天。

王叫兽收到一封豆邮，那人想找一些动物爱好者，做仿生学方面的产品测试。

“有报酬吗？”当得到肯定回答后，我毫不犹豫地表示参加。

熊猫二侠的脸色白得像从福尔马林里蒸出来的尸体。他从NDS游戏机屏幕前抬起头，面无表情地问：“什么产品？”

王叫兽表示一无所知，只知道是外国公司，要用真名实姓填一份调查问卷，签保密协议，经过审核之后才能参加测试。时间是本周六下午，地点在海淀南路避风塘。

得知其他小组成员也会出席后，熊猫二侠终于点了点他高贵的头。

3

穿着劣质西服的保险销售模样的男子从牛皮纸袋里掏出问卷。不幸的是，他不是唯一货不对版的人。

34C香蝶儿看上去真的有34C，不过她的腰围可能还不止34。她是名公交车售票员，看得出来她使尽浑身解数让自己显得更加诱人。只是每当与她眼神接触时，你会不自觉地想要喊“有下”，然后刷卡下车走人。

可乐小姐是位面目忠厚的中年男子，他自称是普通公务员。或许是因为发帖内容过于尴尬，他十分拘谨地坐在离我们有一段距离的桌子旁。他没要任何饮料，随身带着一大罐泡着各种中药材的黄色液体，那仿佛一个长期没有换水的小型水族箱。

唯一符合想象的是超人，他比网上表现得还要讨人嫌。小毛寸、黑框镜、一身名牌，故作优雅地点了杯卡布其诺。可这是避风塘，只有18元无限畅饮的色素糖精水好吗?

问卷涉及面甚广，从家庭背景到健康状况，从心理素质到对动物的热爱程度，遣词造句带着浓烈的机器翻译的味道。最后一个问题是：“如果你可以选择拥有某种动物身上的特质，你会选择什么？”

我毫不迟疑地写下意淫多年的答案：我希望自己能像海豚一样，拥有左右半球轮替休息的大脑，这样就可以把睡眠时间省下来做更多的事情，赚更多的钱。

其他人似乎都在这道题上陷入了深思。我对他们的答案充满好奇。

保险销售员收走卷子，说合格的话会另行通知。话音未落，他潇洒地跨上电动自行车，灵活地消失在车水马龙中。

我们尴尬地坐在一起打三国杀、德州扑克和实况足球，找不出话题，像是一群见光死的相亲网友。

为了缓和气氛，我主动介绍自己热爱动物的历史。

我养过蚕、巴西陆龟、猫、狗、鹦鹉、天竺鼠、几内亚猪、金鱼、热带蜥蜴、蜗牛、八哥、蜘蛛、螳螂、家兔、娃娃鱼，以及各种说不上名字的虫子。我喜欢看它们吃喝拉撒、交配产卵、争斗抢食、生老病死，这让人感觉充实，仿佛将许多生命浓缩在自己的生命里，多活了几辈子。

可乐小姐死盯着香蝶儿那深不可测的事业线，超人通过手机屏幕欣赏着自己的下巴，熊猫二侠埋头在和NDS死磕，只有王叫兽看着我，不时点头，眼神中透露出人类特有的愚蠢和迟钝。

之后很长一段时间里，我常会回想起这个场景，它意味深长，却又空空如也。

4

我收到了一份没有寄件人信息的快递，像是直接送到前台的外卖。

盒子是灰色的，很精致，打开泡沫塑料隔层，里面是一顶银灰色碳纤维头盔，附着充电器和多国语言说明书。注意事项中写道：每天睡前调好工作时间，戴在头上，最长不得超过8小时，红灯闪烁时请接上充电器。至于什么工作原理、国家认证标签统统没有。

我们都是小白鼠，而免责声明上有我们的名字。

为保险起见，第一次我设置了1小时，头盔发出蜂群飞舞般的“嗡嗡”声，我迅速堕入黑甜乡。一夜无梦。

我从黑暗中醒来，发现天没亮。手机显示是早上6点，可我感觉比睡了10个小时还要神清气爽。我难以抑制狂喜，跑到公司店面，门还没有开，于是蹲在门口等了一个半钟头。店长被吓了一跳。其实被吓一跳的不只是店长，还有我自己。

与现在相比，以前的我像是从来没有真正睡醒过，身体疲惫、大脑迟钝，仿佛在水中行走的瘸子。我需要吃力地将注意力一次次从其他纷繁的事物上拉拽回来，才能勉强完成每天的工作。那台头盔让我完全苏醒，早上10点就已经干完了当天的工作。我开始激进地开拓其他销售网点，在晚上甚至周末，我都可以不眠不休地拜访客户、踩盘、谈判、交易。我赚到了三倍的佣金，却也换来店长的一席肺腑之言。

“小伙子，我欣赏你的闯劲。我以前也像你一样，走自己的路，让别人无路可走。可很多时候，给别人留条生路，也是给自己……你懂的。”

我当然懂。二手房市场容量有限，可供挖掘的房源需要时间进行消化。我有的是时间，我不急，我可以尝试更多更有意思的事情。

我逐渐延长头盔的工作时间。我猜它能在睡眠时调节左右脑的休息节奏。于是睡得越来越少，最后稳定在两个小时左右，因为害怕身体垮掉。

我开始看网络小说，头盔并没有提高我的智商，大部头名著和理论书籍依旧理解困难。实在无聊了就打游戏，游戏通关后，我觉得该找点晚上的活，多赚点钱。我在7-11便利店值过夜班，看过停车场，卖过早点。我看着城市暗下，灯光亮起，再暗下，天色再亮起。

一位老乡帮我找了份美股交易员的兼职。

我没学过金融，也不懂数学，但优势是任何金融分析师或数学博士都不具备的，我无须睡眠、精神百倍、注意力高度集中。所谓美股超短线，最简单的原则便是高抛低吸，设置严格的止损止盈线，几乎为零的手续费，通过频繁交易的成功率赚取差额。他们不需要太有头脑和野心的操盘手，要的就是像我这样，上过大学，了解规则，按部就班、不越雷池半步的人肉下单机器。

夜班收入远远超过了白班的工资和奖金。一个月的时间，我赚了套小户型首付的钱。看着这么多的钱，我开始紧张。我把头盔像宝贝一样藏着，甚至上班都随身带着。我神经衰弱，难以入睡，尽管只是短短的两小时。

我开始担心失去这一切，变得易怒、多疑，那个随和朴实的我不见了踪影。我频繁地得罪客户，跟同事吵架甚至顶撞店长。我疑心他们都知道了我的秘密，并暗中谋划干掉我，夺走头盔。

我已经无法在店里长干，于是把睡眠时间调配在白天，这样便可以在一天内操作美股和欧股。一次偶然机会，我开始做起了期货。杠杆作用下，账户数字像火箭般疾速蹿升，我的肾上腺素也随之狂飙，这是超乎想象的金钱游戏。

我再也不是那个满足于每月几千块钱的中介小员工了，似乎内心的某种东西在头盔的作用下疯狂膨胀，如洪水猛兽，吞噬掉我曾经的安分守己。股票交易的佣金已经无法刺激我的神经，比起做期货为老板赚到的钱，那些只能算是零头。

我做起了老鼠仓，把全副身家压上，跟着主账户同步操作。

数字不断上涨，与狂喜相伴而来的还有恐惧。每次我都告诉自己，做完这单就收手，但某种无法抗拒的力量操控着我押上更大的赌注。我无法自已。

收盘前几分钟，形势不太好，手机不合时宜地响起，我看了一眼，是王叫兽。我把手机翻转，它停了片刻，又不依不饶地嘶叫。我只好接听。

“小卢，你没事吧？”王叫兽的声音听起来格外遥远。

“什么意思？”

“可乐小姐……他死了。”

我的脑子轰的一下，似乎某种预感成真。

“怎么死的？”

“不知道，我现在信得过的只有你了。”

我对这句话背后的潜台词表示困惑，但更困惑的是，屏幕上的红色数字显示，今天损失惨重。

“晚点联系。”我挂上电话。

出于之前的显赫战绩，我一直保持全仓水平操作，即使像这种下跌行情，也认为只是暂时回调整理并不会平仓。过度自信和贪婪蒙蔽了我的双眼，我将付出昂贵的代价。而金钱，只是其中微不足道的一部分。

5

王叫兽全身上下焕然一新，光头油光锃亮，昔日的大蒜味被古龙水的香味代替，举手投足间散发着成功人士的风范。

“你是怎么知道可乐小姐死讯的？”我问道。

他似乎有意回避这个问题。可乐小姐家里的电话是他老婆打的，对方态度十分生硬，对所有问题均表示无可奉告，最后强行挂断，这让人疑心是不是电话串线进了外交部。

“看来只有那家公司知道他的真实信息了。”

“未必。”叫兽笑了笑，掏出了一份材料。

那是可乐小姐问卷的复印件，收问卷的人是叫兽雇来的，这老狐狸把我们所有人都骗了。我嘴上骂着，眼睛却急迫地浏览着可乐小姐的愿望清单。我那该死的好奇心。

“可乐小姐写的是天牛。天牛又名欢喜虫。”叫兽似乎看透了我的心事，解释道，“顾名思义就是性能力特别强，一天能做9小时，每次高潮持续时间达90分钟，且能持续三次，一浪高过一浪。”

我的脸上肯定写满了“嫉妒”二字。

“但是由于损耗过大，他必须不断地补充能量。我怀疑这就是他猝死的原因。”

“他看起来不像坚定的一夫一妻制拥护者哦。”我开始理解他老婆的心情。

根据信用卡记录，最近一个月可乐小姐频繁出入酒店，甚至在其中一家长期包下豪华套间。服务员端详着我们提供的照片，纷纷表示出于保密协议无法透露任何顾客个人信息。只有一个服务员窃笑着说，他经常被同层客人投诉声音太大。

我们费了九牛二虎之力终于找到了他的单位，见到了他生前的几名同事。但他们也讳莫如深，只是高度赞扬了可乐小姐敬业爱岗的奉献精神，以及战斗到最后一刻的顽强斗志。

线索中断了。我们坐在单位门口，他掏出一张通话清单，指着其中一个号码问我有印象吗。

我摇摇头。

“34C香蝶儿。”

我表示困惑。

“她是可乐小姐死前最后通过话的人。”

“是她杀了可乐小姐？”

“不排除这种可能。你知道她选了什么吗？”王叫兽突然露出怪异的微笑，“一种费洛蒙浓度超高的珍稀鹿种，足以吸引方圆一公里内的所有异性。”

可我脑海里浮现的，仍然是那个超大尺寸、浓妆艳抹的公共汽车售票员。

手机疯狂地叫起来，是老板。

“你丫哪儿呢？爆仓了也不平仓，赶紧滚回来！”我脑袋一下蒙了，招呼都没打直接跳上出租车。我完全忘记了这回事，跳空低开加上没有追加保证金，我的公司账户已经爆掉，前期利润搭进去不说，还欠了证券公司一大笔钱。幸好证券公司和老板关系铁，强行平仓了。

但这不是最糟的，最糟的是我还有一个无人知晓、无人照料的老鼠仓，里面有我两年来的所有积蓄。

Game Over.

6

老板还算仁义，没让赔钱，还付了我最后一笔佣金。在这个圈子我已无法混迹。英雄与罪人之间只有一线之隔，几个数字，几下键盘，能富可敌国，也可以一文不值。

可笑的是，我既没有香车豪宅，也没有享受过珍馐佳肴。那些钱进入了我的账户，又消失得无影无踪，只是浮云。

我尝试着减少使用头盔，延长正常睡眠的时间，可我不能。连篇累牍的噩梦像泥沼一样把我困住，使我无法逃脱。在梦里，我像动物一样呼吸、奔跑、交配、撕咬，穿越海洋、森林、草原和沙漠。我闻见那些浓烈的腥臭味，听见夜里所有昆虫翅膀细微的摩擦声。当阳光穿透植物的脉络，我见到了前所未见的色彩和光泽。

然后我精疲力竭地醒来，几乎无法正常思考。

我想我已经对那顶头盔产生了生理依赖，无法戒断。

当香蝶儿的红色SLK停在我跟前时，车窗玻璃中映出一张失败者的脸。

车窗摇下，34C香蝶儿那张胖脸上的赘肉没有半分减少，但就是有点不一样。

“找个地方聊聊。”她妩媚一笑。我的心跳居然加速了，该死的费洛蒙。

在SPR咖啡店里，她把故事和盘托出。

她得到了一瓶香水，一瓶改变命运的香水。那些从前对她视若空气的男人，突然像发了疯似的追求她，奉上各种名贵礼物，每日电话短信骚扰不断。一开始，她颇为受用地周旋于几名追求者之间，但很快她遇到了真正的金主，一名转战房地产的煤老板。他们在一家奢侈品专卖店门前萍水相逢。当时双方距离大约有五米，煤老板便完全丧失了理智，展开了狂风暴雨般的攻势。香蝶儿别无选择，尽管她的内心仍然渴望真爱，渴望遇见“真命天子”。

至少她是这么说的。

但她跟我一样，害怕失去，害怕回到从前，再次成为那个无人问津的丑小鸭。她请来顶尖的香水调配师试图复制出一模一样的产品，但从来没有成功过。费洛蒙无色无味，直接作用于哺乳动物犁鼻器受体，甚至科学家都画不出一条合格的剂量效应曲线。

她试图从王叫兽那里得到关于那家神秘公司的信息，叫兽表示无可奉告。无奈之下，她只有转而与其他人结成同盟，希望集合大家的力量，找出始作俑者。可没想到，跟可乐小姐电话约好见面时间不久，那个大腹便便的男人就死于非命。

“有人想把咱们一个个干掉，集齐所有的产品，他就无敌了。”她的脸色变得煞白，而我竟然觉得那很性感。

一个名字从我脑海闪过，那个仇恨人类的人。

“必须把所有人集中到一个安全的地方。”我掏出手机，又停下。我这才意识到，付完这季度房租之后，我已接近破产。那个自信爆棚、充满安全感的我已经随着虚幻的数字永远消失了。

“可以去我那里，绝对安全。”

我竟忍不住去揣摩她话里的色情含义。

7

香蝶儿的提议被否决了，王叫兽认为她家地址可能已经暴露，熊猫二侠还是一副无所谓的蔫样儿，超人如我所料拒绝参加。

香蝶儿包下了市中心一家酒店式公寓的豪华商务套房，有三个房间，书房、影音室、厨房、健身房一应俱全。二侠表示他可以睡沙发，反正他的主要任务是打游戏。于是，这间视野绝佳的套房就成了四名动物观察者的空中堡垒，或者牢笼。

我对王叫兽突然改变态度，加入队伍表示好奇。

他讲了一个故事：一天夜深，他坐末班地铁回家。车厢里人不多，大多是劳累了一天的上班族，发短信、听歌、打盹儿，但有一个人引起了他的注意。那个人坐在他斜对面，看着报纸，视线不时掠过报纸上沿窥视王叫兽。王叫兽故意站起来，走近车厢门口，假装要下车。那个人开始折叠报纸，而头条是上礼拜的新闻。

“那你后来怎么逃掉的？”王叫兽爬二楼都喘，更不用说肉搏或者长跑了。

王叫兽将错就错下了车，清了清嗓子，在地下候车厅里高声朗诵起来。等候上下车的乘客都被吸引过来，竟黑压压的有上百人之多。故事的结局是，两名乘警直接把他带到局子里进行公民素质教育。

“你朗诵的啥？”我更好奇了。

“高尔基，《海燕》。”

我差点直接喷他脸上。

王叫兽嘿嘿笑着，掏出一个蝴蝶形白色物体，卡在咽喉部位：“……只有那高傲的海燕，勇敢地，自由自在地，在泛起白沫的大海上飞翔……”

从他口中传出的，再不是平日那干瘪粗糙的嗓音，而是雄浑有力、充满磁性，甚至有一种说不清道不明的魔力的声音，让人无法遏制地想要听下去。

“这就是你的选择？”我激动地问。

“湿地苇莺，能够模仿60多种鸟类鸣叫。”王叫兽洋洋得意，“只要我听过的，都能模仿。刚才是著名朗诵大师李默然的声音。”

我表示从未听说过，他对80后的孤陋寡闻表示遗憾。

所以他判断，真正加害可乐小姐的并不是香蝶儿。我说出对超人的怀疑，他表示赞同。在目前敌暗我明的状况下，我们只能先守，再伺机反攻。

熊猫二侠依旧每天跟游戏机死磕，不停地往嘴里塞着零食。尽管我已经知道他选择了熊猫，可又觉得他在自毁道路上没有太大进步。

据王叫兽分析，人类大脑本身就包含了自远古以来生物进化的全过程，只要用相应的力度刺激皮层的相应部位，就能激发各种动物的特殊技能，只是，我们不知道副作用是什么。

我们强烈要求香蝶儿不要在房间里使用费洛蒙香水，她很为难地说已经形成依赖性了，就像习惯化妆的女人如果出门前不往脸上抹点东西，会感觉像是没穿衣服一样。

我和王叫兽表示这个我们倒不是非常介意。

我一般会在大家都醒着的时候睡上三四小时，这样夜里值班的任务就交给我了。大家相安无事地过着，无惊无险又是一天。有时候香蝶儿会在我床上醒来，有时候晚上又走进王叫兽房间，似乎大家都接受了这种心照不宣的关系，并在心里推脱都是费洛蒙惹的祸。

毕竟这是战时状态，人饿极了还吃人呢。

可事情还是悄悄地发生了变化。

8

怪事不断发生。

一次是我中午小憩醒来，发现海豚头盔竟然戴在二侠脑袋上，尽管没有打开开关，尽管他解释只是看着像游戏头盔，戴着好玩，可我心里的疑虑又多了一重。

另一次意外让我对自己产生了怀疑。王叫兽的变声器竟鬼使神差地出现在我口袋里，可我对此一无所知，就像是记忆被删除了部分段落。我知道老王习惯把变声器藏在自己枕头下，可这会儿他正躺在床上，跷着二郎腿读《亲密行为》。我想把变声器放回去，却一时无从下手。

我突然心生一计，戴上变声器，伪装成香蝶儿的声音喊了声“老王，你死过来”，王叫兽屁颠屁颠地往香蝶儿房间奔去，我趁机把变声器放回去。等他一脸茫然地回来时，下意识朝枕头底下摸去，又如释重负地抽回手，继续读书。

许多时候，他们下意识地模仿着动物的姿态，王叫兽灵活地伸缩着脖子，试图用嘴巴去够自己的胳肢窝；香蝶儿丝毫不顾忌自己一百六十斤的体重，手脚着地来回蹦跶，震得架子上各种杂物哗啦掉了满地；而熊猫二侠则极度缓慢地做着前滚翻，一个，一个，又一个，无休无止。

我尽量不去想象自己在他们眼里是什么模样。

这种情况只有一种解释，我们身上的兽性正在逐渐侵蚀人类的意识。

或许这就是那些神奇产品的副作用，将内心的贪婪、欲望和恐惧放大，只有最大限度地夺取资源，保障自我生存，才能维护那脆弱不堪的安全感。

困兽犹斗。我不由得打了个寒战。

我把大家叫到一块儿，如实相告。王叫兽点点头，说也许这些产品当初被设计时就考虑到这点：当几样产品放到一起时，会产生波段共振。

“我觉得该停止计划。”我提议，三只手举了起来。

“太迟了。”熊猫二侠目光呆滞地吐出三个字。我心里一沉，客厅的灯光突然熄灭，黑暗吞没了房间。香蝶儿发出绵长而刺耳的尖叫，王叫兽重重踢到桌脚，大叫一声摔倒在地。借助窗外城市的微光，我看到熊猫二侠缓缓站起，两个前滚翻后，打开房门。

一个熟悉的身影走进来，手里挥着泛着金属冷光的管子。他一语不发，朝王叫兽脑袋挥去，一记钝响，老王应声倒地，接着是香蝶儿，地板重重一颤。

我终于看见了那张脸，那张冰冷、生硬、毫无表情的脸，他又举起了手里的管子。

黑暗中的超人。

9

我从黑暗中醒来，手脚被捆得严严实实，眼前只有空荡荡的房间，一声哭腔从背后响起。

“放开我！老娘不玩了！”那是香蝶儿。

超人轻轻冷笑一声，接着发出了一个不带丝毫感情的声音，像个机器。

“我可以杀了你们，可以像他们折磨我一样折磨你们，只是，我已经无法从中得到任何乐趣。”

“你不是我认识的那个超人，他们给了你什么？”王叫兽告诉过我，超人没有选择任何动物，恰恰相反，他希望摆脱身上残留的动物性和多余的情感。

“什么都没有，药片、仪器、说明书，都没有。他们给我的东西，没有人能夺走。”

“告诉我吧。”我尝试打动他。

“好奇心还是那么旺盛？好，就满足一下你临终的愿望。”

超人一直没有等到任何回复，他以为自己被淘汰了。某天夜里，他的车莫名其妙地无法发动，他只好在小区门口打了一辆黑车。上车后，他闻见一股甜味，失去知觉，醒来时发现自己身处一个洁白明亮的房间里。他的意识清醒，四肢却完全没有感觉，无法动弹。一些类似医护人员的人推着仪器走进房间，检查他的瞳孔及脉搏。他想呼喊，却无法发出声音。

他们准备好手钻、绳锯、一排手术刀、止血钳、棉花，以及一台神秘的仪器。

没有疼痛。超人只是感觉自己的颅骨被钻开几个孔，而后又被绳锯拉开头盖骨。他极度恐慌，用力过猛以至于眼珠快要脱离眼眶。他看着他们从仪器里拉出几根电线，用与之相连的长达数寸的钢针，扎入自己的脑子，一种冰冷的幻觉随之插入意识深处。接着，奇怪的嗡嗡声响起，他只觉得有什么东西在不停地被抽离、蒸发、提取，前所未有的宁静平和如海水般淹没了他的知觉。

他在那里待了一周，直到伤口基本愈合。他被蒙上双眼，局部麻醉，塞进车里。他的舌头和声带首先恢复了功能，他问："你们是谁？"

出乎意料，那个人回答了。

他说："我们是动物观察者。"

超人的愿望实现了。他无法再感受到任何喜怒哀乐，哪怕最细微的情绪波动。他的心如一块坚冰或死木，所有的信息都以理性与逻辑的方式被处理，不再受到那些低级的残留动物性的干扰。他做出的每一个判断，都是正确的。

他发现自己可以毫无困难地得到任何东西，金钱、权力、性、成功、他人的生命……但问题在于，被消除了动物性的超人已经完全丧失了对俗世的欲望，众人趋之若鹜的目标，完全无法激发他大脑分泌兴奋与愉悦的化学物质。

他成了真正意义上的行尸走肉。

绝望之中，超人想到了可乐小姐，他猜测可乐小姐祈求的必定是增强性欲和性能力的药物。作为动物最根深蒂固的本能，这或许是唯一能唤醒欲望的方法。他找到可乐小姐，遗憾的是，可乐小姐坚决不肯交出他的命根子。对于超人来说，最合乎逻辑的做法就是，色诱他，杀了他。

遗憾的是，药物并没有起作用。

超人通过所有途径寻找神秘公司的幕后黑手，均告失败，这个组织似乎无处不在却又无迹可寻。他的理性告诉他，如果想要逼他们现身，唯一的方法就是破坏他们的实验进程，包括实验品。

这时，熊猫二侠找到了他。

二侠是另一个失败案例，他厌恶一切，甚至厌恶父母，厌恶自己，但又缺乏自杀的勇气。因此，他只能逃避到虚拟的游戏世界里。他不知道自己到底想要的是什么，出于惯性或者惰性，他写下了熊猫。结果他得到了一种超强消化酶，能够在肠道里分解各种常人难以分解的纤维素，即使在缺乏食物的极端环境下，也可以通过啃食各种木本植物和富纤维物品维持生命。副作用就是每天都处于饥饿状态下，需要不间断地进食。

熊猫二侠甚至懒得读说明书就吞下了消化酶。一个最希望自毁的人却得到了偷生秘籍，真是个绝妙的讽刺。

他是第二个希望找出幕后黑手、修补自己的人。

而第三个人，自然是忧心费洛蒙香水日渐减少的香蝶儿小姐。

一个请君入瓮的骗局就这么成型了。熊猫二侠假装玩电子游戏，一直与超人保持联络，而体感游戏机的摄像头，又充当了超人的耳目，将我们的一举一动巨细无遗地传送给他。

我们就是困在笼子里的野兽，受人观赏戏耍而不自知的畜生。

现在，困兽们等待着驯兽师的现身。

10

捕食者终于在第四天露脸。

送外卖的黑衣男子抽动着鼻子，咧嘴一笑，伸出血红长舌，滴着口水，像条饿狗。他松手，盒子摔到地上，发出金属撞击声。

二侠突然从他身后用双手死死地箍紧他腰部，像熊猫抱竹。

“跑！”二侠怒吼。我突然理解了这个90后，他并不是没有勇气去死，只是不想死得毫无价值。

在我们正要夺门而出的刹那，熊猫二侠像一个轻飘飘的棉花枕头，从我们眼前飞过，撞到门上，发出巨响，然后如烂肉般瘫在地上，没了动静。

黑衣男子抖抖肩，蓄势要扑上来。

超人拧开费洛蒙香水，一滴不剩地朝香蝶儿身上洒去。她兴奋又痛心地尖叫一声，便被超人一脚踹往黑衣男子的方向。那条狼狗猛烈地抽动着鼻子，扑向香蝶儿小山似的身躯，肉体被撕裂的脆响、哀号、咀嚼声混成一团。

香水效力着实强劲，我和王叫兽情不自禁地停下了脚步，浑身滚烫，似乎胸中有热血沸腾般躁动。只有超人丝毫不受影响，疯狂地往外掰着门，可熊猫二侠的左腿卡在中间。

我听见骨头折断的声音，随后看见二侠的身体在地面旋转180度，把门让了出来。超人飞身而出，我和叫兽正想快步赶上，却和回退的他撞个满怀。

电梯口出现了第二名黑衣男子，表情同样扭曲，目光同样寒冷，狼一般的气焰生生把我们逼回了房间。

“把变声器给我。”王叫兽低声说道。

“什么？”超人不解。

“快给我！”一贯儒雅自持的王叫兽突然变得面目狰狞。

那边厢，黑衣男一号从香蝶儿的残尸前抬起头，与刚进门的黑衣男二号打了个照面，似乎在一瞬间达成了默契，如狼群围捕猎物般从不同方向向我们逼近。

超人别无选择，只得把变声器递给了叫兽。叫兽将变声器按在自己喉咙处，沉膝挺胸，几乎就在两名黑衣男起势的同时，从喉底发出一声绵长而尖细的啸叫，那两条狼狗突然在半空停止了动作，像被一道无形的气墙掀翻在地，痛苦地抱头翻滚。

我和超人一时看呆了，竟忘记逃命。直到王叫兽单膝跪地，咳出一口血沫。

两个黑衣男摇晃着脑袋，神志开始恢复。我和超人试图用蛮力撞开二号，可他双手牢牢把住门框，一个双飞腿将我俩踹开。

但随即，他再次痛苦地抱住脑袋，鼻子眼睛揉成一团。王叫兽满面通红，青筋暴起，双眼充血膨起，他正用尽最后一点力气再次发出长啸。

我和超人几乎同时旋起腿，朝黑衣男二号脑袋狠命踢去。他的脖颈发出一声脆响，带着头颅弯折成怪异的角度。

踏入电梯的瞬间，我犹豫了，扭头望向王叫兽的方向，那啸声扭曲成凄厉的呜咽。我别无选择。

我和超人对视了一眼，无声沉默，出电梯时，我们几乎本能般冲向了两个相反的方向。

我成了一名流浪汉，躲在城市阴暗的洼地里，靠捡拾破烂换取每日口粮，夜里裹上报纸和废弃衣物保暖。我不敢找工作，不敢进出人多的场合，不敢乘坐公共交通工具。我怕一旦暴露了自己的身份，他们便会尾随而至，像狼狗闻见了血腥味。

我甚至不敢睡去，怕醒来之后，我便不再是我，而是变成另外一头疯狂的野兽。

超人的照片被刊登在一份小报的尾页，用黑框框起。标题是“某外企高级主管惨遭劫杀弃尸荒野”，还附上一张血肉模糊的现场照片。我知道，现在只剩下我一人了。

那张被揉皱的报纸随着街角的旋风飘起，像有生命的物体，在半空感伤地飞舞。尽管金钱、权力、性对他来说已没有意义，但超人仍然放不下某种东西——作为人类本身所具有的某种特殊的东西，或许是尊严，我不知道。

那种东西杀死了他。

他们终于找到我，西装笔挺，不带半分戾气。他们掏出的不是刀子，而是一份合约。

“恭喜你通过测试。”那个人说，“欢迎加入我们的行列。”

我终于知道了超人的死因，也终于知道我俩最大的差别。他拒绝把自己的命运交给别人掌控，至死，他都是个骄傲的超人，从未改变。而我的命运，从来就不在自己手里。

我所有的奢望，只有简单的三个字：活下去。

我，那个曾经被叫作卢瑟的人，现在是动物观察者。

欢迎来到21世纪的人类动物园。

春天的故事

1979年，那是一个春天。

在那个春天里发生了很多事情：我们和美国人和好了；我们和越南人打起来了；我们的“三足乌一号”发现了木星环，又匆匆地掠过，飞向宇宙更深远的地方。

然而，对于当时只有七岁的我，这些都不存在。我的世界里只有一个破落的小渔村和一个每逢下雨便会化为沼泽地的广场，这是我和“疯子们”的游乐园。噢，还有海，像怪物一样在不远的地方冷冷地看着我们。每当夜色渐浓，你会感觉有一股力量在驱使你、诱惑你，走进海的深处，然后再也不回来。

有几家小孩就是这样没了的，所以，我爸妈不让我到海边去，多看一眼都不行。

所以当大人们说那个老头来自海里的时候，我压根儿就不信。

他在沙滩上趴了一宿，乘的小舢板已经碎成了瓜条。第二天清晨被渔民发现的时候，他还问这里是不是香江。

这哪里是香江，这里是沙尾。

老头一屁股坐在沙地里起不来了。

村里人给他在妈祖庙旁边搭了个棚子住下，平时就让他帮妈祖像清扫香灰，供品供钱也给他匀一点，够他吃用。

老头有点神神道道的，在沙地里写了一堆鬼画符又抹掉，看着像个文化人。若是有看不懂的文纸书信，村里人就拿去找他，或者让他代个笔，倒也写得一手好字。

我和“疯子们”经常会去骚扰他，偷供品，朝鬼画符上撒尿。他却不恼不怒，还把糖放在手心摊开，等着我们去取的时候，再一把握住，然后嘿嘿地笑。

心情好的时候，他会教我们写字，“地球好大，宇宙好大”，然后再跟我们讲哪个更大一些。我实在想象不出比海更大的东西，那让人觉得心很慌。

一个刮风天，我偷偷跑去看他，怕他那棚子被风吹跑了。老头喝得醉醺醺的，半靠着妈祖像，手里还拿着半张烧焦的照片。他看见了我，收起了照片，很热情地招呼我过去，可我却有点害怕。

他说，来，我教你画画。我心想鬼要你教，老子画的鸡全村找不出第二只。

老头手里多了一根奇怪的笔，闪着银白色的光。

我侧过去看他要画什么了不得的东西，结果他用笔在地上画出了一个歪歪扭扭的圆，笔迹闪着淡淡银光。我正想取笑他，奇怪的事情发生了。在笔尖回到起点的瞬间，线条像是自己有了生命一样，向外挣扎着，凹凸不平的地方变得圆滑，最后变成了一个完美的圆圈。

当时的我肯定像村头的二傻子一样，张大嘴巴流着口水，不知道该问什么好。

可这还没完，老头按了下笔帽，圆圈变成了一个黑洞。老头用笔尖轻触边缘，将整个黑洞挑了起来，可边缘就像一张纸一样没有厚度。

他把笔递给我，我就像第一次看见手电筒一样翻来覆去地研究。那是一种纯粹的黑，看不到一点点反光或是影子，但黑洞的背面却不是黑的，而是另外一种东西，不，更确切地说，是另一个世界。

透过圆圈的背面，我看到的已经不是破落的妈祖庙，而是干净明亮的大马路，如火柴盒般整齐立在路边的大楼，还有穿着奇怪衣服的人，那么多，像鱼群一样挤在一起，这样的景象即使是在电视里我也没有看到过。

我迷惘地看着老头，他似乎完全明白我的感受，用眼神怂恿我继续看下去。

我把黑洞朝向风雨中波涛汹涌的大海，顿时全身僵住了。

海消失了，取而代之的是一台台锈红色的钢铁巨兽，衔着五颜六色的铁皮箱子缓慢转动。尽管还隔着一段距离，积木般的箱子在空中摇晃着，那种体积与重量所带来的压迫感让人窒息。

“这，这是哪里？”我问。

老头叨咕着一堆听不懂的词，什么量子涨落，什么拓扑相变，就是没有回答我的问题。

我着了迷似的透过黑洞背面看着另一个世界的各个角落，突然发现了一个问题。

影子。

对于一个七岁小孩来说，能注意到这点实在有点不可思议。当两个世界的太阳爬到同样位置，也就是广场旗杆顶的时候，黑洞世界里建筑的影子方向和妈祖庙前那棵老榕树的影子方向是一致的。

我一时没有想明白这到底意味着什么，只是向老头指了出来。

没想到他竟勃然大怒，对着我吼，又像对着自己吼道：“连个七岁小孩都能看明白，为什么你们就是不接受，不承认？”

圆圈中的世界逐渐变淡，直至消失。我又回到了这个在风雨飘摇中的妈祖庙。

所以……那里就是这里，对吗？我开始琢磨过味儿来。

可老头还发着酒疯，满嘴胡言乱语着什么时间箭头，不对称性，什么只能看见未来，却看不见过去。

我把玩着那根神笔，还想再画一个圈，却被老头一把抓过去，说没电了，要等太阳出来才能用。

我觉得他就是抠门。

这件事儿让我心烦意乱了好几天，连“疯子们”找我玩都没去，我告诉他们我病了。事实上我确实不太舒服，眼前老飘着圆圈里的景象。如果那里就是村子，那又是什么时候的村子？如果是未来的村子，那为什么所有的一切都那么真实，明明什么都还没有发生？

这凌乱不堪的想法就像一团打了结的渔网，让我头疼得想吐。我有点躲着老头，我觉得他身上有种说不清道不明的魔力，让人害怕。

那天我看着流着鼻涕的讨厌鬼小宝在地上玩积木时，突然脑子一激灵。

如果把两个圆圈叠起来，是不是能看见更远的未来？如果把圆圈在沙地里像积木一样搭成一个圆柱呢，是不是就能看到无限远的未来？

这个想法让我激动了，我想我必须再去找一次老头。

老头在老榕树下听完我的想法，沉默了半天，嘿嘿笑道：“你是个天才啊。”

我只当他是在夸我。

我们足足花了一个礼拜才找到一块废弃的晒水产的沙地，一般人不会走到那里，又等了三天才等到一个艳阳高照的日子。我们像一对工程师搭档，在沙地里用木棍和绳子画好了十二个大小相同的圆圈，定好每一个圆圈的位置和角度。然后我用泥巴做出一个个小巧的底座，放在太阳下晒干变硬，它们能保证我们的计划不会像多米诺骨牌一样倒塌。

看起来万事俱备，只欠东风。

老头说，因为每一个圆圈存在的时间非常不稳定，所以一定要快。言下之意就是画圆圈的事儿只能交给我来办。

可我只是个孩子。

他还很鸡贼地站在圆圈的正面，把黑洞那一面留给我，所以我只能等他看完了再看。为了大局，我忍了。

我们试验了几次，都是还没到一半路程第一个圆圈就消失了，底座倒是比想象中要坚固。

不知道老头看到了些什么，只见他脸上的表情像台风天一般，阴晴不定。这让我更好奇了。

熟练之后，我总算走到了四分之三的路程，这时笔没电了。

我们在旁边的石头上躺着晒了会儿太阳。我问老头看见了啥，他张了张嘴巴，又摇了摇头，说："你自己看吧，说不好。"

"真抠门。"我朝发烫的石头上吐了口唾沫，发出"嗞嗞"的响声。

笔充好电了。

我们又试了两次，最接近时离完成只差一个圆圈。我觉得我已经到极限了。

老头眯缝着眼想了半天，说我们可以优化一下流程。

他所谓的优化流程就是让我倒退着画圈放圈，从上往下放而不是侧着放。

"能行吗？"我表示怀疑。

"每一个环节提升零点几秒，加起来就很可观了。"

确实奏效了，当我背对着老头，放下最后一个圆圈时，手都是抖的。那个黑洞看着我，深不可测，像是有某种力量在诱惑我，那是来自未来的召唤。

圆圈落地，就位。

一阵白光，我像是被吸进了无穷无尽的圆形隧道，我想喊，却没有声音。随后，我失去了知觉。

醒来之后已经是晚上，我心中想的第一件事竟然是如何面对爸妈的责骂，我站起来就往家的方向跑，却摔了个狗啃泥。我的腿有点不对劲。

它变长了。

不仅是腿，我的整个身体都不是原来习惯的样子，它现在笨重、累赘，每一个动作都会打到自己，而衣服已经被绷得裂开了，裤脚抻到了小腿肚子上。

我这是怎么了？借着月光，我看到了一双不属于自己的手，修长秀气，已经完全不是圆嘟嘟的小胖手。

身后传来一阵喘息声，是老头，我竟然完全忘记了我们的大计划。

看到对方的瞬间，我们俩都愣住了，我突然明白了一切。

他看起来足足年轻了十岁不止，竟跟我那风里来雨里去的打鱼老爹气色相仿。

“老头。”

我话一出口把自己都吓了一跳，那分明是一个变声时期青年男子的嗓音。

“你究竟把我怎么了？”

老头看了看自己的手，又摸摸自己的脸和脖子，突然大笑起来，嗓音浑厚，中气十足。

“天意啊。”他说，“你天才的想法把我的时间熵转移到你的身上，所以我年轻了十岁，你老了十岁。”

“听起来我很吃亏啊，老头。”

“话不能这么说，你不是一直想出去看看外面的世界吗？现在正是时候。”

我想了想，也对。

“老头，你究竟看见了什么？”

他意味深长地笑了笑，说：“我看见的每一个未来里都有你。”

说服爹妈可花了我不少工夫，最后他们接受了这一事实，并答应让我自己进城闯荡。村里人都觉得我是个妖孽，还是走了比较好。

走之前我又看了几次未来，其中一次看到老头在灰白色的石头地面上，用拖把写下一行行的诗，最后还留下了日期。我告诉了他，他说未来的他肯定是想跟未来的我见面，让我一定记住这个日子。

他还关切地问，那时候的他看起来怎么样。

我想了想说：“跟现在没啥两样。”

他得意地笑了。

我怀揣着爹妈给的钱和老头给的介绍信进了城。王老师看完信瞅了我半天，似乎怀疑我是从地上捡的那封信。

他安排我成了美院的一名旁听生，还给我找了一处便宜的地下室住着。

我过得很苦，好几次想回村里当个渔民算了，却又想起了圆圈里看到的未来。

我把它们都画了下来。

毕业后，我从一名穷学生变成了一名穷画家。没人对我笔下的未来感兴趣，我只能靠给剧团描描景、画画像勉强糊口。

我爱上了一个姑娘，可她爱上了美利坚。

一次醉酒之后我发疯似的把颜料在纸上乱涂，醒来之后发现画的竟是我记忆中的大海。那幅画卖出去了，价钱还不错。

我火了。我像机器一样画着千篇一律的渔村、渔民和大海，我开画展，对着记者和艺术女青年们讲述编好的童年故事。我身价倍增，我的画甚至挂进了美利坚最好的画廊。

可我始终没有忘记那个日子，我想见到老头，告诉他，提早十年上大学真的很重要。

1992年4月6日，那天，波斯尼亚战争爆发了，阿西莫夫死了，我被堵在了机场高速上。

等我赶到地方的时候，人已经不在了，只留下地上被保洁员擦了一多半的诗句。

“我有许多的秘密/就不告诉你/就不告诉你/就不告诉你……”

他们说，那个疯子被抓走了。

我怅然若失，准备好的一肚子话无处倾吐。

我想告诉老头，我成了一个画家，一个买了很多房子的画家。我看到了未来高耸的广告牌上的数字。我认识了很多房地产商，他们用房子换我的画，甚至我只指着大海的方向，他们就拍出了价码。我想告诉他，现在我操着一口齉味儿京腔，当年的海风气息已经从舌头根子上不见了。我还想告诉他，他从我身上偷走的少年时代，我从许多个年轻女大学生的怀里又找了回来。

我一直想问他的问题，我猜他也会嘿嘿笑着问我。

你还看见了什么?

我看见又一个春天，海回来了。

犹在镜中

“望向镜中，深呼吸，刮掉脸上邋遢的胡茬，你没问题的。”穆先明反复告诉自己。

十点半他要出席一个葬礼，需要着深色正装和领带。他将回顾逝者简短的一生，播放一段欢快的生日派对视频，随着牧师祈祷，感谢来宾，最后，伴着管风琴奏出的赞美诗，看棺盖缓缓合上。

棺材里面躺着一位将满十五周岁的惨白少年，原本周五是他的生日，穆先明为他准备的礼物昨天刚刚运到，一套复刻版的96–97赛季曼联球衣，如今只能静静叠放在少年胸前，鲜红得刺眼。

穆别璟，他的儿子，死于一场意外的高空失足跌坠。化妆师为难地说：“缝合的伤口很难掩饰得毫无破绽。”那是从左耳到下颌的穿刺性骨折。穆先明点点头：“就给他戴上他最喜欢的面具吧。”

他的面孔被一张象牙白的塑胶面具覆盖。那是V字仇杀队里V的笑脸。

葬礼上，为数不多的亲友似乎都在期盼着某位人物的出席。她不会出现的。穆先明心里清楚，不是他不愿意她来，而是不敢告诉她。两年前的离婚诉讼让全家精疲力竭，最终，别璟的母亲终于放手，不再坚持把儿子带到遥远的大洋彼岸，为了实现那个虚无缥缈的梦想。

“好好照顾他。”签字前，她盯着穆先明，一字一顿地说，“别让我恨你。”

别让我恨你，别让我恨你，别……那句话在他脑海里不断重播，好几次打断他原先组织好的发言。他站在那里，阳光透过教堂顶部镶嵌的玻璃画，像给冰冷尸体披上了斑斓彩衣。来宾们眼圈通红，投来饱含同情的眼神。深呼吸，继续。

那些鲜艳的片段，在屏幕上跃动，恍惚间他竟然觉得陌生。那是别璟十二岁生日的视频，那时的他单纯、乐观，如一只白色小鹿，无法遏制对世界的好奇。他的每个笑容，每个动作都用尽全身力气，似乎要把一切都拥入怀中。那是穆先明最后一次看见儿子如此畅快无拘的笑脸。

“谢谢爸爸！”那个男孩拿着最新款的AR眼镜，尖叫着朝摄像机扑来，镜头一阵摇晃后，定格在清爽的秋日晴空。

穆先明面无表情地听完牧师的悼词。伴着电子合成器空洞的管风琴旋律，棺盖缓缓合上，带着讽刺笑容的面具消失在黑暗中。亲友包裹在剪裁得体的黑色套装中排队走来，握手，致哀，他点点头，什么都看不清楚，像个机器人般麻木地执行着指令。

“他真坚强。”他似乎听见人群里有人小声议论。

遗体被送进冷冻柜，安排在三天后火化。穆先明回到家中，努力回避所有带着儿子生活痕迹的物件，奖杯、照片、海报，以及随处堆放的光盘与杂志……那种少年的气息。他看到了桌上摆放了许多天的包裹，包裹来自警察局。拆开，撕掉重重包裹的塑料防撞泡沫，那件破碎的玩具终于暴露在日光下。

那是别璟的AR眼镜，死亡现场的遗物，曾经的生日礼物。碎裂的视网膜显示屏暗淡如镜，映射出穆先明错位的五官，精致的曲度外壳早已扭曲，像是遭受重创的肢体，安静地躺在桌面，像块墓碑。

穆先明艰难维持的堤防在这件冰冷机械前完全崩溃，他无声痛哭，泪水滴落，猛烈抽噎几近窒息。他浑身颤抖无力，愤怒地将眼镜摔向房间角落，又发疯似的捡回，像条丧失理智的巴甫洛夫的狗。

他忘我地抚摸着那台机器，指尖沿着碳纤维外壳所有崎岖变形的边缘滑动，似乎其中囚禁着他儿子迷失的魂魄，似乎只要打开它，穆别璟便能起死回生，又或者是启动扭转时空的秘密隧道。

为什么？穆先明所有仅存的理智被这像癌细胞般无限增殖的三个字

牢牢占据。他所需要的，只是一个答案。但隐隐地，他似乎已经知道了答案。

游戏的名字叫作《镜面行走》。

穆先明从警方的调查报告中得知，儿子坠楼时正沉浸于游戏中。他求助于AR眼镜公司试图修复机器，回到当时的游戏界面。工作人员却嗤之以鼻："只要通过记忆卡内的数据备份，你就可以通过任何设备登录穆别璟的游戏账户，读取进度。"

穆先明对于这些高科技一无所知，他自己还在使用最老式的物理键盘手机，还不是QWERTY全键盘的那种。

为此，儿子曾经无数次地软磨硬泡，希望他换个新款的智能手机。可他总是窘迫地笑笑，表示用不惯。

毕竟他只是个机械修理工，对于看得见摸得着的齿轮、轴承、螺钉和沾满油污的金属扳手，他心里踏实、有底。可藏在那精致的一体成型的盒子里的电子信号、应用软件和通信协议，如同幽灵般，让他感觉恐慌，就像身陷流沙池里，有劲使不上，想叫叫不出。

就像他对儿子的爱。

他从儿子失望的眼神中读出了许多东西，那眼神仿佛在说：难怪妈妈要离开你。每当想到这里，他的心里就过了电似的一阵抽疼。

穆先明努力回避那段记忆，把注意力集中到游戏说明上来。

相信许多人有过这样的童年记忆，拿一面镜子在自己身前，镜面水平向上，你凝视镜中，仿佛行走于天花板、路灯、树梢和蓝天白云间，那种轻微的眩晕和步步惊心的感觉令人怀念。

SC公司推出的《镜面行走》游戏专门为iOS及Android系统AR

眼镜设计，巧妙地运用了双摄像头配置及重力感应装置。当您将它戴在头上，它便将上下摄像头影像叠加渲染，制造出一种犹如在高反射率玻璃镜面上行走的惊人体验。

他皱了皱眉，努力理解这些科技术语背后的含义。

游戏规则非常简单，只要您走过足够长的距离，或者获取足够高的分数，便可以进入下一轮。但它又不是那么简单。游戏的巧妙之处在于它插入了电子地图的地形数据，并通过箭头指示引导您的行走方向，您可能在一片貌似平坦的镜面上失足踏空（现实中的下降阶梯，安全系数为5），重力感应便会相应扣除生命值，直到游戏完结。这是一个与幻觉对抗的游戏，您需要战胜视觉与身体之间信号差异所带来的本能恐惧，挑战自我。

盒子是得分关键，如同马里奥兄弟里面的蘑菇和金币。在本游戏中，盒子会随时出现在您的脚下，您只要在限定时间内（动作要快！）双脚同时踩踏，便可得分或者获得道具。当然，盒子也有可能是陷阱、流沙或者荆棘丛，此时您需要按指示快速摇晃头部、旋转或挥舞操控手柄以逃出险境。

不时会有巨大的虚拟怪物出没在您周围的AR环境中，您需要运用智慧、勇气和道具去战胜它们，不被攻击或者吃掉。

本版本游戏（v2.3.415）共有9大关36小关，并额外附赠“无限回廊”隐藏关卡。

他完全不明白这些文字在说什么。

如果儿子在这里，他或许能解释给自己听，或许还会亲身演示。可穆先明手里只有一副冰冷的黑色眼镜，照出孤零零的自己。他决定试试。戴上墨镜，眼前出现了一个悬浮的绿色按钮，不停放大缩小，像是在呼吸。他选择按下“测试关卡”。

AR眼镜的黑色镜片似乎突然变成一个中空的框，透过屏幕，他看到了自己的双脚，但又有些异样，因为他脚下踩的并不是地板，而是天花板。穆先明突然一阵眩晕，他看到自己的脑袋从双脚间探出，就像站在一面无比巨大的镜子上低头俯视。

他开始缓慢地行走，不时撞上在视野中并不存在的茶几和椅子，但又无法控制自己不去绕开本应在头顶的吊灯，那种感觉，无比怪异。不时还有一些动画小怪物从他身边跑过，发出十分逼真的立体音效。

一个3D的褐色盒子出现在他右前方，微微浮动。他想起游戏说明，小心翼翼地起跳，双脚踩踏。一声清脆的电子音效，几个金币蹦出，消失，屏幕上显示出“+300”的字样。

也没有想象中的难嘛。他紧张地笑笑，继续按箭头指示的方向前进。

穆先明越来越熟练地跳着盒子，吃着金币，一路穿过客厅、过道、玄关。游戏提示他打开大门，他犹豫了片刻，一种无法抵挡的诱惑迫使他伸出手，突如其来的光亮扰动了视野，但随即智能感光系统便调整了色温和色差。

屏幕里出现了一连串的盒子，排成一条长龙出现在他脚下，伸向前方。这个中年男子像是暂时忘却了丧子之痛，恢复了青春般面色潮红地向前跃去。

屏幕显示，地面突然升起一个斜坡，一溜金币闪烁着虚假的光芒同步自转着，形成一道向上的金色阶梯。

穆先明觉得脑子里的某个部位一下子兴奋了起来，几乎丧失理智般抬腿就要踩上去，但数十年固化的身体记忆代替了他的大脑，在落脚的一瞬间，他整个身体都僵硬了。视线越过AR眼镜镜框，望向真实世界，一股寒意如蜘蛛般爬上他的颈背。

脚下并非一道向上的斜坡，而是向下的阶梯。但他在游戏界面中所看到的，是上一层楼梯底部的镜像。穆先明无法相信，自己走了几十年楼梯，竟然被一个小小的电子花招欺瞒了眼睛，诱骗了神经。

倘若真的踩下去，也许就能见到自己的儿子了吧？他竟然无法遏制自己这个荒谬的想法。

想起穆别璟死时的惨状，他的心又针锥般痛起来。

现在他相信，儿子的死绝非一场意外。

了解得愈多，穆先明便愈加愤怒。

2022年12月21日，一群末日信徒试图通过《镜面行走》寻找到方舟所在位置，途中脱水，造成1人死亡。

2023年7月14日，12名玩家在旧金山金门大桥因参与破解版《镜面行走》挑战游戏造成坠桥意外，7死5终身残疾。

2024年1月26日，深圳一名玩家使用耳蜗平衡干扰器模拟行走于亚洲第一高楼前海金融中心外墙，回程途中因踏中陷阱盒子，造成肾上腺素过度分泌导致心脏过载身亡。

游戏开发方SC公司在免责声明中言之凿凿地宣称：任何以《镜面行走》名义组织的线上或线下俱乐部、讨论组、活动团体均与本公司无关，其活动产生的一切后果及法律责任均自负；任何使用暴力破解《镜面行走》及非官方认证配件（包括但不局限于AR眼镜、耳蜗平衡干扰器、体感装置等）的玩家，其造成的一切后果自负，与本公司无关。

尽管如此，仍然有数目众多的游戏者及受害者家属认为，这是一款令人上瘾的死亡游戏，开发公司应该对此负有不可推卸的社会责任。

他已经记不清儿子是什么时候开始迷恋上这款游戏的，在他的记忆中，儿子的形象仍然停留在那个热爱运动的足球小将阶段。每天放学后，不玩到天黑一身泥巴、一身汗绝不回家，然后他奶奶就会大呼小叫地发现孙子腿上各种青紫色的伤痕。

那是存在于现实位面的穆别璟，时间的张力已经将那个儿子的轨迹远远拉开，遥不可及。

那是穆先明永远赶不上的步伐，就像他与这个时代之间的距离，就像他与妻子之间的距离。

他和妻子是在厂里认识的，当时他俩都是刚工作不久的工人，初级技师。他们恋爱不久后便结婚了，当时他们的婚事还被当成工人家庭的模范。在沙与水般流逝的时间中，唯一不变的只有变化本身。

妻子怀孕了，脱产上了夜校，学习外语及高等机械维修理论。生下别璟后，妻子考取了高级工程师资格证书，被厂里提升为高工，她不再需要搞脏自己的双手，只需要用笔、尺和圆规在纸上画出精确复杂的图样。那些图纸，穆先明从来没有看懂过，尽管他趁妻子休息时，一再努力地用放大镜逐格琢磨，他也没有丝毫头绪。

他曾经以为妻子和自己是门当户对，他错了。穆先明更加努力地投入工作，试图用时间与精力的投入来弥补那道看不见的缝隙。他连年被评为“劳动模范”“车间标兵”，职称也升到了资深技师。

妻子一边照顾着别璟，一边进修计算机相关课程，她已经不再需要纸和笔，只需要敲敲键盘、动动鼠标，屏幕上便会出现迷宫般的结构和电路。

“真是疯了。”穆先明曾经在酒后对工友们倾诉，“我拼死拼活加班加点，赚的却还比不上她一张图纸的零头。”工友们哄笑着说：“得啦，你就别得了便宜又卖乖了。”

由于谣言甚嚣尘上，妻子只好跳槽到另一家更大的公司。别璟断了奶，由他爷爷奶奶和外公外婆轮流带着，穆先明见到妻子的机会更少了。曾经有那么几次，离婚的念头在他脑海里一闪而过，可仅仅只是一瞬，他便想道：她并没有对不起我，而且，她赚的比我多得多，一家老小都靠她养活。别璟要上最好的学校，用最好的东西，我给不了。

他以为随着儿子的长大，这种不安的情绪会渐渐平息。可他又错了。

穆别璟9岁那年，妻子已经不满足于在国内的发展，她申请了几所美国大学的MBA学位。

“你要去打篮球？”穆先明还记得当时自己这样质问妻子。

妻子抱歉地笑了笑，摇摇头，并不作任何解释。那眼神中仿佛在说，我俩之间的裂缝已经深得无法用语言来弥合。

之后的事情变得顺理成章，妻子抛下了儿子和自己，远赴美国进修两年。除了每年两个假期和偶尔的视频电话，在穆先明眼中，妻子已经变成好莱坞电影里的人，无法理解、无法沟通，只能客套地拉几句家常，甚至还比不上隔壁大妈来得亲近。

妻子回国后便说要带儿子出去，穆先明最担心的事情终于发生了。

一开始他们趁儿子不在家的时候吵，后来又卷入了两家老人，到后来，邻居亲戚都来打听八卦。可儿子仍然像没事人一样，上学回家，叫爹叫妈。穆先明看不出来，他是真的不知道，还是在假装。

妻子的理由无可辩驳，她能给孩子更好的生活环境和教育条件。

“可你这当妈的管过他吗，关心过他吗？”穆先明愤怒地控诉。

“我不想让儿子长大了像你一样。”妻子嗓门不大，却字字锋利，像刀子般插进穆先明心口。

最后他们终于达成了协议，让孩子自己选择跟谁，就在他刚过完十二岁生日的那个晚上。

穆先明至今不知道儿子到底是怎么想的，都说儿子跟妈亲，而且还是个有钱的亲娘，能给他买这世界上任何的玩具和书本，带他去看他爸这辈子都不可能见识到的风景。可他竟然选择留了下来，穆先明只能解释为，孩子跟自己待的时间长，跟爹更亲一些。

他只知道，妻子撕破脸不认账了，于是离婚官司又打了一年。

一切都像场遥远得不真实的破碎梦境。

穆先明发现了儿子游戏账号中的一些隐藏日志。这些日志原本是供游戏者记录进度、分享经验之用，但也可以自由创建、加密。他发现了一个叫作“MXM”的日志文件，心头一阵慌乱，那是他工卡的前三位字母，代表“穆先明”的姓名缩写。

界面提示需要输入六位密码。他试了儿子、自己甚至妻子的生日，儿子的英文名、曾经养过的哈士奇名字和儿子喜欢的书名、电影名、明星生日、均告失败。

他发现有五个关卡的日志都以一个幂数命名——6^1、4^3、7^3、7^3、6^3，疑心这就是密码。但无论他尝试输入底数、指数还是幂值，并用穷尽法补完最后一个数，界面上始终显示密码错误。穆先明找不到头绪，或许关键就在儿子丧命的那一个未完成关卡。

回放日志，AR眼镜上出现了一对小小的球鞋，接着，是穆别璟那张苍白的面孔，似乎正从镜子的另一面看着穆先明。他全身猛地一颤，把屏幕挪近，想把儿子看得更清楚些，却只看到自己苍老的脸在阳光的作用下，半透明地重叠在儿子的脸上。那五官的轮廓如此相似，仿佛这是一面魔镜，能够倒转时光，让人重返青春。

他的手指滑过儿子那模糊的表情，画面开始震颤，向前移动，不时夹带着穆别璟的讲解，什么地方应该注意，什么地方应该提前起跳，什么地方干脆放弃金币。儿子的声音淡漠而不带任何情绪波动，似乎只是照本宣科。有几个瞬间，穆先明甚至产生了这样的错觉，这并不是他的儿子，而是来自某种人工合成的电子声。

回放中不时会出现一些字幕注释，与画面无关，似乎是摘抄自书本。

> 自石器时代便停止进化的大脑习惯于相信，眼睛看到的就是自己的身体。但这种对于身体边界的古老感知，可以轻易地被超越我们进化水平的技术力量迷惑。

他怎么也无法相信这些艰深句子是出自15岁的儿子之手。

穆别璟行走在天上，行走在高大金黄的树梢间，行走在蓝天白云及日光的晕照里，行走在风里，行走在钢筋混凝土森林和巨大闪亮的玻璃幕墙间。他长发飘飘，在路灯上跳跃，又偶尔停靠在高压电线构成的几何线段，如同音符，鸟儿和飞机从他脚下飞过，像忙碌的蚁群。他走过黎明，走过黄昏，走入华灯初上的夜晚，然后城市璀璨的帷幕落下，沉入后台的无边黑暗。

穆先明就像附身其上的鬼魂，隔着距离窥探这一段段旅程，似乎死去的是他，而不是他儿子。他感觉眩晕，却又深深着迷于这种灵魂出窍的幻觉。

我们对自身的感觉取决于眼睛在哪。从第一人称的角度来讲，多元感知与动态信号的契合，足以建立起对自身身体完全的支配。而不像传统教科书所强调的，身体的感觉是来自肌肉、关节和皮肤的传入信号产生的直接结果。

这让穆先明回想起当年偷看妻子图纸时的感觉，他和她身处两个世界，一道看不见的墙横亘其间，彼此对话、努力表达，却无法理解对方。他们仿佛身处一座理解力的巴别塔。他脑海中闪过一个想法，这堵墙同样存在于他和儿子之间，也许妻子是对的，也许儿子本不会死。

也许，是我害死了他。这句咒语开始在穆先明的脑子里循环播放起来，无法摆脱。

眼前的世界开始抖动起来。恍惚间，他竟然来到了儿子发生意外的现场——一座修建中的钢结构大厦，赭红色的钢架如同某种巨鸟的巢穴般错综复杂。在他看来，那颜色如血般刺眼。穆先明站在工地里，努力不去回想当天的情形，泥沙地里溅开的深色血迹，刺穿皮肤的森白断骨，儿子的脸，那张像从碎裂镜子中照出的脸，无数次出现在他的噩梦中。

他深深吸了口气，走进运送工人的升降电梯。

十三层，电梯一颤停住，铁丝网护栏打开，凛冽的高空寒风吹透他的背脊。

新加的弹性保护网如一层筋膜，薄薄地从肋骨般的钢架展开，边缘融入空旷的城市天际线。那里，太阳正挣脱污浊雾霾的束缚，努力西沉。几名工人正在进行电焊作业，闪亮的金属碎屑如烟火喷溅，零星消失在模糊的深渊中。他想象着儿子的身体在半空中漂浮、旋转、撞击，徒劳地与重力抗争，最后在坚硬的大地上化为碎片。

发现尸体的人说，穆别璟的长发被风吹起，在黏稠的血泊中如同一蓬蒿草拂动，像是灵魂从躯壳中徐徐蒸腾。

他打了个冷噤，手中的操控杆像是有感应般震颤起来。游戏界面提示，他已经来到上次游戏关卡的终止点。是否继续？他的手指犹疑着，点下。

镜框中的渲染画面如波浪般铺开，覆盖掉真实世界的所见，他的脚下仍是猩红的钢架，穿越胸腔般复杂交错的骨架，只是防护网消失了，深谷中的水泥工地被天空代替。他将行走于头顶上的道路，继续儿子的征途。

白云在脚底流淌，风摇撼着身体。穆先明颤抖，跳跃，躲避陷阱与空中怪兽的火焰袭击，原先惊惧的内心逐渐平复，似乎做出动作的并不是他本人，而只是一具由他遥控的肉体傀儡。离体感，穆别璟曾注释道。他越走越快，绕过树干般的支撑柱，轻盈地踏上虚拟盒子，赚取清脆的金币积分。飙升的肾上腺素刺激着他的心脏，猛烈撞击胸腔。他皮肤发烫，微微冒汗，一种久违的兴奋感在体内狂野蹿动，如重返青春年少的岁月。他终于明白这个游戏为何如此火爆。

一道黑影从远处切近，巨大的蜂黄色机械吊臂，悬挂着一截灰黑钢架。在穆先明看来，却像是飞行的钢架牵引着吊臂从天空缓缓旋入，空间的相对位置感迅速变换，他微微眩晕，突然看见前方指示一条旁逸斜出的岔道，伸向终点。他毫不犹豫地迈去。

一声怒吼，穆先明只感觉背后有什么力量把自己拽住，但他的腿已经迈出，身体失去了重心。晃动中，他的视线掠过游戏界面，发现脚下空空荡荡，十三层楼高的真实峭壁下，是铁锈色的大地和虫豸般的工人。重力毫不犹豫地拖扯他的肢体往下坠落。他脸色煞白，张了张口，却什么都没喊出来。完了，他想。背后那股力量突然改变了方向，将他往侧面一推。

AR眼镜飞脱而出，却没有进行自由落体运动，而是与他的身体一道，被柔软的保护网包裹，在半空中上下甩动，如同果冻上蹦跳的糖粒。穆先明全身瘫软，炫目的日光打在脸上。那岔道从他头顶伸出，像一座断桥指向天空深处。

一张怒气冲冲的黝黑脸庞出现在他视野中，他看到了一个戴着护目镜的焊接工。

穆先明虚弱地道歉，他甚至听不清自己在说些什么。

他的左裤兜突然有节奏地震动起来，手机响了，是一个越洋号码。穆先明躺在半空，就在阳光里那么举着手机，不接，也不作声，似乎在与那位工人隔空对峙，像是一出象征主义的默剧。直到他瞪大双眼，像是从这款使用多年的旧手机上发现了惊天秘密。

选择英文输入法，在旧式键盘上按1次6，3次4，3次7，3次7，3次6，穆先明得到了五个英文字母：M、I、R、R、O。

这是儿子特别为他准备的密码。一个新时代的落伍者所能发现的微小秘密。

他不懂英文，他还需要最后一个字母。正当穆先明准备把26个字母都尝试一遍时，他想起了游戏界面上的鲜艳名称——MIRROR WALKER。

Mirror。镜子。

他迫不及待地打开名为“MXM”的加密日志。

日色渐浓，给钢结构镀上金红，巨大的网格黑影斜斜地投射到大地上，与雕版蚀刻般的建筑、树木和人组合成一幅复杂而淡漠的康定斯基式作品，就像妻子当年笔下的图纸，带着神秘莫测与不可理解的距离感。

“嗨，爸。”儿子在镜子那头对他说，带着拘谨的笑，“好久不见。”

穆先明的眼泪一下涌出眼眶。

儿子走着，画面摇晃着，他的头发在风里如细柳浮动，轮廓柔和得不像个男孩子，依然是那种淡淡的口吻。日志似乎由许多片段拼接成，背景、光线、声音条件不断变化，像一个破碎的MV，只是没有音乐。

他说：“我总是不知道该怎么开口，虽然我们流着相同的血，却像说着不同的语言。”

他说：“你就像那些镜面恐惧症患者，以为现实世界就是经过伪装的巨大镜面，害怕独自行走，害怕镜子，害怕一切改变，害怕新的生活。”

他说：“爸，你应该过得更勇敢。”

穆先明坐在夕照中，听着儿子断断续续的话语，每听一句，便在心里回一句，就像是父子在聊天，这样的事情从来没有发生过。现在，他要用虚拟程序，来弥补真实回忆。没有怨恨，没有叛逆，穆别璟甚至认为父母离婚是对双方最好的选择。“时代变了，”他说，“我们是老得很快的一代人，在你和妈妈还在为我担心的时候，我已经老得足够去承受这些。我担心的是你，爸。你甚至舍不得换掉妈给你买的手机。”

穆先明笑了，摇摇头，泪水凝结成闪亮的痕迹，跨过眼角的皱纹。他从那面镜子里看见自己，沐浴在一片金色光芒中，儿子的形象变得稀薄，如同遥远群山的淡影。那是他所不了解的穆别璟，全新一代的人类，他们的情感交流方式已经全然不同。游戏不再仅仅是游戏，对于他们来说，那就是生活；而对穆先明来说，记忆中的生活才是生活。

影像变得模糊，清晰，又复模糊。手机规律的震动经由身体，传递到手臂，镜子里的世界，在颤抖中分崩离析。

儿子说："当初选择留下来，是因为妈妈拥有的太多，而你，只有我。"

"但你不能只有我，你有你的世界。"

穆先明深深地吸了口气，面对暮色中这座温暖的钢铁孤堡，手指一滑，镜子又恢复成坚不透光的黑冰。他把手机举到耳边，接通电话，等待那个来自陌生世界的熟悉声音响起：

"我数三下，然后你会醒来，三、二、一……"

"抱歉，你还是没能通过测试。"

头盔抬起，穆先明顿时感觉四周变得明亮起来，身下的自动座椅竖起椅背，他看见了对面坐着的医师模样的白衣女子，正在往平板电脑上输入什么。

"为什么？"穆先明愤怒地想要起身，却发现四肢被牢牢捆绑在座椅上，"我已经按你所说的去做了！"

"你的头脑也许是，可你的心，很顽固。"女医师微微躬身，意欲离开。

"这违反法律！我要上诉！我没有病，我要出去！"穆先明疯狂地挣扎着，椅子在身下吱呀乱响。

"住口！"白衣女子突然变得严肃，她走近，怒视着穆先明的双眼，直到他恢复平静，畏缩地垂下眼睑，"由于你的过失害死了三条人命，要不是辩方律师的有力证据，证明你因为儿子的死导致精神异常，你早该在牢里了。在你完全康复之前，我们绝不可能放你出去。法律不允许，死者家属更不会答应。"

"可我尽力了，我真的尽力了……"男子痛苦地抽泣起来，"我控制不了自己的梦……”

“可只有在梦里，你才是最真实的你。”医师口气软下，带着几分怜悯说，“既然你在梦里为自己造了这么一面哈哈镜，也只能在梦里将它打碎。”

“你还有最后一次机会，来证明你的精神创伤不是永久性的，我会帮你安排时间。保重。”

白衣女子消失在门口，取而代之的是两名全副制服的彪形大汉。

穆先明木然地坐在洁白房间中，靠在用特殊材料填充的软墙上。他无法相信，做了那么漫长而栩栩如生的梦之后，现实时间竟然只过去了短短二十分钟。他们说，这就是梦对时间产生的凝缩作用。

而在进入这所精神康复中心接受治疗之前，那段梦境就是穆先明头脑中的事实。

医生告诉他，这叫记忆性虚构症，是患者受到重大变故或颅脑损伤导致的大脑病变后，会用虚构的、扭曲的经历或事迹来填补记忆中的缺失，并对此深信不疑。

医生说：“告诉你这个事实，是因为我们只能通过诱导的方式，让你自己慢慢发现真相，接受真相。这就像带着巨大惯性的火车要掉头，只能逐渐并轨，划出一道半径巨大的圆弧，倘若急停转弯，必定是要出轨翻车的。”

医生递给他一个崭新的AR眼镜，说：“里面有你最爱的游戏《镜面行走》，也是它害了你。在外面的世界它已经被禁止生产了，可在这里，它被特批成治病救人的药方。好好玩吧，它能利用视觉系统与身体的调谐错位重新读写你的记忆皮层，或许在激活状态下，你能够重新读入记忆，我是说，你真实的记忆。”

穆先明只是死死地盯住那副黑色眼镜。

他花了三个月时间把这个游戏重新玩通关，同时在过关彩蛋中得到了一些破碎的信息：法庭记录、通话录音、视频资料、书信、证人口供……穆先明已知的世界像一层虚假的墙纸被撕开、剥落，露出血淋淋的真相。他会恼怒地把眼镜摔到松软的地板上，用脑袋去撞墙，或者撕扯自己的头发。他不明白自己的脑子出了什么毛病，两种平行的记忆激烈地搏斗，互相压制，像是一场无休止的辩论，嗓门越来越大，音量超过了他所能承受的极限。儿子和妻子以截然不同的形象浮现，交错拼贴，他不知道自己应该相信谁，只是感到恶心厌恶，对这一切。然后又经不住诱惑重新捡起眼镜，开始下一道关卡。

大脑在药物的辅助下会自己做出判断。曾经它选择了让穆先明感觉最为舒适的一个故事，而如今，它要推翻这个故事。

某一天，穆先明在隐藏关卡“无限回廊”的中途突然停了下来，他面无表情地跪倒在地，眼镜从他头上滑落，在地板上弹跳了几下。他开始无声痛哭，身体剧烈地抽搐着，几乎晕厥。医生们收到传感器的异常信号后闯入屋子，将他按倒在地，为他注射镇静剂。

他们交换眼神，知道穆先明的记忆已经被扭转过来，那些零星的信息碎片经过大脑的漫长消化处理过程，重新组合剪辑成具有意义的生命经历片段，替代了他的精神安慰剂。而穆先明终于知道，自己究竟干了些什么。

沉迷于镜面游戏的人并不是儿子穆别璟，而是他自己。

穆先明不得不再次潜入梦境，努力将更深层意识中的虚构记忆悉数摧毁。为此，他必须借助“清醒梦境”装置。这一装置会侦测到进入梦境的脑电波波段，自动启动频闪装置，提醒做梦者正身处梦境，以达到操控梦境的目的。

遗憾的是，正式测试过程中严禁使用该辅助装置，否则将无法认定患者是否从潜意识层面真正恢复正常。

穆先明已经失败了两次，按照规定，他还有最后一次机会。倘若再次失败，等待他的将是漫长且令人绝望的强制治疗期。

他几乎没花什么力气便再次进入那个重复了无数遍的梦境，似乎当意识表层的虚构记忆得到纠正之后，那个被完美构建的扭曲故事便沉入意识深处，化为黏稠纠结的梦境，挥之不去。而在梦中，所有的情绪都被强化数倍，以抵御理性思维的苏醒。

他来到洁白肃穆的教堂，阳光穿透彩色镶嵌画，洒在黑色棺木上，少年胸前的球衣红得刺眼，牧师祈祷。悲痛如潮水般漫过他的意识。

不，这不对。

管风琴奏响赞美诗。教堂顶部的彩色窗户开始有节奏地闪烁。

根本不是这样的。

眼前的一切开始模糊、跳跃、分崩离析，如同一场布景被快速折叠淡出，露出背后另一幕场景。那是一间中式的灵堂，在穆别璟的遗像两侧摆着稀稀疏疏的花圈，亲戚们哭天喊地的声音，夹杂在刺耳的丧乐中，嘈杂无比。他突然被狠狠推倒，是一身素装的前妻，孩子他妈，脸上的妆已经被泪水冲刷得不成样子。在旁人的拉扯中，她只是不停地重复着一句话：

“我恨你、我恨你、我恨你……”

眼前再次闪烁，转向屏幕上播放的穆别璟生日派对视频。

“谢谢爸爸！”那个男孩手里的AR眼镜逐帧蒸发在空气里。他手里变得空空如也，依然尖叫着朝摄像机扑来，镜头一阵摇晃后，出现了穆别璟兴奋微笑的面孔：“我要用它拍一部电影！你和妈妈就是我的明星！”

一切的一切都错了。穆先明痛苦地闭上眼睛。当他再次睁开眼时，已经是在家中，手中拿着那副损毁的AR眼镜，他凝视着自己在碎裂的黑色镜面中的模糊面孔。这时世界再次闪烁，AR眼镜的裂纹合拢愈合，凹陷突起，如同时光倒流，重现完美精致的曲线，一副全新的眼镜出现在他眼前。穆先明犹豫了许久，滑动手指，弹出一个无比熟悉的页面。

那是初次激活《镜面行走》游戏时的说明文档。

相信许多人有过这样的童年记忆，拿一面镜子在自己身前……

他以为自己可以清楚背出随后大段大段的说明文字，可眼前的屏幕却如同在水中洇开的宣纸，每个字都变成一圈墨晕，再也不成篇章。这就像在梦里常常读到绝妙佳作，情绪随之跌宕起伏，可一旦想要记下具体情节，就会发现那只是一本无字天书。

穆先明身体腾空而起，进入镜面世界，他疯狂地撞击着飘浮在空中的虚拟盒子，金币跃起，铺成漫无尽头的道路；发出的密集脆响，刺激他神经回路中产生源源不绝的欣快感，那种感觉曾经陪伴他度过离婚后难熬的时光，以及儿子死去后更加难熬的时光。他知道这是主观意识强加给梦境的效果，如同某种麻痹痛感的精神鸦片，可他为什么要把沉溺游戏的角色安插在儿子的头上？

他愈加快速地向前飞去，万物模糊，化为密布光线，闪烁不止，仿佛穿越时间的帷幕，回到一切的原点。他本能地排斥那黑洞般的强大引力，可是徒劳，在那里有他即便在梦里也不愿正视的真相。

于是穆先明飞入了回忆，如同悬停在空中观看摩天楼大小的巨幕中播放的电影，所有之前梦境中的场景开始重演，只不过在细节上都做出了修正。这种修正与其说是视觉上的，不如说是意识层面的，仿佛看着两张物理属性上完全一致的白纸，可你总觉得其中一张比另一张更白些。

穆别璟并不喜欢足球，他从小就像个女孩，头发柔软，身体纤弱。他更喜欢把自己埋在书堆里，看各种电影。他不善表达，即便在父母因离婚争夺抚养权的时候。穆先明在单位被人说闲话，喝高了回家便打他出气，他大腿上都是青紫色的伤痕。

很自然的，他并没有选择跟随父亲，他选择了沉默。

法院根据父母双方经济状况把儿子判给了母亲。撕破脸不认账的人是穆先明，反复起诉又打了一年官司的人也是他。而虚构症将罪名和责任全都推卸给了妻子，孩子他妈，以此维持脆弱的人格大厦不至于分崩离析。他的胸腔中如同埋进了一颗突突跳动的定时炸弹，一下下地撞得心里发疼、发颤。

都是我的错吗?

屏幕出现了黑屏，如同一片深不可测的星空向他展开，他没有退路，只能跌入其中。在漫长的坠落中，他终于明白了，这一切的一切，镜面行走的游戏、意外死亡的案例、神秘的隐藏日志，都是他大脑所玩出的花招。这些信息的碎片在记忆中沉淀，然后根据需求被重新拼贴成看似符合逻辑的顺序，一根虚构的时间链条，来误导意识，构建因果关系，像是一份无罪辩护的诉状。

这场病态的骗局连穆先明自己都深信不疑。

那些日志中的画面，并非穆别璟载入的游戏视频，而是穆先明让儿子把拍摄的短片传到AR眼镜上，用他十二岁时的生日礼物。

那些片段里没有一个人，只有蓝天、白云、高大金黄的树梢、黎明的路灯、黄昏里的高压电线、钢筋混凝土森林和巨大闪亮的玻璃幕墙、天空中偶尔掠过的鸟儿和飞机、城市和黑夜。所有关于儿子的影像，都是穆先明的记忆为他二次曝光叠加上去的。就连这些，都是假的。

他再次坠入了儿子发生意外的现场，站在尘土飞扬的工地里，眼睛逐渐适应了那闪烁的光亮。他抬头，却看见自己已经站在那座巨型的猩红钢巢的第十三层，像是个真实得近似虚幻的替身。而在那个替身的不远处，有一具小小的熟悉身影。

那正是他的儿子穆别璟。

夕阳闪烁得更加频繁了。

他深吸了口气，跑进运送工人的升降电梯。电梯吱吱嘎嘎地响起，颤抖着上升，透过层层叠叠的钢架，那两个人影时隐时现。穆先明焦急地晃着电梯，似乎这样能够让它动得快一些。他听见一声熟悉的喊叫，然后是一道黑影像鸟儿般从高处落下，最后是轻轻的一记闷响，像是一袋装满黏稠液体的垃圾摔在泥地里。

不！连时间都错了吗？

他的拳头狠狠地砸在铁丝网上，痛苦地闭上双眼。回去！回去！一定要回去！当他再次睁开双眼时，发现自己已经站在十三层的高处，凛冽的寒风吹透他的背脊。这像是把影像倒回到这一幕的切入点，那两个人影正站在不远处。他喊叫着朝那个正在检修机械吊臂电路的自己奔去。

没有人听见他的喊叫，他伸出手臂，穿透了另一个穆先明的身体，那只是记忆的残像，一切都已经发生了，且无法改变。

穆别璟的长发在风里如细柳浮动，轮廓柔和得不像个男孩子，他依然是那种淡淡的口吻。

“爸……我已经决定了。”

“就不能回去再说吗？这儿危险。”

“我下午就和妈走了，你只要签个字……”

“去哪？去美国？哼！到头来还是个嫌贫爱富的白眼狼，和你妈一样。”

“爸！你怎么能这么说妈！”

“滚吧，以后别回来了，我就当没有你这个儿子……”记忆中的穆先明突然失控地抽噎起来，他无力地跪倒在地。

“爸……”儿子也流泪了。

“我只有你这么个儿子，你懂吗？你妈什么都有，可我只有你了……”

“爸……我懂。可你不能只有我，你有你的世界。”

“别说得这么好听，我还是她，你只能选一个。如果你去了美国，你这辈子都见不到我了。”

“别逼我，我谁都不想选……”

“你什么意思？”

“我谁都不要！”

穆别璟突然发出撕心裂肺的吼声，他决绝地转身，奔向钢架的边缘，几乎没有片刻犹豫地纵身跃出，融入暮色中空旷的城市天际线。穆先明徒劳地穿透自己的残影，疾步追赶，企图伸手去捕捉儿子残留在空气中的温度，却脚下趔趄失去平衡，从钢架上踏空向一旁歪倒。

他再次跌入充满弹性的保护网，在半空中上下甩动，他看着儿子的身体在半空中漂浮、旋转、撞击，徒劳地与重力抗争，最后在坚硬的大地上化为碎片。他知道那不是真的，只是梦境中的完形填空。

而记忆中残留的父亲木然无助地跪着，眼神空洞，似乎灵魂瞬间被抽离躯体，丧失了一切自主意识。他甚至没有想起完成检修过程中最重要的一个步骤，以至于三天之后，失控的蜂黄色机械吊臂甩出一道漂亮的曲线，将三名施工中的工人击下十几层高的钢架。

泪水无法遏制地涌出穆先明的眼眶，他终于在梦境中再次温习了残酷的谜底，在意识的深处，绝望与罪疚如同浓重、狂暴的黑色漩涡，将他勉强维持的最后一丝自我开脱撕得粉碎。儿子从来没有原谅过他，那些理解和宽恕都来自他虚伪的神经失调病症。

可那组密码呢？那个名为“MXM”的加密日志呢？

穆先明几乎像抓住救命稻草般输入那组密码。

M、I、R、R、O、R，Mirror。

“嗨，儿子。好久不见。”他看见的是自己苍老的脸。

“我总是不知道该怎么开口，虽然我们流着相同的血，却像说着不同的语言……

“你妈跟我离婚之后，我沉迷于游戏，像个懦夫、像那些镜面恐惧症患者，以为现实世界就是经过伪装的巨大镜面，害怕独自行走，害怕镜子，害怕一切改变，害怕新的生活。

“可时代变了，我们是老得很快的一代人。在你还在为我担心的时候，我已经老得足够去承受这些。我担心的是你，别璟。你需要做出选择，而不管你最后选择谁，我知道对你都是种伤害。尽管我嘴上不愿意承认，可我希望你跟你妈走，你能见到更大的世面，过更好的生活，你能够成为你想成为的那种人，而不是我希望你成为的那种人。我想，那对你更好。

“至于爸爸……就像你说的，爸应该过得更勇敢。”

他从来没有来得及把这篇日志发送出去。

一阵急促的蜂鸣声吵醒了沉睡中的穆先明，他反应迟缓地转身，按下床头的按钮，一个熟悉的声音似乎从外太空传来，带着某种遥远而空洞的静噪。

“穆先明，准备接受第三轮测试，一个小时后，三号实验室。”那个女声停顿了片刻，又补上了一句，“加油。”

他起床，穿衣，摸索墙上的电灯开关，房间亮起。他站在房间中央，望着对面墙上那块小小的反光玻璃，闭上眼睛。

望向镜中，深呼吸，你没问题的。

深呼吸。

涟漪

……

6

这就是一切的结束？

太阳还未升起。海天不分，唯有大海如衣褶般微微皱动。天空逐渐描白地平线上的一线黑暗，将海与天分开，粗重的笔触勾勒出那匹灰布，一笔接着一笔，在表面下，紧随着、追逐着另一笔，永不停息。

它们近岸时，逐栏升起，自顾堆积、破裂，在沙上拂过一层薄纱。浪停住，又被抽走，如睡者无意中来回叹息。地平线上的暗带渐渐明朗，如陈年酒瓶中的残渣沉落，露出清绿的玻璃。在它背后，是同样的，天空……

你似乎在说“真美”。神情与我千万次想象中见到的丝毫不差。

长长的睫毛扑闪着，凝固了晶莹的轮廓，在霞光初上夜未央的色调中，有种古典的韵味。

……篝火的纤维燃烧着融入薄雾，那炽热的雾将羊毛灰的天空举过顶，又把它化为百万柔蓝的分子。海的表面慢慢地变成透明，泛着涟漪，闪着火花，直到深色的条纹被磨个精光。

握着明灯的手臂缓缓升高，再升高，直到那条宽阔的火焰变得可见：地平线边缘上一道燃烧的火弧，四周的海水闪烁着万丈金光……

我怒张嘴巴，攥死拳头，挤尽全身的力气，想要喊出一字，挪动一寸。

可却不能。

然后你轻若云彩般扭过头，对着我说了句什么，笑了。那笑如此熟悉，仿佛曾经千万次掠过眼前，但我怎么也想不起。我努力地去看清那张脸，可笑脸渐渐被背后璀璨夺目的金光吞没，那光如同浪涛汹涌，朝我扑卷而来。

眩晕，窒息，心跳欲燃。

终于坠落，四周依旧是阴暗冰冷的墙壁。我大口大口地喘着粗气，虚汗浸透枕头，头痛欲裂，可竟然丝毫记不起梦中你的样子，或者你的只言片语。

难道这个梦还要一直继续下去……

5

三天前，当一踏进这屋子，我就知道，我来对了。

尽管从没亲眼见过，但这房间的一切，已经通过你的指尖、你的文字，活生生地构筑在我的想象里。它是你的一部分，不是吗？

那苜蓿紫的墙纸，用千叶草的洛可可花纹装点着，上面挂着巴比松风格的枫丹白露、森林黄昏，宁谧而优雅。我甚至尝试着去辨别这幅是你最爱的柯罗，那幅是你次爱的卢梭。不经油漆的原木家具，朴素地站在地上，就像一株株直接脱下外套的参森古木。在这个合成纤维的时代，也只有你这样的人，才有这样的热忱，去穿透那数不胜数的麻烦和关卡，拥有这样自然温暖的物事。

我终于找到了衣柜上你曾经刻下的那句话，你说过，那是个秘密，只有靠我自己去解开。

现在我知道了，那是一个伞形的符咒，下面有你和我的名字，意思是永不分开。

可我们已经永远地分开了。

我轻轻地踏过那块柔软的克什米尔羊绒地毯，那繁复的曼陀罗图案让人眩晕，仿佛跌进无底深的轮回，无穷无尽。我只好抚摸着你坐过的木椅、你趴过的书桌，瘫倒在你那张粉色温暖的大床上，扑起一股清幽的菊香，氤氲在午后的阳光里。

还记得吗？我对你说过的，“开始总会是美的，只要你不翻过这一页”。我指的是你钟爱的Virginia Woolf所著的*The Waves*。

可你却说“一切在开始以前都已经注定了，无论你翻开，还是永远地合上”。

我想你是对的。

没想到我们会再次相遇，更没想到这次的相遇竟是诀别。你唤醒了我所有关于过去的回忆，点点滴滴，那些温暖的、柔软的、甜美的一切，然后，你让它们真的变成了回忆。

有一个问题，我想注定会困扰我一辈子：我究竟是遇见你太早，还是太晚？在来的路上，我试着跟每一个坐在我身边的人聊天，聊西岸的天气，聊新的火星计划，聊唐城的春节，聊你。当他们露齿微笑时，我心里有什么东西跳了一下，一股暖流涌满全身。真好。

如果没有你，这一切都不会发生。

躺在你的床上，我想让自己跟这房间一起，永远地凝固在时间的琥珀里，不去触碰什么，也不去打开什么，让所有的东西原原本本地，就停留在此时此刻。

现在的你该是什么样子？

4

欢欢，我想我应该告诉你的，我爱上了另一个人，尽管你已经跟我分手，尽管这封信你不一定能看到。

你还记得我们小时候常唱的那首歌吗？

“世界真是小小小

小得非常妙妙妙

这是一个小世界

小得真美妙……”

原来这个世界真的很小！

她在大洋的那一边，噢，当然不是你那边，还要往北、往东许多。你知道所谓的“六度分离”理论吗？就是说：平均只需要六步，就能使地球上任意两个陌生人之间产生联系。打个比方吧，在我还不认识你之前，很可能我的四大姑的外甥女的同学的邻居的八大姨认识你，这样的话，我要认识你就只需要通过五个人的介绍，怎么样，神奇吧。

当然也可能是五步或七步，六只是一个假定的平均数。

我加入了“小世界”计划，是哥伦比亚大学为了进一步证实六度分离理论而创立的。在*www.smallworld.org*注册之后，网站随机分配给我一个名字以及相关资料，Virginia Kubrick，真巧不是吗？你最喜欢的Virginia，我最喜欢的Kubrick。我所要做的，就是将一封Email寄给我认识的某人，而他必须是最可能认识Virginia Kubrick的人，然后他再依此法寄给他认识的某人。我把它寄给了戴哲瑞，剑桥三一学院到我们系的交流生，他已经回伯明翰了。我想毕竟他在地理上接近Virginia Kurbrick一些。

最不可思议的事情来了！在给戴哲瑞发信后，我居然立即收到了他的回信，开始还以为是他信箱的自动回复，打开一看，你猜怎么着？你肯定猜不着！是Virginia Kubrick给我的信！也就是说，我和Virginia Kubrick是随机分配的互为目的地的两个陌生人！在这个地球上！戴哲瑞是我的第一步，可却是Virginia的最后一步！可以想象我的信将会沿着她的信走过的路线反着再走一次，那些人该有多惊奇！

就这样，我跟她认识了。我们俩都认为这是难得的缘分，更难得的是，她简直太了解我了，用中国话讲就是心有灵犀。无论是音乐、电影、小说、艺术，她总让我感到，我便是为了跟她相识才来到这个世界的。我给她起了个中文名，叫寇薇菁。我教她中文，她学得相当快，现在已经能跟我用电话聊天了，只是那些古怪的句子常把我逗得不行。

哦，对，她给我发了照片。她头发很长，很漂亮，虽然比我大八岁，但看上去还是个小女孩的模样。我想如果你看到了，也会喜欢的。

跟她在一起的这些日子，我感到很充实、快乐，她让我觉得生命充满了温暖与奇迹，我希望跟你分享这一切，希望在异国他乡的你，能跟我一样的快乐。

最近我在计划一次长途旅行，我想去见她，她已经答应了。说真的，我有点，不，是很紧张。你知道我已经很久没见过陌生人了。

想你，如果你能收到信，跟我联系。

3

我很害怕，非常非常害怕。我膝盖发软，手心冒汗，胃像兔子一样跳个不停。

从来没有人如此接近过我，自从爸爸妈妈走后。

你会喜欢我吗？我是说，我是这么普通苍白的一个男孩，就算我床前的更衣镜也不一定能记住我的样子，而且……而且我还有病。

你不会知道，那些夜晚我是怎么熬过来的。我开着所有的灯，从厨房到阳台。我把电视的音量调到最大。我对我自己说，没事的，会过去的。我大声地朗读着《史记》，尽管我并不喜欢它。我喜欢的是宋人的词，缠绵悱恻、瘦弱可怜，可我还是喊着“力拔山兮气盖世，时不利兮骓不逝。骓不逝兮可奈何，虞兮虞兮奈若何！”

然后窗外的树影开始摇晃，像千年的游魂在挣扎，在徘徊。月色似血，风行如泣。

一股寒意猛地攫住了我的脚踝，所有的毛孔像被针扎似的一缩，慢慢地，慢慢地，那双冰凉的手掌抚遍我的全身，让肌肉全都化为僵硬的岩石。我的心脏想要挣脱身体的束缚，疯狂地撞击着胸腔，像口大钟般在躯壳里砰砰地回响。然后是永无休止的眩晕。

我已经习惯了这一切，我会紧紧抓住身边任何能够依靠的东西，等待着那种像退潮般的感觉慢慢消失，然后在疲惫不堪中睡去。我所祈求的只是一个无梦的夜晚，让我能享有片刻的安宁。

我以为这辈子就这么完了。我想了结自己，可又太懦弱了，那银色的刀片在手腕上轻轻一走，鲜红的泉水就冒了出来。我像只受伤的小动物，瘫倒在厕所里，开始哭，不停地哭。

直到你的出现。

莫非真是上天给我的恩赐？从来没有过的感觉，在我看到你的一刹那，便如火山爆发般在血管中暴烈奔涌。我膝盖发软，手心冒汗，胃像兔子一样跳个不停。

我想我是爱上你了。你的眼神、你的笑、你的发香，你的一切都吸引着我去接近你。可我害怕，很害怕。因为从来没有人能走进我的世界。

可现在，我想为你敞开。

我知道你会这么说，陈词滥调。可除了陈词滥调，我还能说什么，你希望我用常微分和羟氨基来表达吗？还是，像现在流行的那样，跑到电视节目里去表白，在三亿人的面前？

你会喜欢我吗？我是说，如果你不喜欢我的话，为什么要送我戒指呢？我每天都戴着它，甚至洗澡时都不摘。这可是第一次有人送我戒指啊，我是说，这可是戒指啊。

我想我会好起来的，为了你。

2

小初：

你好，这也许是我最后一次给你写信了。

你说得很对，我就是一个婆婆妈妈、摇摆不定、矫情敏感的娘娘腔，我不配得到你的同情，甚至，不配活在这个世上。

不过我还是要谢谢你，你已经让我改变了许多，虽然，可能还不够多。那天，一看到大块头的脸色，我就知道发生了什么。他狠狠地瞪着我，额角抽动了几下，但马上又有种悻悻的不安罩在脸上。看来，他们已经收到我的信了，事情正在发生变化，虽然还不知道会有多大的作用，但至少我的努力没有白费。

小兔子再也不用夜里偷偷地哭了。

我又想起了第一次收信时的心情，难以置信，这封连邮票都没贴的信，居然静静地躺在我的床上，我都怀疑是哪个小子的恶作剧。现在那封信应该放了好些年头，信纸都泛黄发脆了。

你说想跟有缘分的人交笔友，于是我就信了。因为我实在需要一个人，跟我说话谈心，不然我可能早就疯掉了，像楼上的大飞那样，从天台上，“砰”，摔成操场的一摊肉酱。

我还记得当我拿着厚厚的信去邮筒时，他们那种诧异的眼神。我想，这是为我自己写的，因为我根本没指望有回音。

一个月后，我拿到了，尽管它已经残缺不全，已经被开封而且可以想象得到，它经过了多少人的脏手。它成为我很长一段时间里被取笑、被打骂的原因。可我拿到了。

你的回信。

我知道他们会截下你的信，所以我每天早早地等着邮递员，等着从他手里抢过来。他们有时会逼我们把信大声念出来，然后笑得很开心。我不怕，因为你的回信总是很短，而且说的话也让他们莫名其妙。可我明白你的意思，我知道你是说给我一个人听的。

他们以为这样做已经足够了。可我保证，他们会后悔的，一定会的。

这将是我的最后一封信，我不会再打扰你的生活，毕竟已经三年了。我不知道你能不能收到这封信，但希望你能有个灿烂美好的未来。

PS：其实我想说很久了，你说话的方式一直让我想起一个女孩。在我上学那时候，她总会时不时地出现，跟我聊天，陪我玩耍。她总穿着一身白，不知道你是不是也喜欢白色呢？

祝一切安好。

谌着

1

——你的爸爸妈妈呢？

——我的爸爸？……妈妈？红的、黄的、白的……爸爸是红的，妈妈是红的，我也是红的！都是红的！红的！我好怕！妈妈，我好怕啊！抱抱我，妈妈！呜哇哇哇——

好温暖，好平静，一切的一切，都是乳白色的，像雾一样，朦朦胧胧……

——你的爸爸妈妈呢？

——我的爸爸？……妈妈？嗯……记不得了……

她的手像柔软的阳光，我的眼睛闭着，却能看见七彩的光线在跳舞，好温暖……

——你的爸爸妈妈呢?

——我的爸爸……出差去了，我妈妈上班呢。他们都特别特别忙……老没时间陪我玩……

姐姐，你的白裙子真好看。

0

这是一切的原点。

水流顺着我的脊柱流下，明亮的感觉之箭射在两旁。我被温暖的肉体包裹着，干燥的缝隙被润湿，冰冷的身体被弄热。它在奔涌，在发光。水像鳗鲡一样滑落我的身体……我听到了，虽然很远、很远、微弱而遥远的齐声合唱；车轮声、狗声、人的叫喊、教堂的钟声，齐声合唱。

我的意识模糊了，他们开始注入由卡西米尔效应产生的负能量，稳定虫洞泡沫，调谐频率。对于我们来说，去那或去死，两者只能选其一。

现在我不能下沉，不能坠透这单薄的层面。现在在这脆弱的垫子上，我延展、悬吊着身体。现在我已经在地球上方。为了不再被撞击和损坏，我不再垂直。一切都很柔软，一切都在扭曲……我能记起我在巨浪上航行，对于猛烈的碰撞，我并不在意。我独自航行于白色的悬崖。噢，可我在下沉，我在坠落!

似乎已经到达了预定的区域，可有些不对劲，我无法控制自己的姿势，还有惊惶。

我沉落于睡眠的黑羽，它厚重的翅膀紧压着我的双眼……我爬起，我逃离，我弹过树梢。但现在我落入厅门的马车中，她坐着，轻点黄色的羽毛，眼睛仿佛玻璃弹珠。噢，为了从梦中醒来！

糟糕，我被同步了，虽然传说中跃迁的同步率高达1.3%，可在肉体和意识分离的时空里，没人喜欢中奖。

我被翻转、被摔倒、被沿着这些长长的光线伸展。这些长长的波浪，如无休止的轨道，人们不停追赶、追赶。当光线劈开碎片，在各处增添蓓蕾，摇开花朵，绿色显出纹脉，颤动……一切变得柔软而不定型，像餐具的陶瓷流淌、刀叉的金属液化。

看来只能这样了，这意味着我在这个时空的“分身”丧失了自由行动的能力，而只能选择附着在“此时此地”的物体上。

此时波浪的冲击在闷响中轰然劈落，如同原木砸在岸上。

根据《跃迁指南手册》第七条，那最好是一个不超过18个月的婴儿。

–1

我曾以为我会喜欢这项高尚的工作，结果我错了。

在失去意识前0.37秒，我终于成功地从一只枯叶蝶，跃入这具被叫作

“欢欢”的躯体。运用简单植物神经控制鳞翅目的飞行实在消耗体力，何况在此之前，我还加快了一个苹果的糖分转换过程，让它达到足够的重量从枝头脱落，在摔个稀烂之前跃入一朵大波斯菊，使尽浑身解数散放三倍量的芳香烃，终于吸引到这小救世主的降临。

没错，我在一个苹果上着陆了。虽然听起来不怎么样，但实际上我感到万分庆幸。

有太多的人死在无机物上，比如落入一个标明“可回收”的垃圾箱。

缺乏物质与能量的开放交流，唯一的结果便是信息的热寂。

而那是我们赖以存在的方式。

我在充满玫瑰香气的摇篮车中昏然睡去，我知道我将面对的是什么，是漫长的、痛苦的成长，去适应这具效率低下的女性躯体以及20世纪末的肮脏生活。不过这样也好，我可以有足够的时间去接触我的目标，以及思考如何完成一份体面的毕业设计。

事实上，首次面对面的接触还得等到5年后，那是一个令人昏昏欲睡的夏日午后，空气中飘荡着不知名的花香。他独自坐在街心公园的转椅上，缓慢地转着，一圈又一圈，带起的气流像涟漪一般缓缓向四周散开。我咬着抹茶冰糕，在秋千上，静静地看着他。他的眼神，充满了困扰与不安，常常快速地左右扫动。我知道，他已经与噩梦纠缠了许多个夜晚。

他突然伸出脚，用鞋刷刷地在地上磨着，转椅慢了下来，最后正对着我，停住了。那双眼睛似乎穿透了我的白裙，冷冷地，像在研究猎物般。我不禁打了个寒噤。

这个日后被称为“信息之神”的男孩，这年6岁。

-2

什么是同步？

根据手册上的简明图解，宇宙就像一个无限大的气球，表面上不同的点代表不同的时空坐标。假如用一根空心的针，非常非常小心地从这一面的A点刺进去，再由另一面的B点穿出来，这时让一只蚂蚁走过这根空心针，那它实际上进行了一次从A至B的时空跳跃。问题在于，有些蚂蚁可以走在B点的表面上，而有些却被困在了B点的薄膜中。

同步是什么感觉？

打个比方，靠着雪橇或者滑板或者冰刀或者其他什么东西，你可以在雪地的表面上随心所欲，如鱼得水；可你摔了下来，陷入松软冰冷的雪堆里，你会举步维艰，每向前迈一步都得使出全身的力气；甚至，你会被雪崩吞没包裹住，像个废人，像块蠢木头，只能随着重力的作用缓慢下滑，完全无计可施。

没错，我就是那只倒霉的蚂蚁，被困在了目的地的时空里。

利用率极低的食物和愚蠢至极的电视节目，还有所谓的亲情，是我每天必须面对的。更可怕的是，对于身体发育的疼痛以及由此带来的各种情绪紊乱，他们竟毫无办法。我像个疯子一样，日复一日地忍受着健全的理智与野蛮的躯体之间的挣扎。我知道我在逃避什么，我害怕想起那个问题，可这不正是人类头脑的脆弱之处吗？你永远无法强迫自己忘记什么。

我还能回去吗？回到气球的另一面，回到A点。

只有等待，并着手我的实验。

我满心平和，将手放在他的脸上，看着阳光穿透我的指缝，在他紧闭的双眼间描绘出各种形状。随着我轻柔的话语，他紧蹙的眉头渐渐松开、舒展。我知道在我的催眠下，他的梦魇正在潜入意识的深处，美丽的假象将浮出，敌意消失，我将得以进一步接近他、了解他、研究他。将一个经典化的人物进行重新设定，并观察其可能性，这是学科前沿的一个热点课题。何况我研究的对象是他，谌着，一个关系着过去与未来的人。尽管是以这种原始的方式进行的。

“姐姐，你的白裙子真好看。”他睁开双眼，像个8岁小孩那样咧嘴笑了。

我知道我没有改变什么，因为我现在还站在这里。扰动量大到足以威胁原有时空稳定性的行为，是无法执行的。而当我穿越虫洞回到出发点时，我所造成的一切改变，都会被另一个方向的力抵消。这是经典理论告诉我们的，可这个理论真的无懈可击吗？就像牛顿之于相对论，爱因斯坦之于量子物理一样，我们是否疏忽了什么，在某种不同的尺度上？

可我还能回去吗？

–3

似乎过了很长一段时间，我才适应了这具被视为早熟的女性身体。我每天在镜子前，望着自己修长的躯干和苍白的脸庞。按照这个时代的审美标准，我不禁沾沾自喜一把，尽管过分明显的性征在彼时代是畸形的标志。

家庭的殷实让我免除了许多额外的烦恼，在同龄人中，我无疑是极其出众的，不管在哪方面，甚至我的孤僻。他们这个时代的人，就像二维世界里的一个个圆，在他们眼中，我或许跟他们有着这样那样的交集，可他们却不明白，他们所看到的，只是一个三维的球体在他们所处平面的投影。这是他们永远无法想到的。

所谓代沟，就是这么简单。

谌着也不例外。我们在同一个学校不同的年级，这是信息关联律作用的结果。不管上课还是下课，他总是静静地坐在教室里，发着呆，不跟谁说话，也不搭理谁。根据极其有限的史料记载，他曾经这样描述过他的童年生活：

“尽管所有的人都把我当作正常的小孩看待，可我知道，我跟他们是不一样的。正因为如此，才发生了后来的……”

在他一贯低调简洁的话语中，大概描绘出这样一个形象：苍白、孤僻、冷漠、超越年龄的老成……实际相去不远，但有一点，他没有提及，或者说他故意略去了。他的周围，充满了对他抱有敌意和恐惧的人，不管是小孩，或是大人。不过，这不怪他们。

我看着他在秋千上忽上忽下，用力地划出一道漂亮的弧线，他的笑容难得地在阳光中绽放。他喜欢跳房子、玩皮筋、折纸，只有在这些时候，他才表现出不为人知的另一面：细腻、温和、羞涩，甚至还有那么点女性化，迥然不同于他在历史中的自我评价。我不知道这是催眠的效应还是潜意识的自然流露，这一发现已经足够我在报告中大书特书一笔了。

但除此之外，他并没有任何出众之处，这让我微微地感到一丝失望。难道他们的假设是对的？

5岁那年，有着长期癔病史的母亲突然发作，用刀捅死了父亲，然后割开了自己的脖子。谌着亲眼看到了这一切。史学界的传统看法是，这次事件激发了谌着潜在的天赋，否则他不会有日后的成就。我却始终怀疑，真的需要这样困扰终生的噩梦来成就个人吗？

有一些事情还没有变。14岁时，谌着因用铅笔刺伤同学，被送进少年劳教所，犯罪动机不明。

–4

我想我是真的失望了。

在他进劳教所的这几年里，我一直化名“小初”跟他通信。我知道那里面有虐待、体罚，有种种互相敌视的窒息气氛，甚至，还有让人难以启齿的性侵犯。我竭力去发现他身上一丝一毫的闪光，人性的、智力的，像各类稗官野史中的记载那样，从少年时就耀眼夺目的光芒。

可是没有。

我得到的只有绵绵无休的抱怨、乞求和自怜自艾，像个女人那样。我无意贬低任何有雌化倾向的雄性个体，但彼时代教育环境的长期熏陶使我总是下意识地做出这种排序：

雄化雌性 优于 中性 优于 雌性 优于 雄性 优于 雌化雄性

尽管这种观点会遭到无数的攻击与抗议，但事实就是事实，你不能因为某种个人情绪而否认社会的潜在秩序，不管在哪个时代。

17岁，谌着所在的劳教所遭举报存在虐待现象，大批劳教青少年被提前释放。他被一户富足家庭领养，次年考上某大学艺术系，继续学业。

所有人都不理解，优异出众的我，竟在高三那年无故休学，在家赋闲数年，然后又考上一个极为普通的高校，甘于埋没自己的才华与抱负。我的父母也只有暗自叹气，落泪。我惊讶于自己竟然隐隐生出一种所谓“愧疚”的原始情感。这种潜藏的变化让我害怕，我害怕自己会慢慢变成他们那样，多愁善感、脆弱而摇摆不定，变成人群中一株平庸的芦苇。

我需要证明自己的不同，证明自己的存在是有意义的。在关于谌着的记载中，没有一丁点与私人情感有关的内容，似乎他从出生到离开，都是形只影单，只有落寞相伴。因此有学者提出，谌着由于幼年的刺激，造成了成年后的情感障碍，也正因为免除了情感上的消耗，他才得以集中全部的精神力，实现人类历史性的伟大跨越。

我选择布置一场被称为“爱情”的棋局，来证明谌着是有感情的，而且他的爱情同样可以带他走向成功。

虽然爱情对于彼时代来说，只不过是个生化名词。

–5

我静静地等待着那个人，那张在人群中丝毫不起眼的脸庞和更加不起眼的装扮。可为了他，我已经准备了好几年。

对于来自彼时代的我来说，爱情是一种近乎传说的东西。我只能利用休学在家的时间，搜集此时代关于爱情的一切物事，电影、小说、音乐、诗歌、戏剧，等等，并加以揣摩。我惊讶于这个时代人们的幼稚与闲暇，竟能将生命中多半的时间耗费在爱情上，并在此基础上演化出层出不穷的文化与商业产品，娱人娱己。

我已经练习了很久，从一丝不苟的装扮，到一个表情、一个手势、一句问候。我清楚地知道谌着是怎样的一种个性，会对怎样的仪式产生某种情愫，但我需要实证。

他来了，风风火火。按照那些烂熟于胸的情节，我漫不经心地擦过他行走的路线，故意在他肩上不轻不重地碰了一下，同时恰到好处地把手里的书本撒了一地。

他慌乱而羞涩地俯下身，拾起书本，结结巴巴地道着歉，然后将书交回到我的手上。我给了他一个恰到好处的微笑，“没关系”。

从他闪烁的眼神中，我看到在苯基乙胺作用下奔涌的神经冲动，有如烟花璀璨、繁星似尘。多巴胺与肾上腺素联手让他心跳加速，面带潮红，仿佛身堕云间，四肢无力。这便是爱情的魔力，亘古不变的真理。

顺水推舟地，我们交换了名字和电话，他愈加局促地说要赶着上课，我说不急不急，改天联系。他一步三回地飞奔而去，与路人亲密磕碰不停。我暗笑，好戏上演。

事情远比我想象的顺利。第三次见面时，我便成了他女朋友，当然是在我主动下。他一如既往的羞涩与内向，当他听见我说出那句话时，一脸的茫然与木讷，随即又无法抑制地傻笑起来，差点把手里的可乐洒了一身。

当第一眼的迷醉慢慢消退后，内啡肽开始掌管爱情，代替激情澎湃的，是更加稳固、持久的亲密、依赖与温暖。我可以看出，他不是那种爱上瘾的花花公子。那些瘾君子们，迷恋基于肾上腺素和多巴胺的快感，只能一次又一次地，重复寻找着短暂关系带来的神经高潮。因此他们的大脑对这些化学物质的耐受程度不断增强，普通的恋情已经无法提供足够的刺激，于是他们化身为恋物癖或施/受虐狂，直到变成爱无能。

而他，相对而言，很好打发。在夕照中，我牵起他纤细的手，散步在校园中，偶尔几句贴心的呢喃，一个廉价的合金戒指，已经足以让他心醉不已。对于星夜、浪漫、欲擒故纵、缘分等等滥俗的元素，我已然十分纯熟。我知道，他已经离不开我，我也知道这更多的是出于对内啡肽的依赖，它让人平和、快乐、远离焦虑。

另一些事情烦扰着我。我的有意引导似乎收效甚微，他对那些心理学、精神分析学及神经科学著作毫无兴趣，却迷恋于这个时代空洞无物的垃圾，比如流行音乐和占星术。另一方面，我的身体内部似乎正在发生一些变化，我开始失眠，做梦的时候会梦见他，有时会无缘无故地发怒。我强迫自己相信，这只是荷尔蒙在搞鬼，跟所谓的爱情无关。

但是很难。

那天我问他："你最喜欢什么时候的我？"

他说："现在的你。"

我嗔怒，说："那过去和以后的我你就不喜欢啦？"

他看着我，平静地说："过去的你对于我并不存在，如果你有了以后，那意味着你已经离开。对我来说，你应该永远是现在。"

当最后一句话从他唇边轻轻滑落时，我的心像被什么东西狠狠地撞了一下。我第一次感到了害怕。不知道是为了他言语中闪现的灵光，还是别的什么。

可该来的总会来，该走的总会走。

–6

“我们分手吧。”

我看着他的脸慢慢涨得通红，额头的青筋扑扑地跳着，一副想发怒又不敢的样子。

“我们真的不合适，我要出国了。”而我心里另一个声音却在说，我怎么会爱上你这样一个原始男人，虽然你对我真的很好，但是你我都有更重要的事情要做。

他待了一会，把头深深地埋进双肩，开始抽噎，并努力地压低声音。

我静静地回头，离开，想让自己湿润的眼角尽快被风干。

一切都是因为一封连锁信。这种游戏在电子时代变得更加方便与快捷，不管什么时候，笃信命运与惩罚的弱者总会在人群中占有相当比例，这也为某种病毒或秘密讯息的传播提供了顺畅渠道。因为根据信息关联律，每两个随机节点之间建立联系的平均步骤为6.23，在这个小世界上。

当我看到了我在彼时代的名字，出现在那封连锁信的附件名称上时，我确信随机生成这串字符的概率小于10^{-23}。于是我强按住心头的狂喜，点开了附件。在普通人看来，那不过是一连串毫无意义的数字，可对我来说，那却是盼望已久的，甚至已经一度让我绝望的东西。

回家的机会。

地点坐标表明，那是美国西岸某城近郊，当地时间2006年9月20日am6：45。正负65日，这是确定自转方位比确定公转方位来得容易的缘故。

突然我想到了他，一股莫名的感觉让我迟疑了半刻，我想那可能叫作依恋。我甩甩头，用力将那种感觉抛开，说不定分手更能刺激他发现自身的天赋，而且，时间真的不多了。我点点头，做出了最后的决定。

我申请了那座城市及邻近的几所大学，好在自己的GPA和英语成绩够用，加上老师的推荐信，不大费力就拿到了几个Offer。我挑了一个自己比较喜欢的方向。一切就绪，我说过，我们只能按照所在时代的规则行事，哪怕你要多花三倍以上的工夫。

临走那天，一直刻意回避的他终于出现了，他红着眼圈，递给我一本笔记本，什么话也没说，扭头就走。我翻开镶花的扉页，几行隽秀的字迹工整地立在中间：

The Waves

海浪

Virginia Woolf

页面的右下角怯怯地露出一行小字：

为你而译——谌着

一股酸涩的感觉猛地扑入我的鼻腔。他还记得，我提过的每一件事，他还记得。我终于控制不住，眼前一片模糊。

-7

等待是漫长的，但当等待变成日常生活的一部分时，它不再漫长，而是失去了意义。

回家的入口，在面向太平洋的一堵悬崖的末端，或者垂直下落过程中的每一点，直到拍入海面。

我在附近租下一间小木屋。在清晨刚刚红霞漫天的时候，我爬上悬崖，观察着每一点可能的征兆，然后吃个简单的早餐，开着二手车进城上课。

我害怕再错过机会。

闲余的时候，我喜欢拿出谌着亲笔翻译的《海浪》，一页一页地翻看。看着看着，那些清秀的字迹开始在眼前跳动，渐渐模糊成他的面孔，他那窘迫的笑。我从来没有告诉过他，自己喜欢这篇不是很出名的伍尔芙小说，只是因为其中的一些描写，像极了时空跃迁时的感觉，那么怪异，而又亲切。

像回家一样。

我故意不跟他联络，电话不接，信不回。为的是让他尽快走出阴影，早日找准自己的方向。可他似乎无动于衷，情绪依旧低迷，郁郁寡欢。我只有采取一些极端的手段。

我在他电脑里安了个木马，可以窥探他的每一步操作以及浏览内容。他似乎对“小世界”理论产生了兴趣，这或许是一个契机，无论对他，还是对我。

我编了一个*www.smallworld.org*的傀儡网页，轻而易举地得到了谌着的注册ID和密码，同时杜撰出一名英国女人Virginia Kubrick的个人资料，“随机”地分配给他。在他向戴哲瑞——那个滑稽的留学生发送信件的同时，我将伪造得天衣无缝的Virginia Kubrick的信件以戴哲瑞的名义发给他，这种移花接木的小程序在网络上俯拾皆是。

缘，妙不可言。不是吗？

如我预料的那样，他毫无防备地堕入了我设下的圈套。很快地，他在MSN和Email上跟那个心有灵犀、善解人意、如梦似幻的“寇薇菁”如胶似漆起来。在感叹原始人类易于动情的同时，一些微妙的感觉似乎在我心里慢慢漾开。嫉妒？失落？我没有办法确切地形容那种感觉，但我知道自己正在逐渐代入那个子虚乌有的角色中，无可挽回地。

那是一种原始的代偿性心理，我警告自己。

可我还是抑制不住地，给他打了电话，在练习了几天的利物浦口音后。

他说他要来找我。可我知道，那并不是我。

–8

日期近了。

我能感觉到空气中那丝丝点点的紊动，时间仿佛忽快忽慢，当然，我知道那是心理上的错觉。可似曾相识感的频繁出现让我确信，回家的时间不远了。

无法解释，为什么我会给谌着写了那封信，而且，还寄了出去。如果没出错的话，他现在可能已经在收拾行李，准备动身了。

我说我想他，想见到他，非常地想。

两种极端矛盾的情绪在我脑子里飞速地滋长着，他们似乎在比赛，看谁有能力把对方压倒，像癌细胞般狂暴。

我想回家，我想离开这具带来无限烦恼的躯体——那些过分发达的腺体，那些愚蠢的嘈杂的无时不休的电子噪音，繁复的低效的社会仪式以及更加繁复低效的原始情感。我渴望简洁、直接、意义丰富的时代，而不是现在。

可我不想回家，为了那些温暖、朴素的自然事物，为了种种微妙的心理涨落，为了可以肆无忌惮地笑、声嘶力竭地哭，为了可以无知而快乐地活着，为了不必寻求每一步的目的和理由，为了生命中的惊喜和意外。

我想，为了他。

“这只不过是这具躯体所带来的副作用，或者是你潜意识里对谌着的幼年崇拜。”另一个我咆哮着：“你怎么可能，去爱？！甚至，爱上他？！甚至，这根本不是他，这只是另一个时空里一个叫作谌着的失败的懦夫！！”

可我只想告诉他，他的生命本不应如此。

他应该充满前瞻性的创见，在大学期间便提出了信息关联律的雏形，成为日后时空跃迁的定位理论基础。

他应该用三十年的时间来建立、完善他的信息统一理论，并向世人揭示，人类大脑是最有可能逼近单位物质所包含信息量极限的装置；他甚至应该成功实现了人类历史上的第一次人体信息分离实验，从此“灵魂”被作为一个科学名词写入教科书。许多困扰人类数千年的谜题迎刃而解，而利用微观尺度的虫洞泡沫进行个体意识的时空跃迁也成为可能。

他应该是一个超越时代的天才，受人万世景仰。他的许多思想，我们只能复述，却无法理解。他应该说出这样的话：我和你们，是两种不同维数时空中的生物，你们所热爱、迷恋、信仰、恐惧、执着的一切，在我看来，如梦幻泡影。

可另一方面，他应该极端冷漠、偏执，心理扭曲，缺乏正常人的情感，甚至遗传了他母亲的癔症基因，会毫无原因地失控，自虐或伤人。

他应该丧失了正常男性的生理功能，因为他从信息角度论证出性别的优势定理，并在自己身上付诸了行动。

他应该终身孤独，茕茕孑立；提出信息关联律的他却不能与其他人进行交流。他像一个巨大的影子，冰冷而无法触摸。

什么是应该，什么是不该。

生命总是充满了两难。

我还想告诉他，其实我一直记得，他最喜欢哼的那首老歌：

生活静静似是湖水/全因为你泛起生气/全因为你泛起了涟漪/欢笑全为你起……

可是已经没有机会。

–9

我已经在这里守候了两天两夜，饥寒交迫比起对回家的渴望，算不了什么。可折磨，内心的折磨，才是最痛切的。

再一次，我看着面前普通的街道。文明的天盖燃尽了，天空如磨光的鲸骨般暗黑。但空中开始被点燃，无论是灯火或黎明。麻雀吱喳着，在悬铃树头闹腾。有种天将破的感觉。我不会把它叫作黎明……

我看到了，随着黎明一同到来的，是回家的门扉轻启，那摇曳的光点，在悬崖的下方闪烁，绽放出魅惑的色彩。我知道，时候到了。

黎明是某种天空在变白，是某种更新。另一天，另一个星期五，另一个三月二十日，一月，或者九月。另一个平常的苏醒。星星后退，然后熄灭。浪间的条纹逐渐加深，薄雾层层在原野上愈浓。玫瑰上的红渐渐凝集，即使是那朵垂在卧室窗旁的苍白的花。鸟儿吱喳，村民点亮他们清早的烛火。是的，这是永恒的更新，不停地上升与落下，然后，落下，再上升。

天啊，那竟是他，谌着，带着满面的倦容，可双眼却放着锋利的光。他在笑，噢，是的，他笑着向我伸出手来，那么温暖，那么甜美。可，我不能。我已经领悟了一切。

我只是你生命中的朵朵涟漪，静静地泛起，又悄悄地跌落，渺无痕迹。你，唯一的你，伟大也好，平凡也罢，只要你不寂寞、不孤单，只要你有足够的勇气去面对生命中的种种时，我曾经的存在也就有了意义。而现在，是时候离开了。

而我也在浪中升起。

我笑了。我说，我爱你。但你将会忘记。

霞光微露的天空向我扭过身来，猛烈的海风夹杂着一声凄厉的呐喊，瞬息破成千丝万缕，泯灭在无尽的深渊中。我记得，那是我的名字，那是我曾经的名字。这个熟悉的世界正在飞快地离我而去，它将变得陌生。在我的躯体被粉碎之前，过度分泌的肾上腺素将击穿我的意识，不过，我已经不担心了。

它膨胀着，拱起脊背。我再一次意识到新的愿望，像一匹第一次被它的骑士刺中，而后弓背的骄傲的马，从我下方升起。现在我察觉到了，当我骑着你，在这段路上艰难前进时，是什么样的敌人在前方与我作对它便是死神。死神便是敌人。

一切将回到原点，或者还有另一种可能?

当我横矛骑行时，当我如少年飞扬，疾驰于印度的珀西瓦尔时，正是死神，与我作对。我把马刺插进我的爱马。向着你，我将放飞自己，不屈且无法战胜，噢，死神!

这就是一切的结束?

浪碎于岸。

……

7.1

四周全是白的。我不知道我已经睡了多久。他们说我受了很大的刺激，脑子现在还有点不清醒。事实是，我头疼欲裂。四周全是白的，我快要发疯了。

我恢复得很快，除了有些事情记不太清。我好像常常做一个怪梦，那梦里，似乎有你。

他们说你疯了。我不信。他们说你从小就有很严重的妄想型精神分裂症，高中时曾经为此休学几年，出国也是为了换个疗养环境，但我不信。

我不信。我不信。我不信。

他们说你死了。

8.1

毕业后，我到一家师范学院当老师，教素描、油画和艺术史。生活还可以，平平淡淡的，现在的学生很让人伤脑筋。

有那么一阵子，我想自考个CPA或者其他什么职业资格证，总不能当一辈子老师吧？可是太难，我又放弃了。现在我正在加强英语学习，想出去。

我交过几个女朋友，又分了。没事的时候，偶尔会翻翻我送你的那本《海浪》，我纳闷那时候怎么有那么大的毅力，挺佩服自己的。有时我也会弹弹吉他，还是那首保留曲目，别的一直没学会。

我有习惯性的失眠，睡不着的时候，就会想起你，想得没办法，就忍住不想。拼命地忍着。我想，日子还得过下去，不管怎么样，该来的总会来的。

9.1

这么多年过去了，我一直在想，那天，你到底跟我说了句什么。

可怎么也想不起来。

或者，想这些已经没有意义了，就像你说的，一切在开始以前都已经注定。

都已经注定了。

山上很冷，雾很浓，像一只冰凉的手，从那些盾牌般立着的石头上抚过，凝起湿湿的一层水晕。我不敢碰，我怕那种感觉，像有根细细长长的针一下刺进骨髓里，又往外抽，还好有缥缥缈缈的花香，若有似无的，让人心头有一丝暖意。

我站着，读着那齐整的句子，一行一行的，硌得心头生疼。那是你要求的，把它们刻进石头里，你就能看到吗？我唱出来，你就能听到吗？

涟漪[①]

生活静静似是湖水
全因为你泛起生气
全因为你泛起了涟漪
欢笑全为你起
生活淡淡似是流水
全因为你变出千般美
全因为你变出百样喜
留下欢欣的印记
植物亦似歌那感觉像诗
甜蜜是眼中的痴痴意
做梦也记起这一串日子
幻想得到的优美
唱着唱着，脸上湿湿的，我猜，那一定是雾
……

---

① 译自*The Waves*，作者Virginia Woolf。

第七愿望

第一愿：美味

那位姓贾伊尔的老酿酒师，是在兰斯山的维兹酒庄实现愿望的。

那是一个夏日的午后，茂密的橡树在阳光中闪耀着，斜靠在摇椅上的老贾伊尔打着盹儿，金色的光斑透过树叶，洒在他脸上。他醒了，发现一个物体悬浮在半人高的空中，蘑菇状的半透明外壳泛着冷光，菌帽的中央绽开一道口子，露出不停闪烁的石榴籽状晶体。

阳光在那物体的笼罩下变得暗淡，微微发紫。

老贾伊尔仓皇起身，摇椅翻倒在地。

那东西说话了，标准的法语，它说："说出你的愿望。"

老贾伊尔愣住了，他有点耳背。

"说出你的愿望。"声音直接在他的脑中响起。

老贾伊尔抖抖索索地想了半天，说："我从来没想到您会是这个样子的。"

"我也是……随机而已。"

老头在胸前画了个十字架，絮叨着这一生多么充实而美好，他有两个妻子，三个儿子，一个女儿，还有数不过来的孙子孙女；他用黑品乐葡萄酿制的顶级香槟，其名声甚至传到了以"嘴刁"著称的巴尔河畔人那里；他曾经钓过一条一肘半长的大黑鲷；他的朋友遍及阿尔特河谷和维索河谷之间，他们一起烤面包、挑选松露、看着红酒里的炖小公鸡冒出热气、争论3个月大的羊羔肉配什么酒味道最完美，这便是他们生命中最大的快乐和满足。

可那都是以前的事情了。

“您真的可以实现我任何一个愿望吗？”

“并非如此，我只能实现您真正的愿望，而不是那些您从未渴求的。比如，您从未想过要发大财、长生不老或者领导法兰西第四共和国吧？”

“哈哈哈。”老贾伊尔的胡子抖了起来，“我想让我的舌头恢复最好的状态。你知道，人一老，零件都不灵光了，鼻子还行，可舌头……是的，我想要回我的味觉，人家都说，味觉要像水面上的浮标那么灵敏。”

“让我重复一遍，您想让味觉恢复到最佳状态，没错吧？”

“错不了，先生。”

菌帽中央的裂口开始闪烁起奇异的光彩。

当贾伊尔醒来时，仍旧是那个阳光灿烂的下午，知了聒噪，微风拂过薰衣草丛，香气扑面。但有些东西不同了。他突然恐慌起来，伴着薰衣草香气的，并非那丝甜甜的味道，而是一股浓重的腥涩味，从他的舌尖，如层层叠叠的浪花般荡漾开去，幻化出无数细腻而微妙的刺激。

他剧烈地呕吐起来。

他的愿望实现了，以一种出乎意料的形式。

儿女们从远处赶来，聚集在老父亲的病床前，看着那具骨瘦如柴的躯体，只能靠输液来维持生命。无论如何努力，老贾伊尔吃不进任何食物，几乎在入口的刹那，他便会连胆汁都吐出来。那是一些他此生从未品尝过的恐怖滋味，他颤抖着形容，自己仿佛已不属于人类，站在地狱的入口，嗅着三头犬的恶臭。

他睁开眼，看着儿女们，突然感觉一阵虚无。那些回忆都不见了。那些夏天午后的气息、初生婴儿的乳香、妻子身上的香草味、母亲最拿手的熏鱼，以及那些藏在气味里面的记忆，它们都不见了，像从未有过一样。

曾经的生命空空如也。

而另一些幻象浮现出来。他梦见自己登上了高高的王座，来自四面八方的气味在空中传递交织，足下是一群群黑色的蠕动的物体，它们扬起长长的触须，挥舞不止。他想说话，却发现自己口中塞满了食物，各式各样的，松脆的、爬动的食物。

两天后，菲利浦·勒·贾伊尔死于水银中毒，终年76岁。

护士回忆说，那天老人醒得特别早，还跟她开着玩笑，但当她转身想取回体温计时，发现老贾伊尔正大口咀嚼着体温计，淌血的嘴角露出久违的微笑。

“嗯，奶油味的……”他最后说。

第二愿：欢好

时值暮春三月，寅日卯时，李福双听得窗外春燕呢喃，闻见柳娇桃花俏，便早早地收拾了手上的活计，趁着他人还未起身，到院里采些地气。忽听得柴房里有动静，他便蹑足上前细察，怕是进了贼人，不料想，竟听得一片春声浪语。

李福双凑近门缝一看，原来是司房新来的奴婢与管理衣物的小徒弟干柴烈火，暗通款曲。他暗奇这小奴才居然去势未净，尚能人事，且是胸中春意难遏，许久未动的心旌如这春风里的柳枝般荡漾不已。

李福双原名邓昌海，原本河北沧州人氏，因家境贫寒，又逢连年大旱，家中双亲沦为街乞。迫于生计，在他十五岁那年，双亲辗转托人，找到了京城地安门内方砖胡同的“小刀刘”，给他净了身去了势，当秋便把他送进了总管内务府，当上了伺候大师父的小徒弟，也算得了条活路。

后来，机灵的他把大师父伺候得还算周全，得以赐名“李福双”，升了陈人，又当上了带班，大师父[1]病故之后，他便取而代之。

十年就这么过去了。

司房乃内务府总管的七司三院之一，负责宫里奴婢的调迁、衣物管理等事务，由总管太监、首领太监提领。平日里各宫常在、答应出出入入，莺莺燕燕不绝于耳。李福双虽为阉人，不能人事，然其净身时已对男女之事略知一二，燕瘦环肥之间，常辗转难寐、心如蚁噬，长憾有心无力。

于是，他找到了替代的办法。

宫中婢女私传，司房的李大师父癖好女足，若想调配轻省的活计，或是跟个好伺候的嫔妃主子，就得投其所好。于是又传，李大师父暗藏着许多裹脚布，夜夜同眠，嗅尝不倦。

李福双本想推门入内，抓个现行，但转念一想，掏出了一团收叠齐整的青色绢布，放到唇上，鼻翼翕张，顿时通体酥麻，如堕云端。这厢是柴房贼鸳鸯共赴云雨，那厢是柳下李师父情寄兰苕，好不快活。

是夜，李福双回想白日里的种种，如有虫豸在心，辗转难眠，暗怨命

① 此处的陈人、带班、大师父皆为晚清太监的等级名称。

数多舛，活人竟遭死罪，且难有后嗣，邓家的香火就这么断在他的手里了。莫非是前世冤孽太重，待此生来报还？他郁结于心，惶惶然竟有轻生了断的念想，忽听得窗外一声狐鸣，若有所示。

一枚流萤穿过纸窗，飘至床前，倏忽间幻化为狐形。

“汝有何愿。”

李福双一惊，转而释然，许是天可怜见，遣狐仙前来解我忧烦。

“我愿能与女子共赴云雨，同享……”话音未毕，李福双心想一不做，二不休，不如……

“我愿能与世间美好女子共赴云雨，同享欢好，不知狐仙应否？”

“与世间美好女子共赴云雨，同享欢好，然也？”

“请狐仙成全。”

狐形幻为万千光华，屋内恍若白昼。李福双忽觉目力贯穿石木，如有一星槎横于月前，虚实难辨；脑中似有大门洞开，万千联络，源源不绝而来。

是夜，司房的大小徒弟、陈人、带班、师父及其他侍奉数十人，皆听得李大师父房中传出一声长啸，有如饱受车裂凌迟之苦，俄而便阒然无声。有大胆者上前推门察看，只见李福双怒目圆睁，口若狂笑，状似极乐，然气已绝矣。

宫中皆以此事为奇。李福双被运回河北厚葬，自是，无人敢入住此屋。

次年，军阀混战，冯姓将军倒戈进京，将皇上逐出宫外。城头易帜，众太监、嫔妃作鸟兽散，各归故里或隐佚民间，李福双猝死一事亦再无人说起。

第三愿：偶像

凯利·克拉森在唱片签售会中途失踪了。

愤怒的歌迷砸碎了玻璃，把垒成金字塔形的CD哄抢一空，唱片经纪人在闪烁的镁光灯下冷眼旁观。无论如何，这都足够登上各家娱乐杂志的头版了。他知道那个十九岁的南方姑娘——五白金唱片[①]的拥有者、Billboard连续七周冠军，此刻在哪里。她越来越有明星派头了，他想。

在一间超五星级总统套房的巨幅落地窗前，凯利·克拉森赤裸着上身，端着琥珀色的酒杯，激动地打着电话。窗外的纽约市灯火辉煌，恍如白昼。

“我没有嗑药。戴夫，我只是喝了点酒，就这样……不，那个女人一点机会都没有，她别想在排行榜上超过我，想都不用想，就这样……”

凯利挂断电话，将手机随手扔到床上。她跌坐在地，猛力地揪着自己的头发，痛哭流涕。地毯上散落着各色药丸。

“不，她不会超过我的……你们别想毁掉我……休想……”她气若游丝地喃喃着，“休想……”

一点微弱的光亮穿透落地窗，进入黑暗的屋内。它轻盈地漂浮在凯利的面前，绽放出五彩波纹，如同翅膀翩翩舞动。

“说出你的愿望。”

---

① 美国的白金唱片标准为100万张/一白金。

凯利抬起浮肿、苍白的脸庞，眼线随着眼泪洇出两条长长的黑线。她看着眼前这闪亮的如同童话角色的妖精，心想这次的“E”[1]真带劲。

“说出你的愿望。”

“哈哈！真够带劲的！我想……我想当女神，我想让人们都跪倒在我面前，崇拜我……到死！”

“重复，你想成为被崇拜的女神，请确认。”

“没错，你这白痴，我要当女神！女……神……”

那点亮光开始扩散开来，变成眩目的白光，照亮了整个房间。

当凯利醒过来的时候，她的经纪人已经在门外等了一个多小时。他手里拿着当天飞往布里斯班的机票和一个装满现金的信封。

“快点，凯利，要误点了。”

“见鬼……我头疼死了，这回是去哪？”凯利揉了揉一头乱发，随便找件外衣披上。

“你半夜打电话给我，说你想去昆士兰的星期四岛上休息一段时间。”

“该死……那是什么鬼地方……我真的说过吗？”

“你还让我提醒你……把E带上。凯，那玩意儿会毁了你的。”

“噢……我想我的愿望快实现了……”凯利做了个夸张的表情，眼睛一转，接过机票，“为什么不呢？等我半小时。”

他们飞机换汽车，换船，又换汽车，终于到达了目的地。他们入住了当地最好的酒店，尽管凯利对卫生间的装潢及屋内气味颇有怨言。他们还

---

① MDMA的俗称，MDMA是亚甲二氧基甲基苯丙胺的英文缩写，是苯丙胺类中枢兴奋剂中具致幻作用中的一种。由于服用MDMA能使人产生“亲密感”和幻觉，人们也称其为“亲密药”。

吃了一顿海鲜，缓解舟车劳顿之苦。

经纪人显然水土不服，面色苍白地躲进了卫生间。凯利掏出随身携带的瓶子，往嘴里抛了两片E，便出门欣赏热带岛屿风光了。

带着药劲，凯利趔趔趄趄地从大路走到小路，又逛进了树林。对于习惯了繁华都会的明星来说，热带森林风光虽旖旎，但总没有长岛来得舒适。这里炎热潮湿，连身上都散发着一股怪异的味道。

突然，"啪"地一下，有什么东西贴在她裸露的颈后。她伸手一抓，竟是巴掌大小的褐色飞蛾，她尖叫一声扔了出去。谁知这些飞蛾竟然像扑火般朝她飞来，贴在她的背上、头上、胳膊上。凯利声嘶力竭地高叫着，跌跌撞撞地闯过重重树林，试图甩掉这些讨厌的追求者。

她撞进了一个人的怀里。那是个土著，黝黑的皮肤上描着复杂的纹路，腰间仅仅以简单的饰物掩盖私处，头上却戴着密密麻麻的头饰。他咧开嘴笑着露出洁白的牙齿，从凯利身上摘下那些巨大的飞蛾，扔进了一个口袋里。

"谢谢……太感谢了……这些恶心的大……"凯利忙不迭地道谢

土著毫不在意，将最后一个飞蛾扔进嘴里，发出汁液饱满的咀嚼声。

"噢……天呐……"凯利眼前一黑，失去知觉。

她再次醒来时，发现自己被绑在一棵树上，土著人围在周围，用自制的工具扑打着空中巨大的飞蛾。奇怪的是，无论飞蛾如何被打下，都会有更多的飞蛾前赴后继地从四面八方扑来。时不时有漏网之鱼，"啪"地贴到凯利的脸上，蠕动着分泌出刺鼻的黏液。

刚醒过来的凯利于是再次昏迷。

一股浓重的甜味熏醒了凯利，她仍然被绑着，眼前仿佛是一个村落，篝火点燃着，土著们围着火堆，跳着古怪的舞，唱着古怪的歌。他们不时把口袋里的飞蛾扔进火堆，当响起“噼啪”的爆裂声，他们便会一阵欢呼。

“快把我放下，你们这群野人！”凯利厉声高呼。

土著人突然全停下了，转过头看着她。一个身上纹饰明显复杂于其他人的男人举起手杖，发出一声长啸。在他的带领下，土著人一步步朝凯利走来。

“滚开……你们想要干吗？我可是美国公民！滚开！”

又是一声长啸，所有的土著人齐刷刷地跪倒在凯利的脚下，将双手高举过顶，又低低地伏倒在地，吟诵着听不懂的咒语。土著人连续重复三次这种仪式。随后又有一名小男孩从人群中走出，手中捧着一碗热气腾腾的烤飞蛾，来到凯利面前。小男孩的眼睛出奇的明亮。

“拿开……我不吃虫子……”凯利把头努力地偏向一边，一脸的嫌恶，“是珍妮佛派你们来的吗？那个死女人……这是个圈套……你们想阻止我参加KCA[①]吗？没门儿！”

凯利从小就有种奇怪的妄想，常常觉得会有一些外星人，从亿万光年之外的太空来到地球，潜伏在四周，伺机置她于死地。那些人穿着黑色西装，戴着雷朋墨镜，没错，就跟电影里演的一样。

她把所有跟自己作对的人都当成黑衣人，可这回，她遇见了不穿衣服的。

三天之后，她甚至求着那些人再给她一些吃剩的飞蛾残肢。

---

① Kid’s Choice Awards，全美儿童选择奖，由一群年龄12岁至18岁的青少年担任评审，选出过去一年在他们心目中最受欢迎的演员、歌星、合唱团以及最具娱乐效果的影片。

土著人不再跪拜，不再舞蹈，不再歌颂。口袋里的飞蛾吃光了，新的飞蛾没有出现。

她有气无力地哀求着，只有那个小孩不时接一些水给她喝。

从万众瞩目的超级偶像到被绑在树上当虫饵，不过短短几天时间。凯利·克拉森自知心理素质平平，成名之后的压力已让她几近崩溃，如今又陷入如此困境，而澳大利亚警方的效率之低举世皆知，她只能期待经纪人带着使馆人员尽快到达。

她忽然想到了救星，口袋里的小药瓶。

E代表逃避[①]。

凯利费尽所有的演技，让小男孩从自己的口袋中掏出药瓶。他打开，自己尝了一片，皱皱眉，吐掉。

该死，那玩意儿很贵的，凯利心想。她张大嘴巴，示意小男孩喂给她。

眼睛明亮的小男孩十分乖巧地将整瓶药片倒进了她的嘴里。

我会死的。凯利犹豫了数秒，在舌底压了三片，将多出的药片悉数吐掉。

小男孩笑了。

“白痴。”凯利吞下药片，等待着药效发作。晕眩，心悸，如在云端漫步。那股怪异的体味又出现了。

接着是飞蛾，铺天盖地的大飞蛾。

凯利·克拉森等待着第二次成为受人膜拜的女神，只是，她没有第三次机会。

---

① 逃避的首字母为E。

一周之后，经纪人带着澳大利亚警方在密林深处发现了她的尸体，更确切地说是残尸。她像尊神像般展开成十字形，枯瘦如柴的躯体上被划开了许多道口子。法医在伤口中发现一种当地特有的大飞蛾的幼卵。警察介绍，当地的原始土著最爱吃这种飞蛾的幼虫，据说火烤之后犹如滑嫩的小鸡胸肉。

第四愿：外壳

六个小时过去了，本田宏听见自己硕大的肚子“咕”地叫了一声，才不情愿地摘下眼镜，然后胖手一挥，游戏暂定，保存进度。他在身边胡乱抓了一把，都是一些薯片、豆子、米果之类的垃圾食品，没有能填饱肚子的。他打开冰箱，空空如也。

果然母亲出差时间一长就是不行啊。他挠了挠黏成一绺绺的头发，将拇指和小指并在一起，又分开，电话机“嘟——”地响了起来。

“外卖店。”电话机滴滴答答地拨起号来。

本田宏，25岁，大学毕业后一直没找到工作，或者说他压根儿就没想工作，反正父亲每月的赡养费和国际飞人母亲的薪金，足够养活自己，何苦去当那些容易过劳死的上班族呢。

他每天的生活就是将各种新出的游戏玩通关，反复看一些经典的

OVA[①]；在专业的论坛上跟御宅族[②]们讨论各种常人难以想象的问题，比如横山智佐事务所的声优排名、东京最萌的女仆咖啡店是哪家，等等。

MDT[③]技术确保他能够将身体的运动量降到最低限度，而高度发达的网络，则让他安坐在家中，就可以购买到日常生活所需的一切，反正秋叶原的中古店[④]提供上门服务。他的脂肪也因此迅猛地堆积起来。

对于本田宏来说，外面的世界杂乱无章，充满危险，他宁可信赖屏幕中的一切。他和它之间隔着一层薄薄的介质，这便是他能与这个世界保持的距离。更重要的是，这个世界存在着一种可以掌握的规则，比如发言的规则、交往的规则、杀人的规则等，而这种规则令他感觉安全。

但他母亲不这么想。

“什么？悠子阿姨？我记不得了，我能照顾好自己的……什么？已经到了？等等！妈妈？喂喂喂……”

楼下的门铃声响了。

这个叫北原悠子的，长得像狸猫的老女人，据说是看着本田宏剪断脐带的，可他却一点也记不起来了。她先大呼小叫地把积攒了一个礼拜的脏臭衣服全丢进了洗衣机，又不顾本田宏的强烈反对，把他的房间地毯式扫荡了一遍。本田宏只好偷偷地把珍藏版写真集踢到柜子底下。

难以忍受的事情还没完。悠子阿姨拎着本田的脖子，按着他的脑袋把那头油腻腻的头发又冲又揉，差点就用上剃须刀了。

---

① Original Video Animation，指的是通过市场发售，不在电视或电影院放映的原声动画录像带。

② Otaku，指沉迷于动画、漫画及游戏，自我封闭的一个群体。

③ Motion Detection Technology，指动作侦测技术。

④ 东京最知名的电器街，中古店主要是提供二手买卖服务。

清理完毕，悠子阿姨又在厨房丁零当啷地忙开了。可当她端出饭来时，本田宏愣住了，这根本不是传统的日本料理，辣白菜、酱汤、米饭、烤紫菜……分明是地道的韩餐。一问才知道，原来北原悠子是第二代的韩裔日本人。本田宏心想原来如此，嘴上说押井守[①]大人也是，而悠子阿姨说她只认识山口百惠这一辈的影星。

事情还没完。

吃完饭之后，悠子阿姨开始拿出小本子写写画画，说："这是接下来一个礼拜的作息时间，本田君必须严格遵守表上的规矩：晚上11点强制断电，熄灯睡觉；早上7点起来晨练，慢跑5公里；三餐按时定量。你妈妈嘱咐过，一定要让本田君恢复正常的生活习惯，当然，还有不超过95公斤的体重。"

不，不是这种规则。本田宏面无表情地呆坐着，脑子里来回闪烁着一个名字——宫崎勤，御宅界的传奇人物，禁锢并杀害四名女童的人格变态者，嗯，当然只是想想而已。

晚上回到房间，他刷了刷几个留言板，心里琢磨着如何逃脱这个老女人的魔爪。他匿名发了几个帖子，询问解决办法，得到的回答五花八门，但都是空想。

"唰"，电脑黑屏了，灯也灭了。

"笨蛋！"本田宏大声咒骂了一句，往后一仰，直挺挺地躺在地上，脑子一片空白。

这时电脑又呼呼地运行起来。他就势一滚，把身体调转了90度，面朝着屏幕。屏幕还是黑的，只有一个绿色的光标跳动着。这是什么？The

① 日本知名动画导演，主要作品有《人狼》《攻壳机动队》等。

Matrix？Lost[①]？

——Hi,there.

他试探着发出问候。没有回答。

——小白兔？

没有回答。

——the others？

没有回答。

本田长叹了一口气，躺倒成“大”字形。

电脑嗒嗒地响起来。

——说出你的愿望。

——什么？

——说出你的愿望。

——什么样的愿望都可以吗？我想让古都光和立花里子到我房间来也可以吗？

——说出你的愿望。

——好吧好吧，败给你了，我想想……

不知为何，碇真嗣[②]的形象闪过他的脑海。

——我希望……自己不会因为他人而影响到我的内心，也不会让现实来改变我的世界。我希望有一副坚强的外壳——我不是为自己的懒惰找借口，真的不是——只要活着，哪里都是天堂。我说……您能了解吗？

---

① *The Matrix*为《黑客帝国》，*Lost*为《迷失》，电脑屏幕上的绿色光标在这两部影视作品的情节中都起到重要作用，下文的“小白兔”和“the others”均出自这两部作品。

② 1997年日本动画片《新世纪福音战士》的主人公，个性懦弱，喜欢逃避。

——重复。拥有一副坚强的外壳，请确认。

——可以……可以这么说吧。

光标消失了。楼下传来悠子阿姨的吼声，本田只好乖乖钻进了被窝，两眼望着天花板，怎么也睡不着。

迷迷糊糊间，本田宏被拎出了被窝，套上了加大码的运动服，赶到了门口。他揉着睁不开的眼睛，坐在地上咕哝着，只见悠子阿姨已经全副武装地站在他面前，挥舞着手上的哨子和计时器。

完了，看来真的逃不掉了。本田宏暗叫不妙，挪动着想站起来。是否有逃跑的机会呢？95公斤的相扑体型，和看似异常灵活矫健的狸猫娘，哪个会获胜？想必用脚趾头都能回答吧。想到这里，他突然觉得自己的脚趾有些不对劲，试图站起来，却又跌坐回去，僵硬，没有知觉。无法弯曲的脚趾，无法支撑他的身体重量。

“怎么？又要什么新的花招？没用的，马上给我站起来！”

本田宏哭丧着脸，像一头被困在捕兽夹里的熊。

第二天，本田宏的父母站在特护病房外，透过玻璃窗看着病床上的儿子。他身上接满各式各样的仪器，医生还在一旁喋喋不休地介绍着这种名为进行性肌肉骨化症，简称FOP的罕见疾病。这种病是由于第四对染色体长臂上的基因（ACVR1）产生突变，影响骨骼的形成与修复，产生了大量错误的蛋白质所导致。每200万人中才会出现一例，目前世界上共有600例，而有史以来，全世界患上这种疾病的患者也不过2500人。

母亲突然控制不住地抽泣起来，她捂住自己的嘴跑进洗手间。

父亲大口抽着烟，问还有多少时间。

“短则六个月，长则五十年。”

“我的儿子，”父亲的手指有点颤抖，“会变成什么样？”

“是这样的，首先是脚趾畸形变大，接着，骨头会在肌腱、韧带和骨骼肌中形成，从颈部、肩部和脊柱往下延伸。有时在一夜间，这些新形成的骨头就会堵塞关节，最终肌肉渐渐消失、骨化，整个身体会被另一副骨化的外壳包裹。还需要我讲下去吗。”

“还有没有什么办法？比如……长期的物理治疗可以吗？”

“对不起。珊瑚会游泳吗？石头会自己滚动吗？对于这种病人，任何形式的碰撞都可能导致新的组织骨化。如果不想加速他的死亡，我们还是尽量小心轻放为好。”

“那么，他会感到痛苦吗？还是他会在这之前丧失意识？”

“很遗憾，这种疾病不影响人的智力和认知能力。他会清醒地感知这一切，漫长的……痛苦和煎熬，直到……实在很抱歉。”

父亲和医生把眼光投向病床上那个身躯庞大的男孩，他正目不转睛地玩着手中的游戏机，嘴边有吸管直接通向饮料和食物。只要他发出口令，智能医护系统便会执行相关的程序或者通知值班护士，他甚至不需要动一根手指头。

本田宏将生活在自己的规则里，不受打扰，直到结束这最漫长的一天。

第五愿：再生

阿信蹲在黑暗的角落里，头痛欲裂。羁押室的地板潮湿肮脏，旁边是便池，呕吐物发出刺鼻恶臭。

“嘿，哥们儿，到这边儿来。”另一个角落发出了邀请，虽然声音不怀好意。

阿信颓然望去，在横七竖八躺着的一堆黑影中，有一双眼闪闪发光。阿信没有动。

“嘿，别介意，只是想找个人聊聊。”那声音说，“犯了什么事？”

打断了自己老婆的肋骨，阿信眼前浮现出老婆披散着头发在地上打滚的情景，五岁的女儿在一旁号啕大哭，地上满是玻璃碴。

“偷东西……”阿信的声音低低的，没有一点力气。

“好营生！下次手再快点儿。嘿，你刚才进来时，我觉得你很像一个人，经常在电视上露脸的那哥们儿，叫什么来着？”

光·差力·希尼察尼亚。我还是习惯叫他阿光——我的孪生兄弟，好兄弟。他十六岁考入MIT①计算机系，二十一岁独立开发Lumini系统；两年后融得风险投资，成立公司，进入商业化应用；二十六岁，公司IPO②，纳斯达克上市，一夜暴富，成为泰国的民族英雄，报纸头条、电视名人秀的追逐对象；二十八岁娶到另一大财团金光集团董事长的千金，生有一子一女，住在无敌海景半岛别墅，每年到世界各地大学进行讲演，功成名就。

“你看错了。”

阿信依稀记得小时候，他俩住在孤儿院里的情景，似乎命运的力量从那时就已显现出来。阿光沉默安静，却处处惹人喜欢；阿信调皮捣蛋，是个鬼见愁的角色。也难怪领养他们的家庭如此不同，一户是殷实的中产阶级知识

---

① Massachusetts Institute of Technology，麻省理工学院。

② Initial Public Offering，首次上市公开发行股票。

分子，一户是老公失业酗酒不育却仍想要个儿子传宗接代的下层蓝领。

有果必有因。

像是上天偏爱某些人的例证，所有的好东西都留给了阿光，而阿信只能拣剩下的。尽管从外貌上看来，两个人几乎是一个模子里倒出来的，可毕竟浇灌的原料有别。

阿信·乍仑蓬没有那么显赫的姓氏，也没有金佛寺高僧赐予的吉名。养父在他十三岁那年死于酒后驾车，是开小吃店的母亲一手把他拉扯长大。高中毕业后，他理了光头，参了军，经历过一次和平政变，在坦克边和手持鲜花的游客合影。退役后，他当上了出租车司机，结了婚生了个女儿。但家庭幸福未能长久，他染上酗酒的毛病，撞坏了公司的车，失了业；老婆有了外遇；女儿躲着他，打死不叫爸爸。

他从来没想过，自己的人生会和那样耀眼的名字联系在一起，而事实上，是对方找的他。

他被带上一辆黑色的凯迪拉克，拿到一张银行卡，每个月，卡里会打进一笔足够他全家花销的钱，条件是他绝对不能透露自己的身份。直到那个时候，他才知道自己是谁。

他不是失败的出租车司机阿信，他是成功者阿光的孪生兄弟。

他知道自己的人生完了。

他将永远生活在阿光的阴影中，他将无时无刻地想象自己的另一种人生：假如当初两人调换位置，假如上大学的是他，假如亿万身家的是他，假如娶美娇妻生龙凤胎的是他……他妒火中烧，仿佛阿光偷走了他整个人生，他就是这样的人。

他开始下注，在赌场里，在人生里。他要求更多的钱，输个精光，又要更多。直到有一天，黑色凯迪拉克再次出现在他面前时，阿信只有两条路可以选，拿一笔钱远走他乡，或者“自然”地人间蒸发。他这才知道，兄弟阿光对此一无所知，幕后安排的是金光集团的老板，阿光的老丈人。他冀望阿光能毫无羁绊地进军政界。

阿信别无选择。

他收下了钱，前半生从此被买断，等待他的将是漂泊异乡的后半生。动身之前，酒精再次俘虏了他，让他丧失理智、陷身囹圄。黑暗之中，他倍感孤独，这比寒冷、饥饿和肮脏都要可怕。恍惚间，他隐约听见了什么，湄公河上熙攘的水流声，白色佛塔间僧人的吟唱。

“说出你的愿望。”

他醉眼蒙眬地看着黑暗中的那点亮光，逐渐幻化出佛头的形状。

“说出你的愿望。”

他的眼前突然闪现出另一个自己，体面的、富有的、美满的自己，像是人生本应如此。

“我想……变成阿光……”阿信的眼中突然噙满了泪水。

那点亮光晕染开来，像是一条明亮的通道，两条侧壁上的不同影像快速地后退，融合在一起，像是经历了千百年那么漫长。

他醒过来时，发现自己身处一间宽敞明亮的白色房间，许多陌生的面孔围在四周，关切地望着自己。一位年轻貌美的女子面带泪痕，叫了一声：“阿光！”

他颤了一下，张了张嘴，没说出话来。医生护士们围上来，为他全身贴上各种仪器，检查各种数据。

“我……我怎么了？”他挣扎着说出一句话来，声音古怪而陌生，但又觉得，这才是他本来的声音，他只不过取回了本属于自己的东西。

“希尼察尼亚先生，您七天前做讲演时突然晕倒，我们用尽各种办法都没能让您醒过来……”一位貌似是主治医师的人说着，又看了看那位女子，面有难色地停住了。

“阿光……你好好休息，什么也不要担心……”那个女子说着说着，泣不成声。

“我到底怎么了？快告诉我！”阿信，不，阿光愤怒地吼道。

“希尼察尼亚先生……”那个医生吸了口气，下定决心似的说，“我们在您体内发现了罕见的基因嵌合①现象，并可能由此引发了多发性骨髓瘤，需要尽快进行干细胞移植手术。我们已经在全国的数据库里进行匹配……”

“我会死吗？”阿光的声音颤抖了。

“只要HLA配型②成功就可以进行手术了，不过因为您是孤儿，没有直系亲属……所以……目前还有些困难……”

阿光张了张嘴巴，他想起了阿信，曾经的自己，那个黑暗中许下心愿的可怜蛋。他的愿望实现了，可结果却并非如他想象。一些莫名其妙的幻象开始浮现：在许久许久之前，一个黑色的灵魂被撕成两半塞进了两个身体，好的一半，坏的一半，那是一个错误的开始，同样会有一个错误的结束。

他慌张地要来纸笔，写下一个地址，要人们去找一个叫作阿信的出租

① 指一个生物体中包含不同基因型的细胞，分为同源嵌合体和异源嵌合体。

② Human Leukocyte Antigen，人类白细胞抗原，它是人体生物学“身份证”，由父母遗传，能通过免疫反应排除“非己”，故HLA配型是否成功直接关系造血干细胞移植成败。

车司机。

消息很快传来，那个叫作阿信·乍仑蓬的家庭暴力犯，已经在一周之前猝死在地方羁留所的地下室里。由于尸体无人认领，地方民政机关已做焚化处理，留下一火柴盒骨灰留作存档。在一座贫穷人口占据三分之一地盘的城市里，这种事很常见。

曾经的阿信·乍仑蓬，如今的光·差力·希尼察尼亚，开了始他的第二段人生。虽然痛苦，却也短暂。

第六愿：贪慕

卡兹别克·德赞季耶夫有一张亚洲人的面孔，事实上，他精通英、法、俄、日、西等多国语言，甚至还懂一点古汉语。他的身份同样扑朔迷离，有人说他是俄罗斯金融新贵，也有人说他是基辅军火商，还有人说他只是从黑龙江边境逃窜出来的骗子。

有时候，他是个收藏家，出没在东南亚古董黑市交易最活跃的地区；有时候，他像个小说家，采集了许多稀奇古怪的素材，用许多个笔名出版过许多本不为人知的怪异故事集；有时候，他又像个科学家，出席各个大洲的顶级会议，为一些高深莫测的理论鼓掌叫好；大多数时候，他就是一个单纯的、孤独的有钱人，花大价钱只不过为了打发时间，换一个乐子，或者赚更多的钱。

其实这些都无关紧要，重要的是，从60岁那年起，他狂热地投入到一件事中，这要从他那年生日派对上收到的礼物时说起。

卡兹别克有许多的朋友，其中有许多跟他一样的古怪。有一个来自中东的石油大亨伊扎特·易卜拉欣·杜里，他双手奉上的礼物是一本装潢精美的相册。

翻开镶金嵌银外加各色宝石的封壳，里面却是一张张色调暗淡模糊的旧照片，分门别类地排好版，页头用手写体写着：不明飞行物、未知生物、奇人怪事、名人隐私等等，不一而足，每张照片下面有一句话，简短地写明了图片内容及拍摄日期。

大胡子老头拥抱了卡兹别克，又吻了吻他脸颊，说："我的朋友，这些可是我从收藏品里面精挑细选出来的，绝对第一手资料。"

伊扎特在全球各大媒体集团都有股份。至于他的爱好，也是琳琅满目，从普通的游艇、军火、女星到史前陨石、变异生物、地下洞穴。

"喔喔……"宾客们翻阅着那本相册，不时发出惊叹声。

"那是凯利·克拉森？"一个人问道。

"噢，是的，很难相信，对吧！那么漂亮一个小妞，我还没来得及约她吃饭呢，她却先被别人吃了。"伊扎特的话引起一阵哄笑。

卡兹别克仔细看了看那张照片，说："这和我知道的波利尼西亚某岛的人燔仪式有些类似。我听她经纪人私底下说过，她死前常常嗑药，幻想自己能变成女神什么的。"

"美国人嘛……"伊扎特又引发了一枚笑弹。

"还说她许过一个愿什么的……"

"这是我今天第二次听见这个词了，你知道吗？Lumini集团的CEO死了，那个电脑神童，光什么的，骨头里长了癌。他死之前疯掉了，一直说自己是另一个人，是许了愿之后才进入了光的身体。泰国式的人格分裂。”

卡兹别克这回没有笑。他若有所思，待到曲终人散后，又把那本相册细细翻阅。伊扎特不知何时出现在他身旁，把手搭在他肩上。

“我最挚爱的朋友，你想起了什么？”

“在我十三四岁的时候，家里喝的顶级香槟都是从法国的维兹酒庄直接运过来的。但有一年，他们突然停产了。不，跟阿尔及尔的动乱没有关系，据说是那个老酿酒师突然死了，他的味觉完全紊乱了，手艺无法传授给后人。”

“太可惜了。”

“不，这不是最关键的。我记得很清楚，当时厨房的人谈论起这件事，都说他‘许错了愿’。”

“也许只是种比喻。”伊扎特耸耸肩。

“也许吧，但我的直觉告诉我，这里面有些不对劲。老人味觉退化很正常，但完全紊乱，除非是受到大剂量的辐射，味蕾细胞上的蛋白质受体发生变异。否则，甜味代表高热量的碳水化合物，咸味代表矿物质，这种由动物筛选食物的能力演变而来的本能很难改变。”

“啊哈，有句话说得好，你的所有价值观建立在匮乏之上，无论物质或精神。”

“伊扎特，我需要你的帮助。”

“随时随地，我的朋友。”

他们的手牢牢握在一起。如果说有某种东西凌驾于两人的友谊之上，那肯定是好奇心。

事情比想象中的要麻烦。样本太少，不确定因素太多，最重要的是，这事有点超自然的意味，而一切超自然的东西总是难以衡量，至少在科学的标准框架内。

因此，即使伊扎特发动了无孔不入的情报网络，所能得到的资料仍然少得可怜。从历史资料中倒是找到了许多疑似的事例，只可惜死无对证。卡兹别克试图从已知的对象当中寻找共同点，他通过私人途径搞到了几个人的基因样本，雇用了一个实验室进行对照分析，但除了短时间内出现基因变异引发罕见病症之外，并无相似之处。

他觉察自己可能犯下了方向性的错误，或许他应该寻找这些人许愿的对象。

上天？阿拉丁神灯？瓶中魔鬼？不，如果说卡兹别克这辈子有所信仰的话，那只能是理性。他宁可相信这一切都是出自某种外太空怪物之手，它们喜欢在麦田里画圈圈；把奶牛的内脏掏空；绑架一些有家族精神病史的失败者，抽取他们的精液或卵子，并在腹股沟处植入一块金属片。

或许一切都只是幻想。卡兹别克在经历了许多的徒劳之后，回忆起童年时，母亲坐在床头，在微黄的灯光下，用平实却又奇异的语调，读出了普希金的那首长诗。他还清楚记得诗的最后几句：

> ……
>
> 老头儿在海边久久地等待回答，
>
> 可是没有等到，他只得回去见老太婆——
>
> 一看：他前面依旧是那间破泥棚，
>
> 她的老太婆坐在门槛上，

她面前还是那只破木盆。[①]

每次读完这首诗，母亲总会问他，卡兹别克，这个故事告诉我们什么道理。他总会很响亮地回答，不要贪心！

但长大成人后，他发现，这种贪念本身就是世界运转的一种源动力。

而他，卡兹别克·德赞季耶夫，将这种动力掌握得很好。财富与权力对他来说，不过是旅途中的风景，却不是目的地。他喜欢将自己比作浮士德，为了到达不可知的彼岸，用灵魂与靡菲斯特订下契约。

如今，他渐已衰老，墓碑上的铭文隐约可见。可他突然发现，自己曾经追求的一切都那么无趣且乏味，而探求未知竟成为激发生活热情的唯一兴奋点。他隐隐感觉到自己与此事有着千丝万缕的关联，但又有另一种恐惧阻止他去接触、探索这一切。

他渴望着，却又害怕着许下一个愿望，毕生的愿望。

终于，在一个清晨，感光窗帘卷起，《1812序曲》响起后，卡兹别克并没有感觉到阳光照耀在身上的温暖。他睁开双眼，看见了那个黑色的物体，如同一块沉默的墓碑停留在半空。他知道，许愿的时候到了。

卡兹别克悄悄地按下了手镯上的一个按钮，警卫室启动特定的程序，高精度的热能武器将对准房间内的不速之客。同时，一扇特制的铅门伺机待发，只要一下命令，房间便会在0.03秒内被分隔成两个独立的空间，卡兹别克所在的一边是防核防爆的高强度掩体，而门的另一边，则是地狱。

“说出你的愿望。”

卡兹别克紧张地思考着，手指牢牢地放在按钮上，汗水涔涔。

---

① 普希金，《渔夫与金鱼的故事》，1833年。

“说出你的愿望。”

卡兹别克突然明白了自己的愿望，他一直所渴求的，所惶恐的，所要摆脱的，仅仅是这几个字便可以解决。

“我要拥有你。”

“重复。你要拥有我。请确认。”

“毫无疑问。”

当那块黑色的石碑开始闪光的同时，卡兹别克按下了按钮，沉重的铅门在液压臂的推动下迅速滑出，如同一面刀刃将房间一切为二，几乎是同时，门的另一边响起了雷鸣般的爆炸声，伴随着柴可夫斯基的《1812序曲》，足足持续了数十秒。

卡兹别克·德赞季耶夫静静地躺着，表情温和。空气微微地颤抖，有一股臭氧的味道，那熟悉而陌生的音乐簇拥着他，如浪花般起伏不定。他知道他的愿望已经实现，铅门那边的房屋可能已经倒塌，而那块墓碑，也许已被汽化。他并不后悔，因为在这一瞬间记录下来的数据资料，已足够后人研究好一阵子了。

但这些，都不是最重要的。

最重要的是，他拥有了我，而我，也拥有了他。

第七愿

现在你终于了解，为何我，这个虚弱的老人，会出现在这里，在你的面前，喋喋不休地讲述着这些都市的传奇故事。

你的眼神告诉我，你并不了解。

的确，对你来说，也许隔得太久了。

那些故事的主人公们，相对于人类而言，都是“它者”。千百年前，或许更早些，它们从遥远的星系逃散到这里。你注意到了，我已经习惯了用一些十分模糊的字眼，很早、很远、非常远。是的，没有意义，一切精确的描述都没有意义，因为一切都是变动不居的。

甚至名字，我，卡兹别克·德赞季耶夫，或者其他别的什么，不重要，一点也不。那些它者，它们不属于同一个种族，它们的名字，我无法发音。我所知道的是，我们跨越光年来到这里，我们要找到它们，消灭它们，用某种不违反规则的方式。

那又是另一个漫长得可怕的故事，幸好我不用再重复一遍了。你所需要知道的是，无论相隔多久，距离多远，即使星星暗淡，时空倒转，我们的愤怒之火永不熄灭。

但它们藏得太深了。

它们抛弃了原有的躯体，混迹于人群，模仿着人类的一举一动，包括情感和思维模式。它们甚至找到方法，当人类躯体老化衰竭时，能够将生命转移到另一具身体。当然，这需要遵守一系列复杂而严谨的规则。总之，从任何方面看，它们都与普通的人类无异，甚至比一般的人更具人性，因为它们热衷于表演。

但它们依然害怕，害怕自己的记忆会遭到扫描，从而泄露身份。因此，它们学会了封存记忆，那是一项相当高深的技术。

它们成了人，从里到外，甚至它们自己也这么认为。

但我知道，只要一个讯号，一声呼唤，它们便会从那千百年的沉睡中醒来。我从未放慢脚步。

我提到了规则。是的，这颗行星属于低速保护区，我们必须小心，规则的制定者们高高在上，我们不得越过雷池半步。不许使用暴力，不许介入技术史，不许植入，不许进行第三类接触（但允许间接的心灵接触）……我们必须找到规则的缝隙，我们的，它们的。

它者也有它者的规则，尽管是低阶的规则，但仍是规则。

我们等待了很久，直到它们露出狐狸尾巴。如果把整个人类历史浓缩为一天的话，我们刚刚在十几秒钟前发现了这一事实。

出乎我们的意料，破绽竟来自它们的睡梦。也许是在人群中生活得太久，也许是它们表演得过于逼真，以至于模拟了人类的潜意识机制，以及一些刻意掩藏的焦虑、记忆和欲望，会在深层睡眠，也就是脑波处于4至8赫兹的θ波段时，不受控制地浮现到意识表层。是的，这就是声名狼藉的西格蒙德·弗洛伊德理论。

出卖它们的并非非人的一面，恰恰是它们的人性。

这是宇宙间奇妙的因果循环。

我们终于找到了规则的缝隙，人性便是我们的武器。

通过睡梦中的脑波泄露，我们锁定目标，寻找合适的时机，通过间接的心灵方式与它们沟通，诱使它们许下愿望。如同电脑访问站点时发送的请求，愿望在规则中意味着许可，意味着敞开。然后，我们实现它们的愿望，只不过，不是以人类的标准，而是以它者的标准。

从逻辑上说，这完全合理。

从事实上说，它们许下的愿望，都是潜藏已久的渴望，对于恢复自我身份的渴望。我们了解人类，我们更了解它者，它们没有让我们失望。

菲利浦·勒·贾伊尔的种族崇尚味觉上的敏锐，它们以饕餮为荣。他选择以美食为职业，并许了这样一个愿望，可它们的味觉系统与人类相去甚远。

李福双的种族强调性快感的共享，它们大脑中有特定的通感区域，以便及时分享周边同伴的交配乐趣。我不过是让他的记忆重演而已。

凯利·克拉森的种族生活的环境恶劣。所以在短暂的发情期内吸引异性交配，繁衍足够数量的后代，便成为社会等级制度的基础，并由此衍生出复杂的体外生化信息系统。而作为人类的她，汗腺分泌的小小改变，配合药物的催化作用，便成为吸引澳大利亚大飞蛾的绝佳诱饵。

本田宏的种族极度缺乏安全感，它们需要坚硬的外壳来抵御强重力，彼此间的沟通没有固定的语言规则，仅仅依靠当下情境进行推断。他需要外壳，我给他外壳。

阿信·乍仑蓬和光·差力·希尼察尼亚本来就是一个个体，只不过在延续生命的过程中出现了疏漏，被不均衡地分配到两个身体中。

按照它者的规则，生命到此完结，无法延续，人类的躯体无法承担它者的愿望。

只有卡兹别克·德赞季耶夫，他，我，是个例外。

我们并没有发现他是它。恰恰相反，他主动地寻找它者的线索，引起了我们的注意。经过协商，我们决定主动出击。他的反应在我们意料之中，但他的愿望在我们意料之外。经过短暂的思考，我作出了判断。

他是它者的一员。

他伪装得比其他它者更深。

他下意识地寻找着它者，他以为那是贪婪或者好奇，其实是使命。

他可能背负着唤醒它者的使命。

我作出了一个十分艰难的决定。我决定实现他的愿望，将自己与他，它者，永世的仇敌，融为一体。你知道我的意思，像人类所谓的“卧底”，利用他潜在的能力，寻找到其余的它者，在它们被唤醒之前，消灭它们。

但你无法想象，那是多么漫长而痛苦的历程。

在一个人类的躯体内，并存着两股对立的力量，我们不间歇地对抗、斗争、互相折磨，将人体与人性的脆弱发挥到极致。卡兹别克·德赞季耶夫彻夜难眠，他的肉体上不断浮现出“圣痕”般的印迹，眼前闪烁着希尔德加德[①]式的幻觉，这种状况持续了许久。我们的战场，肉体濒临崩溃，最终，我们妥协、和解，达成了人类式的协议。

瞧，在人类的逻辑体系中，没有哪种仇恨是不可消除的。

他帮助我找到它者，我允许他将生命延续下去。

我控制言说，他保持独立的沉默。

这一协议远比预料中的有趣。是的，有趣，这是一种我从未体验过的感觉。我从他那里得到了许多人类的知识，包括许多毫无意义的习惯，比如，讲故事。

我学会了将真实混合在虚构中，或者相反。我沉迷于各种形式主义的调调，滑稽的、忧伤的、田园诗般的、欲望的……我沉迷于用语言带领倾

① 全名希尔德加德·冯·宾根，德国女修道院长，出生于莱茵河西部贵族家庭，从三岁开始，她便能看到常人见不到的幻象（如令灵魂震颤的闪光），并拥有预知未来的能力。1141年，她将所见幻象记入著作《scivias》（拉丁文，意为“认识上天之道”）。

听者上路，在最荒芜的高原上跋涉，在最寒冷的冰川下战栗，在充满腥臭的海滩边喘息，经历灾祸、浮华、孤独和革命的洗礼。

这是一种与毁灭截然相反的快感，这是创造。

当然，我不会忘记最初的使命。

讲述，然后让倾听者了解，他们也是这故事的一部分。

现在，说出你的愿望。

吉米

工地

“二虎，吃饭了——”

工棚里传出了娘亲的声音，二虎恋恋不舍地告别了他的伙伴们，一步三回头。他们用石灰粉在红土地上画出方格，填上数字，然后用一条腿跳着，把瓦片或石子踢进格子里。这个游戏叫作“跳房子”，不知道从哪里传开的，据说现在已经很少有人会玩了。

招呼孩子们吃饭的声音接连响起，孩子们垂头丧气地离开他们的游戏，钻进用帆布、铝制波纹板和木头搭成的棚屋里，那里面是一个长长的大通铺，各种花色的被子、褥子和塑料布胡乱堆放着。他们在这里吃饭、睡觉、聊天、玩游戏、生育以及死去。

这便是他们习以为常的生活方式。

今天的饭菜很不错，有煮白菜、炒土豆丝和三寸长的小鱼。不过，小鱼用酱油渍了，熏得有点干。二虎胡乱扒拉了一碗粥，把碗筷一撂，“啪啪啪”又跑了出来。他的小布鞋拍起一阵土灰，背后传来了爹娘的叫骂。

在爹娘看来，二虎是个有点缺陷的孩子。他刚出生时，被脐带绕住了脖子，足足拍了半小时才哭出声来，长大以后，说话、反应都比别人慢半拍。

这就是命，老人们常这么说。这个工地上的人，命都差不多。他们说，你们的基因不好，只能一辈子干这个。基因是什么，没人知道，老人们说，基因就是命。

二虎爬上了一座还没安装好的塔吊。每天日落的时候，他都喜欢坐在上面，看着太阳一点点地沉下去，光线穿过那些巨大的脚手架、打桩机和塔吊，打在红土地上，发出火一样的红光。那些白天“呼哧呼哧”转动的机器，此时像是疲惫的老牛，静静地打着盹、嚼着草，在夕照中凝缩成一个黑色的剪影。

多有意思呀，可这有意思的画面他已经看了无数遍了，从春看到秋，从南看到北。

他忍不住把脑袋一扭，去看那座白色的房子，房子里有一个穿着白衣服的男孩。

他总是一个人。

这也是他的命吗？二虎不止一次地想。

白房子

洋洋的双手停在了半空，透过白色的大落地窗，他看见了红色的日落。

还有那个呆呆地坐在黑色塔吊上的小孩，他也是黑乎乎的。

玻璃倒映出屋内的影子，白色的衣服、白色的墙、白色的天花板，这是一座纯白色的屋子，从外面看起来，肯定像一块白奶油蛋糕吧，洋洋猜想。

在白色栅栏的外边，是一片斜斜的山坡，山坡下有一条公路，路的对面是尘土飞扬的工地。无论白天或晚上，它总是被笼罩在一片暗红的铁锈色中，许多蓝灰色的工人，像蚂蚁一样不停地进进出出，搬运着各种各样的东西，那座钢铁蚁冢就这么一天天高了起来。

已经跟画上的形状差不多了呢。

屋里暗到一定程度时，乳白色的灯亮了起来，均匀的、柔和的、温暖的白光像牛奶一样灌满了整个房间。洋洋有点饿，就拿起桌上的罐子喝了起来，是水蜜桃。每次他都会去猜里面液体的味道，但是每次他都猜错，这次是哈密瓜味。他把罐子放回桌上的底座，它又自动充满了液体。

“吉米，你饿了吗？”洋洋说。

“那咱们接着玩球吧。”他接着说，面前是乳白色的空荡荡的房间。

洋洋举起了双手，聚精会神地看着眼前的空气。突然他左手一扬，做了个扣球的动作，然后又定住了，过了好一会儿，他又伸出右手，往下一接，又往上一抛。

窗外传来了汽车的引擎声。

“停。是爸爸。咱们今天就到这儿吧。”洋洋做了个无可奈何的动作，“我也不愿意呀，咱们明天再接着玩吧。嘘，他进来了。”

门开了，一个中年男子进来了，他穿着普通的条纹西装，素色领带。不平常的是，在他的身体外面套着一件雨衣般的透明塑料衣，把整个人包了个严严实实。他走到洋洋面前，蹲下，伸手摸了摸他的脑袋，手隔着塑料，发出窸窸窣窣的摩擦声。

“洋洋，今天乖不乖呀，有没有看书呢？”爸爸问。

洋洋眼睛睁得大大的，乖巧地点了点头。

“好，爸爸洗个澡，然后来检查你的作业哟。”爸爸低下头，隔着塑料在洋洋的额头上亲了一下，起身，轻轻地叹了口气，走出了房间。

客厅传来了打开电视的声音，洋洋朝窗外望去，天已经完全黑了，工地上只剩下星星点点的昏黄灯光，看不见塔吊，更看不见小孩。

游戏

二虎从懂事时起，就随着爹娘不停地从这个城市流到那个城市，或者从城市的这个角落流到那个角落。流这个字眼，其实并没有人教他，只不过有一次，他站在高高的塔吊上，看见一大群像他爹娘一样的工人，随着放工的哨响，从地基的大坑里漫出来，又黑压压地涌进各个工棚时的场面，便觉得他们就像是因为忘记关掉龙头而溢了一地的水。不同的是，这水是脏的。

他从来没有住过一间固定的、有四面墙的屋子。大牛、狗蛋和花妞也是。他曾经以为所有的人都是这样子的，只不过有的人是在铁皮汽车里，有的人骑自行车，据说还有一些人能在天上飞。但无论如何，他们都是一样的，流过来，流过去。

直到他看见白房子里的男孩。

大牛走了，他随爹娘流到城市的南边去了，那边有一个更大的坑，有一栋更高、更大的楼，等着他们去挖土、填坑、砌砖头。他走了，连一声再见都来不及说。

那些需要他们分成两拨儿的游戏也玩不了，三个人能玩啥呢？捉迷藏、123木头人、挖沙坝……可以玩的还是很多的，但总觉得少了点什么。是三个人笑起来的声音不够四个人的大吗？

过了几天，狗蛋也走了。

他离开了这座城市，据说东边有更省力的工作，能赚到更多的钱。他爹娘经过一番合计，决定还是到那个像巨大马蜂窝一样的城市去。

这里只剩下了二虎和花妞了，花妞不喜欢玩脏脏的泥巴，也不愿意跑来跑去，让花裙子沾上红土。更多的时候，他们只能猜拳，然后跳房子。二虎其实不太愿意玩这些女里女气的游戏，他喜欢那些带劲儿的，能跑出一身臭汗，累得满脸红通通的游戏。可是没人陪他玩。

不过，他一想起白房子里的男孩，心里就好受多了。

一个人待着，那该多闷呐。二虎打心里可怜那个男孩，如果没有大牛、狗蛋、花妞这些家伙，没有人陪他跳房子、捉蚂蚱、挖沙子、看星星……他不知道自己该怎么打发这一天又一天。

尽管现在他只剩下花妞了，尽管那座房子有四面墙。

一个人

“吉米，你又耍赖了，你再这样我就不跟你玩了。”

洋洋气嘟嘟地躺在地上，手脚敞开成一个大字。客厅的电视打开了，频道一个个快速地跳跃着，电视关上了，电脑打开了，窗口快速切换，闪烁着五颜六色的光，然后又熄灭了。

“没劲。吉米，咱来玩猜谜语吧。”

“怎么，你不想玩？那咱下棋吧。”

“好吧好吧，那你想玩什么？”

洋洋眼睛望着天花板，那是一片均匀的、毫无瑕疵的乳白色。他转过脑袋，透过落地窗，又看到了那个工地上的小孩，只有他一个人。

“那个小女孩怎么不见了，吉米，你觉得呢？”

他走到窗边，出神地望着那个在红土地上奔跑的男孩。他穿着脏得看不出原来颜色的衣服，身后拖着一条尘土的痕迹。他一会儿跑到东，一会儿跑到西，似乎没有什么目的。

洋洋好奇地研究着，他终于看明白了，那个男孩把脚上的鞋踢飞，然后跑到鞋掉落的地方，再反方向把另一只鞋踢飞，然后再跑，就这么跑了十几个来回。大概是累了，男孩蹲在地上，挖起坑来，挖得十分起劲，很快就挖了一个脸盆大小的坑，然后他褪下裤子，朝里面撒起尿来。

“吉米，他这是在干吗呀？”洋洋的脸贴在玻璃上，呼出的水汽在窗上凝成小小的一团白色。他用手指抹开两个圆，眼睛凑上去就像是正用望远镜观察男孩。

男孩又开始玩起虫子来，他猫在草丛里，一蹦一跳的，倒比蚂蚱更像蚂蚱。跳累了，他就在杂草里面打起滚来，从这头滚到那头，又滚回到这头。

“原来你也不明白啊。”洋洋眼睛里竟露出了羡慕的光芒，“我倒想跟他那样玩一玩，可我从来没出过这房子。”

洋洋的脸倒映在玻璃里，像是照着镜子。突然他疑惑地转过头，看着那澄净无尘的空房间，过了一会儿，他露出了兴奋的笑脸。

“太棒了，这真是个好主意。吉米，你真是个天才。”

对话

“需要开启音频模式吗？”

“不需要，就这么说吧。”男人的眼镜反射着屏幕的白光，频闪的波纹像浪花一样上下涌动着。男人的脸上没有一点表情，就那么直直地看着对话框。

“你看上去脸色很不好，需要调出诊断程序吗？”

“不需要，我很好。”

“你是在担心洋洋吗？”

“他情况很稳定，造血干细胞移植的效果很明显，血小板已经上来了，再过些日子可以试种疫苗。”

“那你还担心什么？”

“监测程序报告说，洋洋经常会自言自语，还会做一些古怪的动作，似乎……他有一个想象出来的伙伴。”

“三分之二的小孩都会有这样一个伙伴的，只不过是另一种形式的玩具，这有助于他们克服孤独感。等洋洋再长大一些就好了。难道你没有过？”

“你意思是说，这是遗传？”

“我的意思是，这很正常。”

男人不说话了，电视没有关，但也没有声音，通宵频道上播着黑白电影，类似《12怒汉》或者《消失的周末》那种老片子，桌上胡乱堆放着空啤酒瓶，烟头撒了一地。

“那座楼快盖起来了，按照洋洋的画设计的大楼，他会看见的。”

“到时候你和洋洋会搬进去？”

“在最顶层的大房间，有一整面的玻璃幕墙，在那里，洋洋可以看见整座城市；看着太阳从地平线升起，落下；看着繁星满天，那么近，那么亮，地上的万家灯火却像是不实在的倒影。是的，我们都会搬进去的，包括你。”

“在此之前，你们会一直住在这里？”

“一直。洋洋不能离开这里，连手术也要在这里做，他从来没出去过，外面的世界会要了他的命。”

“你就这么肯定？”

“我是他爸爸，他是我儿子。”

“你就这么肯定？”

“我累了，明天还要提交一份设计方案。”

“晚安。”

“再见。”

两个人

二虎发现，那束光，在不停地跟着他。

白房子的天窗缓慢却精确地变换着角度，日光就正好折射到二虎的身上，明晃晃的，照得他睁不开眼。他站起身，看见白房子的天窗轻轻摇摆着，像在对自己眨眼。他穿过工地，横过马路，爬上了小山坡。

二虎站在白房子的栅栏外，这座房子比他想象的还要大，还要漂亮。他伸出手，却又不敢摸，怕弄脏了这光洁无瑕的颜色。

栅栏无声地打开了，一条碎石小径蜿蜒着出现在他眼前。他迟疑了一下，走了进去。前门紧锁着，门上的小盒子亮了，传出一个小孩子的声音。

“到后面来。”

二虎好奇地拍了拍小盒子，却又没有声音了。他绕着白色的墙壁走了半圈，看见了巨大落地窗那边，穿着白色衣服的小男孩。他贴在玻璃上，看着这个只从远处见过的男孩，又看了看他背后乳白色的房间，一切都是那么新奇。

白衣男孩张了张嘴巴，似乎说了句什么，可是一点声音也没有。他扭头又说了句什么，这下二虎听见了。

“谢谢吉米，这样好多了。”

他转过来，对二虎笑了笑，说：“你好，我叫洋洋。”

二虎犹豫了一下，说：“我叫二虎……”

那个男孩马上笑得直不起腰来，苍白的脸上泛出点红润来。

“这个名字真好玩。”

“……”二虎不知该作何回答，只是呆呆地看着那间洁白宽敞有着四面墙的房子。

“咱们来玩吧。”

二虎呆呆地擦了擦鼻子，说：“玩什么呀。”

洋洋用两只小手在胸前环成球形，说：“看，这有一个球，我把它抛给你，你再把它打回来。”

二虎睁大眼睛，可是什么也看不见，他摇了摇头。

“真笨，就是这个呀。”洋洋双手举过头顶，“看，橙色的球。现在我扔给你。”

他的手一扬，就好像两人之间的玻璃墙不存在一般。

二虎迟缓地举起手，像怀里揣着只小兔子。

“看，这不就接住了嘛。”

二虎咧开嘴嘿嘿地笑了，然后又把那团空气丢了回去。

HAL9000

“这是怎么回事？”男人看到了监控录像中，两个小男孩隔着落地窗玩耍的情景，额头的青筋突突跳动着，“他是谁？他是怎么进来的？”

“一个工地上的小孩，洋洋想跟他玩。”

“你疯了吗？你知道这有多危险吗？”男人紧张地检查着各项数据，没有发现异常情况，才轻出了一口气，“他们的基因有缺陷，万一情绪失控怎么办？”

“你的基因也有缺陷。”

男人没有作声。有点不对劲，这样的事情以前从未发生过。最初安装这套智能管理系统，只是为了照料洋洋的日常生活，将这座房子的温湿度、光照、电器和家居模块的监控整合在同一个平台之下，通过事先设置的程序进行管理，由于采用了模拟人类镜像神经元的算法，系统具有一定的自我学习和更新能力。

但这种对话方式已经超出了学习的范畴。

“洋洋很孤单。”系统仿佛在自说自话。

男人早已后悔了，他不该听取那些专家的意见。为了让系统显得更人性化，他将因难产而死的妻子的资料输入了系统，尽管他从未开口称它为“亲爱的”，但是每当他听到那个熟悉的声音，那些再熟悉不过的词句，他已经无法不把它当作妻子的化身。发展到后来，他甚至不敢开启语言模式，只能通过文字的形式来进行交流。

真是一个荒谬的时代。

“以后别这么做了。”男人突然觉得有种无力感。

“洋洋很孤单。”系统重复了一次。

“你不过是一个程序！”男人怒了，“别把自己装得像个妈妈！”

“是的，主人。”

“别叫我主人，HAL9000！”

系统沉默了，男人不知道它是否可以人性化到能够感受羞辱的地步，毕竟《2001太空漫游》中的HAL9000可不是什么善类。

洋洋患有严重的先天性T和B细胞联合缺陷性疾病，免疫球蛋白水平极度低下，任何形式的细菌、病毒或者微生物都可能引发严重的并发症，危及他的生命。他从小生活在为他特别设计的无菌环境中，靠注射免疫球蛋白提高抵抗力。在他身体状况允许的情况下，寻找HLA匹配的志愿者，进行造血干细胞移植是唯一根治疾病的方法。

男人坚信自己是正确的，孤单只是暂时的代价。他会用尽所有的努力来保护自己的儿子，他要按照儿子的图画，建造一座最美妙的房子，让他享受梦想成真的幸福。

一切美好都指日可待。

蝴蝶

“吉米，为什么不让二虎进来？”

“可是……可是我想跟他玩……”

洋洋独自站在窗前，看着二虎可怜巴巴地站在栅栏前面，推也不是，不推也不是。二虎突然转身跑了，洋洋伸出手，却只碰到坚硬的玻璃。

洋洋长长地叹了一口气，躺在地上。客厅的电视打开了，频道一个个快速地跳跃着。电视又关上了，电脑打开了，窗口快速切换，闪烁着五颜六色的光，然后又熄灭了。

“没意思，我不想玩球……”

“不，不，不嘛。”

“我只想跟二虎玩……”

他的瞳仁中，有一个黄蓝色的光斑在黑色的背景中跃动，渐渐融合成一个黄头发蓝眼珠的小男孩。

“吉米，我说了我不想玩。”

那个男孩张开嘴说了句什么。

“什么？”洋洋一个打挺坐了起来，“二虎回来了？”

果然，二虎手里攥着一个脏脏的透明塑料袋，欢欣雀跃地站在门外，叫着洋洋的名字。那袋子里隐隐约约可以看见一个不停扑打的影子。

那是一只五彩斑斓的蝴蝶。

“吉米，快开门吧，我想看看那只蝴蝶……你想把我闷死吗？就看一眼，就一眼，好吉米……”

栅栏悄无声息地开了。二虎撒了欢似的跑到洋洋的窗前，贴着玻璃举起那个皱皱的、有点脏的透明塑料袋。一只黑底带虹彩水珠纹的蝴蝶正在这小小的牢笼里尽力挣扎着，不断扑打着那脆弱的双翼。

洋洋瞪大了双眼，他从来没有亲眼看见过这样的生灵。他使劲把脸贴在玻璃上，好像想去嗅一嗅这小玩意儿是什么味道。

“吉米，你能把它放进来吗？”洋洋愣愣地盯住那只蝴蝶，双手紧紧地扒在窗上，“真的不能吗？你可以帮它消毒呀，我不碰它，我保证，我只是想看它飞的样子。”

洋洋丧气地垂下头，泪珠嘀嗒掉在地上。二虎看见他这样，眼睛上下张望着，想在这房子上找个窟窿，把蝴蝶放进去。于是他看见了屋顶装饰用的假烟囱，开始顺着墙角往上爬。

“二虎！别爬，快下来，你会摔坏的……吉米，你赶紧帮帮他吧。”洋洋看不见墙壁夹角的情形，急得直跺脚。

工地上长大的二虎身手果然矫健。他把塑料袋往嘴里一咬，双手双脚并用，两三下就蹬着墙壁夹角上了小平台。可是这里也没有开放的入口。

“吉米！”

二虎面前的一道小铁闸打开了，露出一个巴掌大小的方口，那是诸多排气口之一。他小心翼翼地解开塑料袋，用手捏住开口，对准排气口，松开手，等到那只小昆虫扑棱着翅膀飞进了幽深的通道，他赶紧把铁闸门关上了。

二虎得意地笑了，露出两个尖尖的小虎牙。

蝴蝶在黑暗中飞行着，感受着空气的流动和温度的变化，它朝着出口的方向飞去，但似乎这个出口一直在不停地变换着方位。通风管道扭曲着，分离又衔接上，似乎某种力量正在操纵着它前进的轨迹。它的复眼终于感受到一丝光亮，触须接收到一些陌生的化学信号。还没来得及反应，它便跌入了一个巨大而洁白的空间。

白色的烟汽喷洒在它的身上，它仿佛穿行于浓雾之中。它感觉无力，翅膀的每一次扇动都十分艰难而迟缓。它几乎要坠落。这时另一扇门在它面前打开了，在它通过的瞬间随即合上。

这是一条同样洁白而明亮的通道，空气明显干净了许多，但它越飞越低，翅膀沾上的化学物质散发着浓烈的气味。

又一扇门打开了。

洋洋无比惊讶地看着那只孱弱的蝴蝶飘进房间，在空中划出一道落叶般的弧线，停在地板上，只是偶尔扑打一下翅膀。他小心翼翼地捧起那只脆弱的生灵，放在眼前。一种奇异的感觉飞快地蔓延开来。

“吉米，它……真漂亮……”

话音未落，洋洋突然像一个断了线的木偶，瘫倒在地。

房间里闪烁起不祥的红色，紧急讯号已经发出。

父亲

二虎看着两辆白色的车子一前一后地在房子前面停下了，一个男人跑了下来，脸上的表情十分可怕，还有三四个穿着白大褂、戴着大口罩的人拎着几个箱子，跟着他急匆匆地跑进了屋子。

二虎很害怕，便猫在平台的角落里，生怕被发现。躲了一会儿，他发现没动静，就顺着墙根儿溜了下来。他看见洋洋房间里的情形后，呆住了。

白大褂们围成一圈，洋洋直挺挺地躺在中间，身上接满了各式各样的电线和管子，一些小电视一样的盒子闪烁着各种颜色的条纹。一个白大褂举起一根巨大的针筒，针头朝上，喷出几滴液体。那个男人在一旁冷冷地看着，表情木然。

一连串的想法从二虎的脑子里呼噜噜地滚过，他拔腿就往外跑，他要去找人，找人来救洋洋，他不能让洋洋就这么被坏人杀死。他跑下了小山坡，跑过马路，跑得鞋子都掉了，气喘吁吁地来到工棚里，连话都说不清楚了。

“怎么了二虎，瞧你脸脏的。”娘亲端了碗水过来，“先把水喝了。”

二虎接过水，咕嘟咕嘟地灌下去，呛了几口，又口齿不清地说起话来。

“快……快！快去救人，杀……杀……杀人啦！”

听到这话，二虎他爹以及其他几个大小伙子都围了过来，可二虎只能翻来覆去地说着这句话，小小的手指向山坡上的白房子。

当扛着锄头、铁锨的一帮人闯入白房子里时，白大褂们已经忙完了，在一旁收拾着工具。洋洋静静地躺着，瘦小的胸脯微微起伏，那个男人跪在他面前，眼中满含着复杂的情绪。男人抬起头，透过落地窗，看见了二虎，以及全副武装的工人们，一股愤怒的情绪像滚烫的岩浆般从他眼底爆发了。

他走了出来，白大褂们在后面紧张地跟着。

没有说话，没有停顿，他大步走到二虎面前，手一挥，便是一个响亮的巴掌。

几乎是同时，二虎他爹一个箭步上前，狠狠给了男人当胸一拳，他趔趄着倒在地上。其他工人举起手中的铁家伙，怒目而视。白大褂们挡在男人前面，张开双臂作保护状。

“你差点害死他！”男人也不站起来，只是重复着这句话。

二虎这才回过神来，张开嘴，号啕大哭起来，像是受了天大的委屈。

“你们的娃儿是人，我们的娃儿就不是人？”二虎他爹揉着小孩的腮帮，吐出了这么一句。

双方僵持着，远处传来警笛呼啸的声音。工人们先动摇了，他们陆续离开了白房子，二虎他爹牵着眼泪还没干的二虎，临走前还不忘往地上啐了一口。

白房子里只剩下白衣服的人。

朋友

事情比想象中的复杂，但结果比想象中的好。

洋洋康复得很快，甚至比原来还好。蝴蝶翅膀上的细微鳞片导致他的呼吸道闭合——一种类似哮喘的过敏综合征，但他的免疫力在恢复，细菌和病毒并没有造成并发症，干细胞移植起作用了。

夕照中，那座快要封顶的大厦在地面拉出长长的影子，像一条黑色的河把金黄色的大地分成两半。

男人扶着洋洋的肩膀，站在窗前，看着这美丽的一幕，现在他已经不用穿着隔离服了。

“爸爸，吉米什么时候回来。”

“很快的，吉米生病了，医生说他需要好好修……休息一下。”

当洋洋告诉爸爸关于吉米的事情时，他的第一反应便是系统搞的鬼。果然，它的镜像神经元模拟功能已经超越了原先设计时的初衷，它竟然能感知人类的情感模式，并衍生出一套自己的情感模式。毫无疑问，洋洋母亲的资料在其中扮演着重要的催化作用。

它，或者应该说她，制造出了一个虚拟的玩伴，起名为“吉米”，也许是从网络上随机抓取生成的音频视频片段。令男人吃惊的是，她居然能将这些片段投射到洋洋的视网膜上，让他以为真的存在这么一个蓝眼黄发、能说会跳的小伙伴，甚至设置了许多小的互动程序，让吉米能够陪伴洋洋玩耍。

洋洋很孤单。

男人一直记得系统说出的这句话，这使他心生愧疚。但，这并不能成为吉米存在下去的理由——有情感的电脑程序比没有情感的人类更加危险。

专家不同意将系统信息完全抹除重装，他们制作了一个拷贝，打算将余生投入到这个“缸中之脑”电子版的研究中。男人在最后关头改变了主意，他要求制作一份“安全版”的拷贝，他需要一个同样有趣，但行为不会失控的吉米，然后将其移植到他所设计的新大厦中，为他的儿子洋洋，也可能是为这世界上每一个孤单的人。

“瞧！那是二虎！”洋洋突然惊喜地叫起来。

一个小小的身影，在巨大的钢筋混凝土结构下跑动着。他的影子也被拉得长长的，一团灰尘跟在他身后，他跑着、跳着，似乎在喊着什么。

“爸爸，我能跟二虎玩吗？”

“洋洋，二虎跟你不一样。”

“可是……二虎也喜欢玩球啊，我也喜欢蝴蝶啊。”

“等你长大一些就会明白了，宝贝。”

“那……二虎能和吉米玩吗？”

“只要吉米愿意。”

太阳渐渐沉了下去，那座即将落成的大厦，像沉默的巨人站在火红色的光中，所有的塔吊都停止了旋转，所有的焊枪都停止了嘶鸣，又一个寂静的黄昏。只有那个小小的身影在奔跑，在喊叫，那声音似乎近了些，也清晰了些。

“吉米——把球扔给我——”

那是二虎兴奋的喊叫声，回荡在赤红色的工地上。很快，这快乐的声音便被工人放工的浪潮吞没，化成一阵嘈杂不堪的锅碗瓢盆交响曲。

鼠年

I am he as you are he as you are me and we are all together. See how they run like pigs from a gun, see how they fly. I'm crying.

——The Beatles, I Am the Walrus

天又开始黑了。我们已经在这鬼地方转了两天，连根耗子毛都没见着，可探测器的红灯一直闪着。我的袜子湿了，像块抹布一样裹在脚上，令我难受得想打人。我的胃饿得抽筋，可双脚还是不停地迈着，树叶像一个个巴掌刮在脸上，我感到火辣辣的疼。

我想把背包里的那本生物学教程还给豌豆，告诉他，这足足有872页。我还想把眼镜还给他，尽管那个不沉，一点都不沉。

可他死了。

教官说，保险公司会依合同赔付，至于赔多少，他没说。

我猜豌豆父母总会想留点什么做纪念的，可血染透了他全身。如果是我儿子死了，我也不想要一件带血的T-shirt做纪念品，于是我从衣兜里摸出了他的眼镜，又从防水背包里掏出了那本死厚的书。我想这样的话，他父母就能想起儿子的那副书生模样——他完全不属这儿。

我的袜子就是那时候弄湿的。

豌豆姓孟，大名孟翔。之所以被起了个这样的外号，一来是因为他身形瘦小，活像棵豌豆苗；二来他老是厚颜无耻地把做豌豆实验的孟德尔当本家祖宗。他是生物系的研究生，也是这队伍里唯一一个我原来就认识的人。

我不得不说，他死于对科学的热爱，跟老鼠一点屁关系都没有。

据他们描述，当时的情形是这样的：队伍穿越废旧水库堤坝时，豌豆看到路边堤面的水泥里钻出一棵罕见的植物，于是，他没打招呼，就去采集标本。也许是高度近视让他踏空了，也许是厚达872页的生物学教程让他失去平衡，总之，我所看到的最后一幕是，豌豆真的像一颗豌豆，轻飘飘地滚下百来米的弧形堤面，一头扎进垒满乱石和枯枝的水道里，身体被几根细长的树枝刺穿了。

教官指挥我们把尸体抬出来，用袋子装好。他嘴角动了动，我知道他想说那句口头禅，但忍住了。其实我挺想听他说的。

他常说，你们这群傻大学生，连活命都学不会。

他说得很对。

有人拍了拍我的肩膀，我取下音量开到最大的耳机，发现是黑炮。他歉意地笑了笑，说生火吃饭。黑炮难得地友善了一把，这点让我很吃惊，或许是因为豌豆死时他就在旁边，却没能及时伸手拉上一把。我关掉了正放着披头士的歌的MP3。我是个怀旧的人，这点显得很不合时宜。

篝火旁，我烤着袜子，饭很难吃，尤其就着烤袜子的味道。但这让我觉得温暖，如释重负。

我真哭了。

第一次跟豌豆说话是在去年年底，学校的动员大会上。大讲堂里挂着大红横幅，上面写着“爱国拥军伟大，灭鼠卫民光荣”，然后是校领导轮番上台讲话，最后还有舞蹈团的文艺演出。

当时，我跟他挨着坐，至今我都没明白这座位是怎么安排的，我是中文系，他是生物系，我是本科生，他是研究生，八竿子打不着。唯一的共同点是，我们都没找到工作，档案还需要在学校寄放一年，甚至更长的时间。对此，我们心照不宣。

由于古文补考故意没过，我延期一年毕业。我烦透了找工作、租房子、朝九晚五、公司政治这些个破事儿。我觉得在学校待着挺好，每天有可以免费下载的各种音乐电影；食堂便宜，十块钱管饱；下午睡到自然醒还能去打会儿球；到处都是如花似玉的姑娘，当然，只能过过眼瘾。说实话，从这两年的就业形势看，就我这水平，申请延期那属于有自知之明，这话自然不能让爹妈听到。

至于豌豆，由于国家跟西盟爆发贸易战，导致他数次签证被拒。学生物的如果出不了国，那只有烂在国内了，何况他一看就是读书把脑子读坏掉的那种人。

那时我压根儿就没想参加什么灭鼠队，就随口嘟哝了一句："干吗不派军队去。"没想到豌豆义正词严地驳斥我："难道你不知道现在边境局势很紧张吗？军队是打敌人的，不是打老鼠的！"

这话挑起了我的兴致，我决定逗逗他，"那为什么不让当地农民去呢？"

"难道你不知道现在粮食资源紧缺吗？农民是种地的，不是打老鼠的！"

"那为什么不用毒鼠强？不更省时省力。"

"那不是一般的老鼠，是新鼠，一般的鼠药没用。"

"那用基因武器呗，让它们几代之后就死光光的那种。"

"难道你不知道基因武器很贵吗？那是对付敌人的，不是打老鼠的！"

我看出来了，这小子就像个电话自动应答机，来来回回就那么几句，根本不是我的对手。

"难道大学生就是用来打老鼠的？"我微笑着祭出撒手锏。

豌豆那张小嘴一下子就被噎住了，憋红了脸，半天也没说出一句完整话来，翻来覆去地咕哝着什么“国家兴亡，匹夫有责”之类的车轱辘话。其实他还是说了一些实在话，比如“灭鼠管吃管住，完了还包分配工作”，当然，这些我当时并不在意。可我没想到学校会做得这么绝，居然连块落脚的地方都不给留。

当时的我，注意力完完全全被台上吸引住了，因为校舞蹈团的长腿美女们上场了，其中，有我们班的李小夏。

队伍回到镇上补充给养，由于怕有逃兵，学生都被分配到远离家乡的区域。这里不仅没有亲戚，连语言都不通，这时就显示出普通话的优势来，可即便如此，在一些偏远的乡村，手语还是第一选择。

我把豌豆的遗物寄还给了他家里，那本书还真花了我不少邮费。我本想写一封情真意切的慰问信，但提起笔，却又什么都写不出来，最后只好草就两字，“节哀”。倒是在给李小夏的明信片上密密麻麻地写满了字，这已经是第二十三封了吧。

我找了个小店给MP3和手机充电，顺便给家里发条短信报平安。行军中多数情况下是没有信号的，别信那些什么广告，什么“地上地下全覆盖”。最要命的是，你不知道下一次什么时候才能找到电话费充值的地方，所以要省着点话费。

淳朴的镇民收了我一块钱，咧着嘴笑。他们肯定没看到过这么多灰头土脸的大学生，也确实有些老头老太太朝我们竖起大拇指，或许只是因为我们给他们带来了一笔额外的生意。但一想到豌豆，我只想竖起中指。

教官办妥了豌豆的后事，带着我们下馆子。说是下馆子，其实也就是吃点热乎的，多几个荤菜，管饱。

教官说，我们距离完成这个季度的目标还差24%的任务量，现在时间很紧迫，上面压力很大。

没人说话，大家只顾着往嘴里扒拉饭菜。

教官补了一句："大家要争取拿下金猫奖啊。"

还是没人说话。

所谓金猫奖，是每个片区为完成灭鼠任务的优秀队伍设置的奖项。据说本来想叫金鼠奖，后来一想不对，怎么能把老鼠颁给灭鼠英雄呢，就改了过来。这个奖是跟教官奖金挂钩的，要是我我也急。

教官一拍桌子，怒斥一声："你们还打算㞞一辈子了？"

我把碗端起来，挪开椅子，等着他掀桌。

可他没有。他又坐下，开始吃饭了。

有人怯怯地说了句："探测器坏了吧。"

这一石激起千层浪，大家纷纷附和，说不知打哪来的消息，有队伍用探测器找到了稀土矿、油气田什么的，马上在当地生产，解决就业了。

教官也被逗乐了，说："净瞎扯淡，探测器跟踪的是新鼠血液内的示踪元素，怎么可能找到油田？"他又加上一句，"不过也可能是这些鬼机灵忽悠咱们。但只要跟着水源走，我就不信找不到。"

我问："那到底是跟着探测器走，还是跟着水源走？"

教官看了我一眼，意味深长地说："跟着我走。"

教官是那种你看一眼就想抽他的人。

在新兵训练营上，他铁青着脸，一上来就问："谁能告诉我，你们为什么要来这里？"

半晌没人答话，只有豌豆怯生生地举了手，说："保家卫国。"这话引来哄堂大笑。

教官依然没有半点表情，说："很好，奖励你做十个俯卧撑。"豌豆的眼镜差点没被众人的狂笑震碎，但这笑声只维持了三秒。

"其余的人，做一百个，马上！"

他在吭哧作响的人堆里巡逻，用教鞭戳着姿势不够标准的倒霉蛋，中气十足地训话。

"你们为什么会来这里？因为你们是㞞人，说得文明点，就是失败者！你们耗费了国家和社会那么多的粮食和资源，花了父母养老的棺材本，到头来连份工作都找不到，连自己都养不活，所以你们只配抓老鼠，跟老鼠做伴！说句心里话，我觉得你们连老鼠都不如，老鼠还可以出口创汇，你们呢？瞧瞧你们自己一个个的那副德性，说说看，你们能干吗？泡妞吗？作弊吗？玩游戏吗？接着做，做不完不许吃饭！"

我咬牙切齿地做着俯卧撑，心想，要是有人挑个头，一起拼了，就不信摆不平教官。可惜大家心有灵犀，都想到一块儿去了。

吃饭的时候，我不断听见敲碗的声音，所有人的手都抖得拿不稳筷子。一个黑不溜秋的哥们儿把肉掉在了桌子上，被教官看见了。

"捡起来吃掉。"

那小黑哥也是个性情中人，他死死地瞪着教官，就是不动。

"你以为你们吃的东西从哪来，告诉你，你们不属于军队正式编制，你们吃的每一粒米、每一块肉，都是从正规军的牙缝里抠出来的。给我捡起来吃了！"

小黑哥也从牙缝里迸出一句："谁稀罕！"

"哗啦"一声，我面前的桌子飞了，汤啊、菜啊、饭啊洒了我一身。

"那就都别吃。"教官掀完桌子，甩甩手走了。小黑哥由此一战成名，得名"黑炮"。

第二天来了个唱红脸的，是片区里的主管领导。他先给我们上了一堂政治课，从“硕鼠硕鼠，无食我黍”讲起，纵横几千年，总结了鼠灾对人民群众生活生产的危害性，同时，又审时度势，结合当前国内外经济政治形势，透彻地分析了本次鼠患的特殊性与整治的必要性。最后高屋建瓴地提出了期望，还是十二个字——“爱国拥军伟大，灭鼠卫民光荣”。

我们吃了顿好饭，又听说了昨天发生那件事之后，领导对教官进行了严肃批评，指出“大学生是天之骄子，祖国未来的栋梁”，要“平等、文明、友好”地交流，要讲究“技巧性”，不能“简单粗暴，一棒打倒”。

随后，领导和我们亲切地合影留念。其中有一张我记得最清楚，大家排成一行踢正步，领导牵着一根绳子，从我们脚尖上横过，为了表示队伍步伐齐整，每个人的脚尖都必须刚刚好点在绳子上。

那是我有生以来拍得最累的一张照片。

我们沿着水流的方向前进。教官是对的，万物生长靠水源，途中我们发现了一些粪便和脚印，还有新鲜的血迹。这或许可以解释探测器的问题，但又似乎没那么简单。

天气渐渐冷了，到处都是枯黄的落叶，风吹过后我会起一身鸡皮疙瘩。幸好我们被分在南方，不敢想象在零度以下露营是什么滋味。每日战报上形势一片大好，有几个片区的队伍已经光荣退役了，他们被分配到一些国营企事业单位，干着看起来还不错的工作。这至少让人有了个盼头。我没在那些被分配工作的人中发现熟人，队友们也没有。

教官举起右拳，示意大家停下，又迅速地张开五指，这是放射性搜索的手势。我选择了一个方向突前。教官肯定“嗅”到了什么，他总是说，战场上灵敏的嗅觉比其他感官更重要，前面的几场战役也证明了这一点。

战役，我突然觉得很滑稽，如果这种毫无悬念、猫抓老鼠式的屠杀也能称为战役的话，那像我这样胸无大志、蝇营狗苟的屄人是否也能成为英雄。

前方有情况。

一团灰绿色的影子在树丛中笨拙地挪动着。由于基因设计时突出了直立行走的特点，新鼠的奔跑能力远低于它的亲戚们，勉强与人类持平。我们曾经打趣：幸好基因设计时没有把《猫和老鼠》里的“杰瑞”作为蓝本。

但这一只新鼠是四肢着地的，腹部鼓胀得很厉害，这更限制了它的行动。莫非是……那个念头在我脑子里一闪而过，但随即我看到了它身下的雄性性征。

五点方向。我报告教官。

这大半年来，我的废话少了很多，甚至在需要说话的场合，我都觉得没什么可说的。

有队友也发现了它，拿着短矛就想上，我打了个手势制止他。

它似乎想去什么地方。

情形变得有点戏剧化，一群手持利器的男人，跟着一头大腹便便的雄鼠，在沉默中缓慢移动。那雄鼠突然一个前扑，从斜坡上滚落，扬起一堆落叶，不见了。

“干！”我们几乎同时脱口而出，朝它消失的方向奔去。最快到达的哥们一个急刹车，高高地举起双手示意我们停住。当我看到他身体前方的那一幕时，不由倒吸了一口冷气。

一个被落叶掩藏得很好的土坑，躺满了数十只腹部鼓胀的雄性新鼠，看上去大部分已经死亡，带着来源不明的血迹。那只刚刚归队的还喘着粗气，腹部急促地起伏着。

“是传染病吗？”教官问，没人回答。我又想起了豌豆，如果他在就好了。

“噗”，一把短矛不由分说地扎进了那只苟延残喘的新鼠腹部。是黑炮，他咧嘴笑着，把矛轻轻一拉，新鼠的整个肚子就像西瓜般一分为二。

所有人都惊呆了。那头雄鼠的腹腔里，竟然蜷缩着十几个未成型的幼鼠胚胎，粉粉嫩嫩的像刚出笼的虾饺般排列在肠子周围，心理承受能力差的兄弟开始干呕起来。黑炮笑着举起矛还想往里捣。

“住手！”教官喝止了他，黑炮笑咧咧地舞着矛退了下来。

教官的脸色很难看，大家心里都明白，事情已经超出了我们所能控制的范围。按照原先的信息，由于严格控制性别比例及性成熟周期，新鼠的繁殖速度是可以计算的。按照雌雄比例1：9，两个月的性成熟期，每胎18个，每年两胎，成活率为1的最大值统计，每头雌性新鼠一年能产生的所有后代不会超过12276头。实际上在野外环境存活下来的将远低于这个数目，约为十分之一，当初为了控制市场价格而设置的生殖阈值，便成了我们抱怨“杀鸡焉用牛刀”的最大理由。

我们错了，我们不是牛刀，我们杀的也不是鸡。

这些雄鼠都是由于肠壁不堪胚胎重负破裂而死。我想不出它们是怎么办到的，但很明显，它们在找活路。我想到了另外一个解释，那是许久之前从李小夏口里听来的：“它们的活路是否就是我们的死路？我不敢确定。”

“黑炮，留下打扫战场！”教官下令，黑炮乐颠颠地应了声“是”。

这看似惩罚的命令，却是对黑炮最大的奖赏。我明白其中的妙处，但无能为力。教官是对的，这里必须清理干净，他找对了人。

在黑炮举起利矛之时，我狠狠朝地上啐了一口，快步离开。我能想象到他充满笑意的目送，以及手起矛落时那溢于言表的快感，这让我作呕。

我做不到，我会把它们想象成人。

直到离校前一个月，我才第一次拨通了李小夏的电话，尽管这个号码已经在我手机里存了四年。记不清有多少次我曾掏出手机，翻到“李小夏”的号码。只要按下“呼叫”键，便可完成的简单动作，对于我来说，却比登天还难。

我想，我确实是一个眼高手低的屌人。

那天收拾东西，我听见从十分遥远的地方传来李小夏的声音，还以为是自己思念过度产生了幻觉，回头一看，原来是在手机键盘上。我慌乱地拿起电话，心脏期前收缩了。

在我即将挂断的瞬间，李小夏叫出了我的名字。原来她有我的号。

“听说你要去灭鼠了。”我从来没想到，电话里她的声音是这样的。

“是……找不到工作，没办法……”我衡量了延期毕业和失业之间哪一个更无能之后，撒了个无关紧要的谎。

“别灰心，咱们同学这么久，都没怎么说过话，不如一起吃个饭，也算为你送行。”

他们说经常有各种好车在楼下等着接李小夏，他们说李小夏身边的男人走马灯似的换，我不信。但当那天她不施粉黛地坐在我面前，吃着那份黑椒牛柳饭时，我信了。我信的不是他们口中的事实，而是李小夏的确有这种摄人魂魄的能力。

我们像刚进校的新生般游历着校园。如果不是那一次，我永远不可能知道，在这座两万人的学校里，我和李小夏，喂过同一只猫、坐过同一个座位、走同样的路线上课、讨厌同一道菜，甚至在同一块地方摔倒过。这所学校突然让人如此恋恋不舍，却是因为两份从未产生过交集的记忆。

她说："真有意思，我爸爸养鼠，你却灭鼠，鼠年灭鼠，有创意。"

我问："那你毕业后回家帮忙？"

她撇了撇嘴，说："我才不当廉价劳工。"

在李小夏看来，这个产业跟以前的贴牌代工电子产品和服装服饰没什么区别。不掌握核心技术，源胚胎全靠进口，培养到一定阶段后进行极其苛刻的产品检验，符合标准的新鼠出口，在国外被植入一套定制化行为反应程式，然后成为富人的专属高档宠物。据说，现在的订单已经排到三年后，因此，把最花时间精力同时技术含量最低的培养阶段，放在了劳动力低廉的世界工厂，实在是再合适不过。

"如果是这样，我实在想不出灭鼠的理由。"

"第一，你灭的不是出口的合格新鼠；第二，逃逸新鼠的基因可能已经被调改过。"

李小夏解释，就像以前代工的iPhone遭到破解后，被加上一些乱七八糟的程序变成山寨机一样，有些代养新鼠的农场主会雇用技术人员进行基因调制，主要目的是提高雌性幼鼠比例及成活率。不然很多时候都是赔钱买卖。

"我听说，这次大规模的逃逸事件，是代养行业为争取自身利益，向国家有关方面施压的一种手段？"

李小夏不以为然："我还听说，这只是西盟跟我国博弈的筹码，谁说得清呢。"

我看着眼前这个才貌双全的女人，思绪飘忽。无论在新鼠世界还是人类世界，雌性都成了掌控世界未来的关键角色。她们不用担心失业，持续走低的出生率给企业带来了雇佣女性的优惠退税政策，这样女性就拥有了更加宽松的育儿环境。她们也不用担心找不到对象，新生儿男女比例一直在原因不明地走高，或许很快，男人们必须学会去分享一个女人，而女人，却可以独占许多个男人。

“给我寄明信片吧。”她的笑把我揪回了现实世界。

“啊？”

“让我知道你还平安，不要小看它们，我见过……”她垂下眼帘，长长的睫毛带着曼妙的弧度。

能拥有她的N分之一，对我来说，已经是种遥不可及的奢望。

他们在河畔发现了一些东西，巢，他们这么叫它。

自雄鼠事件后，那场景一直如梦魇般在我眼前挥之不去，我时常感觉到许多闪烁的眼睛躲在暗处，观察我们，研究我们，无论是白天还是黑夜。我想我有点神经过敏了。

那是一些用树枝和泥巴搭成的直径约两米的圆形盖子，不是建筑，不是房屋，只是些盖子，我坚持这点。几个物理系的学生蹲在地上，讨论着树枝交叉形成的受力结构，而盖子顶上糊着一层厚厚的叶子，似乎利用了植物蜡质表皮来防水。我注意到那些泥土的颜色和质地，并不同于河畔的泥沙。

这并不像鼠科动物的行为方式，也不同于它们的远房亲戚河狸。我能想象豌豆的口气。

“我在Discovery里见过类似的房屋，源自东非的一些原始部落。”一个哥们儿抬起头，肯定地说。所有人都朝他投去异样的眼光。

巢大概有十七八个，分散在河岸周围，从排列格局上看不出有特别的规律。教官问："能从这些东西上估算出鼠群数量吗？"黑炮很快地报出了一个数。教官点点头，我摇了摇头。

"有意见吗？"黑炮挑衅地瞪着我。

"这没有道理。"我蹲下，琢磨那些细小的足迹。从每个巢的出口，弯弯曲曲地伸向河水，又蔓延到其他的巢，像一幅含义不明的画。我的意思是："它们没有农业，不过家庭生活，完全没有必要花力气造这样一个东西，然后又舍弃掉。"

"哼。"黑炮冷笑了一声，"你太把它们当人看了。"

我突然一怔，好像有无数对目光猛地掠过我。黑炮说得没错，它们不是人，甚至不是老鼠，它们只是被精心设计、制造出来的产品，而且还是残次品。

那些足迹有点怪异，其中有一行无论是深度或者步距都有别于其他，中间还带着一道拖痕。更奇怪的是，这痕迹只出现了一次，也就是说，它进去了，却没出来。我又观察了其他几个巢，也有相同的情形。

"这不是它们的营房。"我努力控制住颤抖的声线，"这是它们的产房。"

"教官！那边有情况！"一名队员打着趔趄跑进来报告。

我记得大学里有个体重二百多斤的女外教，有一节课讲"Culture Shock"，也就是所谓的文化冲击。她说，发展中国家的孩子，第一次看迪士尼动画片，第一次吃麦当劳、肯德基，第一次听摇滚乐，都可以算是文化冲击。我回忆了一下，发现人生充满了太多的文化冲击，以至于完全不知道到底什么被冲垮击毁了。

这次，我似乎有点明白了。

我看见一棵树，树下垒着许多石头，形状和颜色似乎经过挑选，显示出一种形式感，一种眼睛可以觉察出来的美感。树上，挂着18只雄性新鼠的尸体，从枝杈上长长短短地垂落，像一颗颗成熟饱满的果实。

“怎么死的？”教官问。两名队员正尝试着把其中一具尸体挑下来。

“看地上。”我指了指脚下铺着一层均匀白色细沙的地面，无数细密的足迹围绕着大树，排列成同心圆的形状，向外一圈圈蔓延开去。我想象着那个场面，一定壮观得有如某节日的升旗礼。

“报告教官，尸体没有外伤，需要解剖才能确定死因。”

教官摆摆手，他抬头看着那棵树，神情迷惘，眉头紧蹙。我知道他和我想到了同一个词。

去他的母系氏族。黑炮一脚踹在树干上，尸体像熟透的果子，簌簌掉落在地，砸出沉闷的声响。

我猜他也被冲击得不轻。

“现在都21世纪了好不好，我们都登月了！难道还让我们用这些破铜烂铁？”理了光头的豌豆脑袋抹了油，更像一颗豌豆了，他第一个站起来抗议。

“对啊对啊，不是说国防现代化嘛，整点高科技的嘛。”我在一旁帮腔，营房里赞同声四起，闹哄哄的像个课堂。

“立正！稍息！”每次应付这样的场面，教官都会出这一招，也确实管用，“谁告诉我去年一年的军费预算是多少？”

有人报出一个数，教官点点头，说：“谁能告诉我咱们军队共有多少人？”

还是那个哥们回答了出来。教官又点点头：“大学生们，你们谁能算算人均能摊上多少钱？你们每年上学又要花掉多少钱？”

那哥们不说话了。

“高科技？”教官突然拔高了嗓门，震得我耳膜嗡嗡直响，“就你们？筷子都捏不住，给你把枪不得把自己蛋蛋给崩了？高科技？你们也配？”

“收拾好自己家伙，五分钟后集合，行军拉练，二十公里。解散。”

一把伸缩式军用矛，顶部可拆为匕首；一把锯齿军刀；一根行军带；一个指南针；还有防水火柴、压缩干粮、军用水壶等其他有的没的，这就是我们所有的装备。当然，教官有调用其他装备物资的权力，但似乎，他对我们并没有十足的信心。

也许是为了印证他的话，一场拉练下来，就有三名队员受伤；其中一个哥们，因为一屁股坐到军刀柄上，成为第一名因伤退役的队员。我相信他不是故意的，因为那难度实在太大了。

六周的高强度训练之后，我们迎来了第一场战役。

从大多数人的眼神里，我看到的是惴惴不安。豌豆失眠了，每天晚上在床上辗转反侧，把木板床压得咿呀怪响。我逐渐习惯了这种没有电视，没有网络，也没有7-11的生活。但每当想到要把手中这杆碳纤维的利矛，送进一具有血有肉的温热身体，哪怕只是一只老鼠，我都不免心生怯意。

但也有例外。

每天但凡路过拼刺场，就能看见挥汗如雨的黑炮。他自觉地给自己加量，还随身带着块小磨石，逮着工夫就霍霍地磨起军刀。听认识他的人说，学校里的黑炮，是个特别内向老实的孩子，还常被同学欺负，可现在的他，完全变了一个人，眼睛里射出的光，活像一个嗜血好战的屠夫。

或许真的有人是为了战场而生。

第一场战役从开始到结束总共耗时6分14秒。

教官带领我们包围了一个小树林，然后做了个冲锋的手势。黑炮挥着长矛，率一群人杀了进去。我和豌豆对视一眼，默契地跟在队伍的最后，缓慢前行。等我们到达交战地点时，剩下的只有一堆残缺的肢体和遍地的血迹。据说黑炮一个人就捅死了八头，可从他脸上却看不到一丝兴奋或喜悦，反而有一种类似惭愧的神情笼罩在眉间。他挑走了一头还算完整的尸体。

教官开了战后总结大会，表扬了黑炮，也批评了一小撮消极怠战的同学。末了，他说："好日子到头了，大家做好心理准备，我们要开始行军作战了。"

黑炮剥下了新鼠的皮作为战利品，可是没有鞣制，也没有防腐，那张皮很快变得又硬又臭，还长了蛆。终于有一天，他的室友趁他不在时，把皮给烧了。

士气低落到极点。

说不上哪方面造成的打击更大些，是新鼠的生殖能力突破了阈值，子子孙孙千秋万代，队伍凯旋荣归遥遥无期呢？还是这些啮齿类竟然表现出拥有智力的迹象，也懂得了社会分工，甚至宗教崇拜呢？

像人一样。所有的人都这么想，但所有的人都小心翼翼地避开这个话题。

我看到教官眼中的失望，我猜在他心里，肯定有那么一段时间，把我们看作真正的、新生的热血战士，而不是刚入伍时那群吊儿郎当、愚蠢无知的小屁孩。但只在一夜间，我们又回到了过去。

黑炮努力煽动志同道合的人组成一支急行军，打算快速切入鼠穴，杀它个措手不及。其潜台词是：有人拖了队伍的后腿。我的疑心病愈发严重，每天晚上都睡不踏实，总感觉有很多双眼睛从密林深处盯着我，一有风吹草动，都仿佛在窃窃私语，闹得我心烦意乱。

终于有一晚，我放弃了徒劳的努力，爬出营篷。

初冬的星空，在树梢的勾勒下显得格外透彻，仿佛可以一眼望穿无限远的宇宙深处。虫嘶叶寂，在这他乡的战场，一阵莫名的忧伤猛地攫住我的胸口，让我艰于呼吸，这或许就是所谓的孤独感。

“唰。”这种感觉瞬间被打碎了，我几乎直觉般地转过身，正看到一只新鼠双腿直立，在五米开外的树丛边盯着我，仿佛是另一个因思乡而失眠的战士。

我猫下腰，它居然也俯下身子。我眼睛一动不动地盯着它，手悄悄地从靴边掏出军刀。就在这一刹那，它的眼神变了，它扭过身，不紧不慢地消失在树丛里。我紧握军刀，跟了上去。

按照对新鼠运动能力的了解，我完全可以在三十秒内追上并手刃了它，但今晚似乎有点奇怪。那只新鼠总在咫尺之遥，我怎么也追不上。它还不时回头，似乎在看我赶上没有，这更加激怒了我。

空气里飘着一丝若有若无的甜气，像是落叶腐烂的味道。我喘着粗气，在一块林中空地停下。我怀疑多日失眠拉低了我的耐力水平，不仅如此，我的眼帘沉得像块湿抹布。四周的树木摇晃着、旋转着，在星空下反射着奇异的眩光。

豌豆走了出来，戴着他那副本该在千里之外的黑框眼镜，身上好好的，没有树枝穿过的洞。

我猛力想抓住他，却双膝一软，跪倒在松软的落叶堆里，那种被人盯住的感觉又出现了。

我转过身，是爸妈。爸爸穿着那套旧西服，妈妈仍然是一身素装，两人微笑着，似乎年轻了许多，鬓角的头发还是黑的。

我的泪水夺眶而出，不需要逻辑，也不需要理性，在这寒冷的他乡的冬夜，我的防线在这个温暖的梦境中全面崩溃。我不敢再抬起头，我怕看见心底最渴望见到的那个人，我知道我一定会看见。

教官在我冻僵之前找到了我，他说我的眼泪和鼻涕足足流了一军壶。

豌豆终于说了一句有水平的话，他说："活着真的……"

真的什么，他没说。真的累，真的爽，真的没意思，等等，你可以随便填上你想要的字眼，所以我说有水平。比起他以前那些辞藻华丽、滥用排比的长句，这个句子简短有力，带给人无限的想象空间。好吧，我承认文学评论课还是教了些东西的。

对于我来说，活着真的不可思议。我的意思是，半年前的我，绝对想象不到自己会每礼拜洗一次澡、和臭虫一起睡在泥地里、为了抢发馊的窝窝头大打出手、每天爬一座山，还有，看到血竟然兴奋得直打哆嗦。

人的适应力永远比想象中更强大。

如果没有参加灭鼠队，我又会在哪里？是在宿舍里上网，无聊混日子；还是回老家守着爹娘，每天大眼瞪小眼的，互相没有好脸色；甚至去勾搭一些闲杂人等，搞出反社会反人类的祸事也不一定。

可如今，我会在教官手势落下的瞬间冲出去，挥舞着长矛，像个真正的猎人追逐着那些毛色各异的耗子。它们总是蠢笨地迈开并不是为奔跑而设计的后腿，惊慌地发出尖利的叫声。我听说，出口的新鼠会被装上语言程式，它们的咽喉被设计成可以发出简单音节的结构。于是，我想象它们高喊着"No"或者"Don't"，然后看着长矛穿过自己的腹部。

队伍里慢慢发展出一套规则，尽管没有白纸黑字地写下来，但每个人都心知肚明。每次战役结束，队员们会把自己割下的新鼠尾巴交给教官，教官会进行记录，并在战后总结会上对先进个人进行表彰。据说，教官还有一张总表，将关系到退役后的就业推荐，所以每个人都很卖力。

不知为何，这让我想起了中学时的大红榜和期末成绩单。

黑炮总是得到表扬，大家暗传他在总表上战绩已经达到了三位数。他是毫无悬念的状元，拥戴者众多。我估摸着自己的排名中下，跟大学里的成绩差不多，反正面上过得去就行。豌豆的排名也是毫无悬念，垫底，要不是我时不时甩给他几根尾巴，说不定还是个零蛋。

教官找到我，说："你跟豌豆关系铁，给他做做思想工作，这可关系到他以后的档案。"

我在一堆稻草垛子后面找到了豌豆。我远远地嚷了一声，好让他有时间藏起爹娘的照片，以及抹干净脸上的鼻涕和眼泪。

"想家了？"我明知故问。他垂着脑袋，点点头，不愿让我看见哭肿的眼睛。我从内兜掏出照片，说："我也想。"

他戴上眼镜，要过照片看了半天，憋出一句："你爸妈真年轻。"

"那都是好多年前照的了。"我看着爸爸的旧西服和妈妈的素色套装，他们那时还没那么多皱纹，头发还黑，"想想自己也挺没心没肺的，这么多年，净让爹娘操心了，连照片都没帮他们拍一张。"我的鼻子蓦然一阵发酸。

"你知道有一种恒河猴吗？"你永远赶不上豌豆的思路，我曾经怀疑他的脑子是筛子型的，所以信息遇到窟窿时都得跳着走。"科学家在它脑子里发现了镜像神经元——原来以为是人类独有的——有了这个，它就能理解其他猴子的行为和感受，像心里有了一面镜子，能够感同身受。你的明白？"

我的表情一定很茫然。

“同理心啊，哥们儿！你的话总能说到别人心里去，所以我猜你的镜像神经元肯定很发达。”

我给了他一拳：“说了半天你丫把我当猴耍啊。”

他没笑，像下了什么决心：“我要回家。我要退役。”

“你疯了？教官不会批的。而且，你的档案会很难看，你会找不到工作的，你想过吗？”

“我想得很清楚，我没法再待下去了。”豌豆认真地看着我，一字一句地说，“我总觉得，那些老鼠没有错，它们跟咱们一样，都是被逼的。只不过，我们的角色是追，它们的角色是逃，换一下位置也没什么不一样。我实在下不去手。”

我张了张嘴，却找不到什么话来反驳他，只好拍拍他的肩膀。

回营地的路上我撞见了黑炮。他一脸不怀好意地笑着：“听说，你去给那娘娘腔做思想工作了？”

“关你什么事！”我头也不转地大步走开。

“扶不上墙的烂泥，小心别把自己拖下水了。”他在我背后喊着。

我尝试着开动镜像神经元，去揣测这话里的用意。我失败了。

教官犹豫了，他看着地图和探测器，陷入了沉思。

根据探测器显示，鼠群正在向片区交界处移动。按照我们的行军速度，应该可以在12小时内拦截并消灭它们。更重要的是，本年度的任务就可以顺利完成，也就是说，我们可以光荣退役了，工作了，回家过年了。

可问题在于，那是属于两个片区的交界地带。按照规定，队伍不允许跨区作战，用术语说，这叫“抢战功”。搞得不好容易得罪上面，领导责怪下来不好交代。有时候，前途荣辱就在这一线之间。

教官脚下已经丢了一堆烟屁股，他看看地图，又不时抬头看看我们。每个人都用充满渴望的眼神死死盯住他，像要把他看化了。

“黑炮。”他并不理会其他人的目光，转向了黑炮，用极少从他口中出现的不确定语气询问道，“真的能把战场控制在片区内吗？”

他的担心是正常的，在实际战场上，根本不存在地图上那样泾渭分明的分隔线，一不小心便会造成事实上的越界行为。

黑炮拍拍胸脯：“用我的尾巴作担保，如果越界，全分给弟兄们。”

大家都明白他的意思，可还是笑了。

“好。稍事修整，16：00出发。”教官大手一挥，又想起什么，嘱咐道，“注意保密。”

我在一家小卖部找到公用电话，先给家里打，妈妈听到我要回家的消息，高兴得说不出话来。我安慰了她几句，挂了电话，我怕她哭出来。我又按下了另一个号码，那么不假思索，以至于接通了几秒后，我才想起这是谁的号码。

李小夏。

她对于我的来电似乎毫无准备，以至于提醒了好几次才想起我的名字。她在一家外企上班，薪资丰厚，朝九晚五，明年还打算出国读一个公费进修课程。她似乎有点心不在焉。我问她明信片收到没，她说收到了，又补充说收到了前面几张，后来换地址了。我说哦，我很快就要退役了，也要开始找工作了。她说好啊，常联系。

我尝试着把她带回那个遥远而愉快的语境，我说：“你还记得吗？上次你提醒我要小心那些新鼠，你说你见过。我一直很好奇，你见过什么？”

电话那头沉默了许久，时间长得让人窒息，她终于开口了。她说：

“我忘了，没什么要紧的。”

我真后悔打了这通电话。

我怅然若失地看着小卖部的那台电视，里面正播着新闻。“灭鼠工作取得阶段性成果，鼠灾治理初见成效”“我国就对外贸易政策与西盟展开了新一轮谈判”“大学生就业新趋势”……我木然地读着新闻标题。是的，新鼠突破繁殖瓶颈，数量大爆发，但这并没有影响我们的任务指标。完全不合逻辑，但大家都松了一口气，至少工作有着落了，出口也会好转，但这些似乎跟我们的努力没有丝毫关系。我想起李小夏当时的话，是的，听说，都是听说，谁又知道背后到底是怎么一回事呢？

单独抽离出来每一个因素都是没有意义的，它需要被放置在一个语境里，因为这里有太多的潜在关系、太多的利益平衡。这是一盘太大太复杂的棋。

而我却只看到了自己那颗小小的破碎的心。

豌豆最近几天如厕次数频繁得不正常，我便偷偷跟在后面。他从背包里掏出一个扎了眼的小铁罐，小心翼翼地打开一条缝，朝里面丢了些干粮，还喃喃地对罐子说着什么。

我跳出来，伸出手，尽管已经猜到七八分，但还是想逼他自己招供。

“它真的很可爱，瞧瞧那双眼睛！”他知道什么都瞒不过我，因为我有镜像神经元。

“你疯了吗？学校里玩大白鼠还没玩够，在这可是违反军纪的！”我吓唬他。事实上除了可能有寄生虫和传染病之外，我也觉得没什么大不了。

“就玩几天，然后我就把它给放了。”他央求道，眼睛就像那只未成年的新鼠，闪闪发亮。

对于朝夕相处的士兵们来说，要保守哪怕最微小的秘密，也是极其困难的，尤其是对豌豆这种神经粗大、办事不利落的马大哈。当看到教官和黑炮一同站在我们面前时，我知道麻烦大了。

“你们这是私藏战俘！”黑炮首先开炮。他的用词让我忍不住想笑，而豌豆已然笑出了声。

“不许笑！”教官板起面孔，我们连忙立正，“如果你们不能给我一个合理的解释，我就给你们一个合理的处置！但不包括提前退役。”很明显，后面这句是说给豌豆听的。

我突然萌生出一个大胆的想法，于是，一五一十地把我的“解释”告诉了教官。据豌豆说，当时黑炮的鼻子都气歪了。

豌豆和我干了一个下午，在土坡上挖了一道梯形剖面的壕沟，大概有2米深，然后我们用塑料布抹上油，铺在壕沟的四壁。豌豆心里没底，不停地嘀咕着。我安慰他说：“这事如果不成，不是你死，就是我活。对了，还得搭上你那可爱的小朋友。”

“它真的很可爱，还会模仿我的动作。”豌豆向我演示了几招，的确，令人印象深刻。我尝试着摆出几个动作让它模仿，可它却视而不见。

“很好，看来它的智商已经达到了你的水平。”我揶揄道。

“你也这么想吗？我努力把它看成一件设计高超的基因产品，但情感上接受不了。”

我摊开手，耸耸肩，表示持保留意见。

我们躲在壕沟附近的下风位置，豌豆手里攥着系在幼鼠腿上的细绳，随后幼鼠被丢在沟里，一拽，小耗子就会发出凄厉的叫声。豌豆心软，总是要我提醒他，才不情愿地拽一下。我恨不得把绳头抢过来，因为心里没底。

整个假设建立于某种确定社会结构的生物之上，如一夫一妻制，或者父代承担抚养有血缘关系子代的责任。但对于新鼠，这种人工干涉性别比例的畸形结构，我无法用常理来推测，它们会如何去判断亲子关系，又会对这种一雌多雄结构下繁衍出来的后代报以什么反应。

我所能做的只有下注。

一只雄鼠出现了，它在壕沟边不停地抽动鼻子，似乎在辨认什么。然后，它掉了下去。我能听见爪子在塑料布上打滑的摩擦声，我笑了，现在手里有两名“人质”。雄鼠叫得比幼鼠嗓门大得多，如果它的智商有我估计的那么高，那么它应该是在向同伴发出警报。

我错了。第二只雄鼠出现了，与第一只不同的是，它在壕沟边对话了几声后才掉下去。

接着第三只、第四只、第五只……事情的发展完全超乎我的预料。当掉下去十七只后，我开始担心壕沟挖得不够深，它们可能会逃掉。我举起手，举着长矛的战士瞬间便包围了壕沟。

那些雄鼠正以惊人的协作性搭起金字塔，最下面是七只直立的雄鼠，前后爪各抵住一面泥壁，形成支撑，第二层是五只，第三层是三只，还有两只衔着幼鼠正在往上爬。如果不是智力因素，那还有另一个解释，一个我不愿承认的解释。

“等一下！”就在矛头即将落下的瞬间，豌豆喊了一声。他小心翼翼地收着绳子，把幼鼠从那两只雄鼠的爪中扯开。在爪子松开的刹那，雄鼠发出一声凄厉的惨叫，这座鼠肉金字塔顿时土崩瓦解。利矛无情地落下，溅起的血液顺着抹了油的塑料布，缓缓滴落。

这是一群超越了本能的社会性生物。它们拥有极强的集体观念，甚至可以为了拯救并不存在遗传关系的子代，无私地牺牲自我。而我却利用这一点，来了个一锅端，这让我不寒而栗。

幼鼠终于着了地，在它即将结束这场惊心动魄的旅程，回到安全的小铁罐时，一只从天而降的军靴把它踏成了肉酱，它甚至没来得及叫一声。是黑炮。

“该死！”豌豆怒吼一声，挥拳朝黑炮脸上死命揍去，“你还我的老鼠！”

黑炮丝毫没有料到豌豆会出手，生生吃了一拳，脚下打了个趔趄。他扭过脸，嘴角淌着血，突然狰狞地笑了。他一把抓起瘦小的豌豆，把他举到血肉模糊的壕沟边，作势往里扔。

“死娘娘腔，跟你的臭老鼠做伴去吧！”

豌豆紧抓着黑炮的双手，两脚在半空胡乱踢着，眼泪、鼻涕流了一脸，嘴里却还叫骂个不停。

“住手！”教官终于出面制止了这场闹剧。

我第一次受到了教官的表扬。他三次提到了“大学生”，而且没有加任何贬义的形容词，这让我受宠若惊。黑炮似乎也对我另眼相看，他私下表示，这次的尾巴全都算在我的头上。我接受了，又全给了豌豆。

我想我欠他的，多少根尾巴都补偿不了。

我们趁着夜色未浓出发，告别了灯火寥落的村镇。没人知道我们从哪里来，也没人知道我们往哪里去。我们像是过路的旅游团，帮衬了饭馆和小店的生意，给人们留下茶余饭后的谈资。我们什么也带不走，除了袋装垃圾。

农田、树林、山丘、池塘、高速公路……我们像影子般在黑夜中行进，除了脚步声和喘息声，队伍出奇地沉默，每个人似乎都满怀心事。我莫名害怕，却不知道自己在害怕什么。我是要去打赢一场最后的战役，还是要面对完全未知的生活呢？

中途修整时，黑炮向教官提议，把队伍一分为二，由他率领一支精锐力量突前，其余人拖后。他环视一周，话中有话地说："否则，可能完不成任务。"教官没有说话，似乎在等大家发表意见。

"反对！"我站了出来。

"理由？"教官好像早就预料到了，不紧不慢地点了一支烟。

"从入伍第一天起，您一直反复教导我们，军人不应单打独斗，不能有个人主义，也不需要做孤胆英雄。军队的战斗力来自集体凝聚力，来自共同进退、永不放弃。没有任何一个人是多余的，也没有任何一个人比别人更重要！"

我顿了一顿，毫无怯意地迎上黑炮怒火中烧的目光，一字一顿地说："否则，我们将比老鼠还不如。"

"好，就这么定了。"教官把烟头在地上碾灭，站了起来，"不分队，一起冲。"

黑炮故意擦过我的身边，低声说了一句话，他的声音如此之轻，除了贴近他的人之外，没人能够听见。

他说："早知道，该让你跟那娘娘腔一起滚下去。"

我顿时僵住了。

黑炮没有停下脚步，只是转过脸笑了一笑。我见过那笑容。在他警告我不要把自己拖下水的时候，在他踩死幼鼠把豌豆往壕沟里扔的时候，在他手举长矛剖开怀孕雄鼠肚皮的时候，都露出过这种微笑，像某种非人的生物模仿着人的表情，让人从骨头里发毛。

是的，多么明显，我的思绪回到了那天下午。列队时，黑炮站在豌豆的右侧，也就是说豌豆要滚下堤坝必须先绕过黑炮。根据他们的证词，豌豆是看到路边的植物才离开队伍的，可当时他根本没戴眼镜，离开眼镜的他完全是个睁眼瞎。为什么当时我没注意到这点，一味听信了他们的谎话。

没有任何证据表明是黑炮把豌豆推下去的，即使我愿意用命来作证。他们都是黑炮的人。而除了我，没有其他人知道这件事。没有人会信。

我彻底输了。即使我杀了他，也会一辈子活在自责和悔恨中，况且他了解我，我不可能杀他。

这是我这辈子最艰难的旅程，回忆不断涌现，且叠加在黑炮的背影上。我做着各种假设，又一一推翻，直到教官提醒队伍进入作战状态，我才反应过来，自己已经连续行军超过十个小时了。

此刻，这个世界上，除了我和他之间，不存在其他战争。

天边露出一线微弱的曙光，我们勉强看清面前这块最后的战场，是夹在山坳里的一片密林，两面环着光秃秃的山壁，只有一条狭长的缝隙可以穿到山的另一面，呈瓮中捉鳖的格局。据探测器显示，鼠群就在里面。

教官做了简单的分组，方针很明确，一队抢先截断穿山狭路，其他分队围剿，游戏结束。

我跟着其中一队进入密林，但随即混入黑炮所在的分队。我不知道我想干吗，也许仅仅是下意识地把他锁定在视野中，尽管他不会逃，也逃不掉。林子很茂密，能见度很低，氤氲着一层幽蓝的雾气。从特定的角度看去，能发现空气中一些细微的亮点，画着毫无规律的曲线。黑炮步速很快，带着队伍在树干间来回穿行，像一群迷途的幽灵。

他突然停下，顺着他手势的方向，我们看到几头新鼠在不远处踱着步，丝毫没有觉察近在咫尺的杀机。他手一挥，让大家散开包抄过去。奇怪的是，在我们收缩包围圈时，新鼠却都不见了，转眼间，它们又出现在了另一个角落。

如是再三，队伍的阵型乱了，我们的心也乱了。

雾气似乎更浓烈了，带着一种说不清的怪味。我的额头汗涔涔的，刺得眼睛发疼，心脏却超乎寻常的亢奋。我紧紧攥着手中的长矛，想努力跟上前面的人，腿脚却使不上劲儿。那种感觉又出现了，暗处的偷窥者，空气中的低语，我想喊，舌头却像被打了麻药。

我落单了。四周一片混沌，我转着圈，似乎每个方向都充满了未知的恐惧，一种强烈的绝望侵蚀着我的头脑。

突然，从一个方向传出凄厉的惨叫，我冲上前去，却什么都看不见，似乎某种巨大的物体从我身后疾速穿过，然后是另一声惨叫。我听见金属碰撞的声音，我听见肉体破裂的声音，我听见沉重的喘息声，但只在一瞬间，所有的声响都消失了，留下的只有死寂。

它在我的背后，我能感受到那灼热的目光。

就在我转身的刹那，它破开浓雾，扑了上来。一头成年人大小的新鼠，挥舞着带血的利爪，疯狂地向我挥舞着。我用长矛死命抵住它的前爪，却被它扑倒在地。它用整个身体压着我，牙齿不停开合着，那股恶臭几乎让我窒息。我想用腿把它顶开，却发现关节全被制住，动弹不得。那尖利的长爪闪着寒光，滴着鲜血，一寸寸地向我的胸前逼近。我拼尽全力的怒吼，听起来却像绝望的哀号。

那冰冷的硬物抵住了我的胸口，一阵被撕裂般的剧痛几乎让我丧失了所有抵抗的意志。它还在往下，一毫米、一毫米地往下，仿佛穿透我的胸骨，刺破我的心脏。

我看到，它笑了，那畜生的嘴角裂开一道冷酷的弧线，一道我再熟悉不过的弧线。

一声巨响。那头新鼠的身体猛地一颤，它竟然在唾手可得的胜利前停下了，有点恍惚地转过头，仿佛想寻找那声响的来源。我趁机用长矛抵开它的利爪，鼓起全身所有剩余的力气，朝它的头颅重重击去。

闷响之后，它应声倒地。

我在彻底失去知觉之前，看到了最后一幕，那是一头更加高大壮硕的新鼠，正在向我走来。

于是我决定闭上双眼。

“是该好好庆祝一下了，今天破例，可以喝酒！”教官大手一挥，转身却发现几箱啤酒已经摆在篝火旁。

“今天是什么好日子，呀，这么多好吃的。”豌豆喜出望外，直奔主题，抱起鸡爪就啃。

“教官不是常说，‘你们这群二百五嘛’，今天正好是咱们入伍二百五十天整，你说是不是该庆祝一下。”我朝豌豆挤挤眉毛。

“呀，这什么破由头，你自己二百五别拖别人下水啊。”

“捎带着……今儿好像是某人生日吧？”

豌豆把嘴里的活儿停下了，没听明白似的愣了半天，然后，眼眶里开始有亮晶晶的东西在转悠。

“别！先别激动！不只你，我数了一下，咱队里有五个人这个月过生日，正好凑一块儿过了。”

豌豆又把泪珠子憋了回去，继续啃起鸡爪来。

已经很久没有听到这么多的笑声，大家都已经习惯了“背起包赶路，放下枪打呼”的生活，没有欢乐，没有自由，有的只是杀不完的老鼠和完不成的任务。没有人记得自己是个大学生，甚至下意识里，都觉得握着刀把子比捏着笔杆子带劲，舒服。没有人知道这是为什么，也没有人想知道。

教官今儿个很高兴，是那种打心眼里的高兴，他喝了很多酒，说了很多军队里的荤笑话。他拍着豌豆的脑袋说：“你不是射手座吗，怎么射老鼠这么菜呢？你说说你射什么最在行啊。”我笑得胃都抽筋了，入伍这么久，头一回觉察出，原来教官也有可爱的一面。

寿星们吃了长寿面，许了愿。教官的脸在篝火的映衬下红彤彤的，他问：“都许了什么愿啊，能说不能说？”

豌豆也多喝了几杯，拍着胸膛说：“这有什么不能说的，我就想早点退伍回家，找个好工作，孝敬爹妈。”

大家一下都不说话了，偷偷看着教官，怕他酒后发飙。没想到他拍了两下大手，哈哈大笑了两声，说：“有出息，爹娘没白养活你。”

这下可热闹了，大伙儿七嘴八舌地吹起来，有说要出人头地的，有说要赚大钱买别墅跑车的，有说要泡尽各国美女的……

“嘘。”我发现教官眼神有点不对，赶紧制止了这场牛皮大会，“你们猜猜教官最想干吗？”

大伙儿大眼瞪小眼，不知道的，不敢说的，说不好的，都摇摇头，看着教官。教官拿树枝拨弄着篝火，小火星乱窜，噼里啪啦地响，每个人脸上全是一片跳跃的红光。

“我们那地方穷，人笨，不是读书的料，不像你们。我小时候老在想，以后长大了干点啥好呢，种地？打工？我不乐意，觉得没大出息。后来人家说，当兵吧，保家卫国，立了战功，当上英雄，就能光宗耀祖，衣锦还乡了。我爱看打仗的电影，特喜欢拿枪的感觉，觉得特帅，特带劲，所以就当兵了。我不怕吃苦，从小吃苦长大的。每天训练，我的时间最长、量最大，脏活累活抢着干，有什么危险的事情我第一个上，图个啥？啥也不图，就希望有一天能真真正正地上一回战场，当一回英雄，哪怕死了都值……”

教官停下来，轻轻叹了口气，继续拨弄他那烧焦了的树枝。过了好一会儿，他才像刚回过神来一样，看着不说话的我们，露出一口白牙。

“怎么不说话了，是不是我破坏了气氛啊？”他把树枝一折，站了起来，“今天是个高兴的日子，不该说丧气的话。我道歉，给你们唱个歌，不过是首老歌，你们肯定都没听过。唱这歌的人都死了几十年了，我听这歌的时候，你们估计还没生出来呢……”

我带头使劲地鼓掌，掌声在空旷的野地里回荡着。教官虽然没找着调，但唱得很投入，眼角似乎有点湿润。我感到庆幸，没人问我想干吗，因为都不知道自己想干吗。

“……今天只有残留的躯壳，迎接光辉岁月，风雨中抱紧自由；一生经过彷徨的挣扎，自信可改变未来，问谁又能做到……”唱到高潮处，教官几乎声嘶力竭了。他的身影在篝火的映衬下，显得格外高大，就像个真正的英雄。

“我说，”豌豆拿着酒瓶，碰碰我，“活着真像场梦。”

“说不定，”我把瓶里的酒一饮而尽，“就是一场梦。”

我被轰鸣的引擎声吵醒。教官张着嘴，朝我大声吼着什么，但他的话完全被噪音淹没了。我想起身，胸口一阵剧烈的扯痛，我只好躺下，大口喘着气。顶上是一块光秃秃的金属板，反射着刺眼的白光，整个世界开始摇晃起来，我感到眩晕，我想吐。“这到底是什么地方。”

四周突然暗了下来，轰鸣声也低了，一股力量压住我的身体。我突然明白过来，我在飞机上，我们在上升。

教官说：“别动，现在送你去……的医院。”他说了个我没听说过的地名。

混乱的记忆碎片一下子全涌了上来，谜一样的战役，噩梦般的决斗，我问："他们呢。"

"伤势重的已经被送走了一批，你命大，只是皮肉伤。"

我闭上眼，千头万绪交缠在一起，此刻我的脑子是一团糨糊。终于，我找到了突破口，试探地问："最后那一枪……是你开的？"

"麻醉枪。"教官不置可否。

我点点头，似乎有点明白了："那……黑炮怎么样？"

教官沉默了许久，说："他颅脑受损严重，很可能会变成植物人。"

我释然，想起那个失眠的夜晚，豌豆、父母，还有……我急切地问教官："那天你到底看见了什么？"

"我不知道，你最好也不知道。"他的回答既出乎意料，又似乎理所当然。

我想，也许根本没有人知道。如果说，新鼠能够通过操纵幻觉来诱使我们自相残杀，那么这场战役就变得扑朔迷离了。那些惨叫声和肉体破裂声在我脑中响起，我不敢再想下去。

"看！"教官突然激动地扶起我。透过直升机的舷窗，我看到了最不可思议的一幕。

是新鼠，数以百万计的新鼠，从田野、山丘、树林、村庄走出，对，是走出。它们直立着，不紧不慢，步态悠然，像正在进行一场盛大的郊游而不是落魄的逃亡，由涓涓细流汇聚成一股浩大的浪潮。它们颜色各异的皮毛编织着暗涌的纹路，一种形式感，一种眼睛可以觉察的美感，流淌过这萧瑟的枯槁大地，暗淡雷同的人类建筑，竟像是被缓缓注入了一股崭新的生命力。

"我们输了。"我赞叹着。

"不，我们赢了，你会看见的。"教官看着窗外，嘴角挂着自信。

飞机降落在一座临海的军区医院天台，下机时，鲜花和轮椅都已经各就各位。笑容甜美的小护士推着我下楼，先检查了伤口，然后是一次彻底的大洗，我用掉了半瓶沐浴露，连搓出的泡沫都是泥巴色的。我换上洁白的病人服，到餐厅吃饭，吃得太快噎住了，又咳了一地，护士轻轻拍打我的后背，笑容里全是同情心。

“我国与西盟达成贸易共识，开启多赢新局面……”餐厅里的电视播着新闻，我漫不经意地瞄了一眼，呆住了。屏幕里播放的，正是我从飞机上看到的情景——大规模的鼠群迁徙。解说员声情并茂地解释，在全国人民齐心协力的奋战下，历时十三个月的灭鼠战役获得全面胜利。镜头一转，变成海上航拍，一张花色驳杂的毛毯由陆地向海岸徐徐铺开，在触及堤岸线的瞬间，解体成无数细小的颗粒，跌入海中，激起密密麻麻的水花。镜头拉近，那些新鼠就像是纪律严明的士兵，步伐统一地向着死亡迈进，没有迟疑，没有眷恋，甚至在跌落海面的过程中，也依然保持着气定神闲的姿态。

教官早就知悉了这场胜利，这场与我们无关的胜利。

李小夏是对的，豌豆是对的，教官也是对的。我们跟新鼠一样，都是这伟大博弈中的一枚小小棋子。我们所能看到的，只是画好铺在眼前的棋盘；我们所能做到的，也不过是按着规定的步法炮八平五、马二平三地走着。至于这背后的深意，那高悬在头顶的大手何时落下，我们无从知晓。

我问护士：“鼠群也会进入这座城市吗？”

她回答：“新闻说半个小时之后。”

我问：“从医院这能看到海岸吗？”

她笑着答：“医院前面有一片坡地公园，从上面能看到整座城市的海岸线。”

我说：“那好，带我去看看。”

我只有一个想法，去告别，向从不存在的敌人。

许多年后，我依然会不时想起那一个鼠年的黄昏。

夕阳的余晖倾洒在海天之间，从云蒸霞蔚的云端，到波光潋滟的海面，再到高楼林立的城市。两道绵延无际的弧线，把世界分成了三块。但这并不能阻碍什么，那金色的光芒毫不畏惧地将一切拥入怀中，似乎在那个瞬间，有一股力量拽住了时间的车轮，把世间万物凝固在此刻。

我坐在轮椅中，从高坡上望着这宁静的一幕，什么都想到了，又似乎什么都没想。

一种低沉的震响由远而近，仔细听，又像是许多细碎的鼓点，有板有眼地敲打着大地。然后，那毛茸茸的军队便从街头、路口、高楼大厦间，涌入了戒严的海滨大道。没来得及开走的停靠车辆，顿时成了一座座小小的孤岛。

那条金色的毛毯铺满了海岸，然后破碎，融化，倾入金色的海面，水花次第绽放，像是给海岸线镶上了一条金色的花边。

海上的船只拉响了汽笛，久久回荡，本应是胜利的号角，此时却更像是悠长的挽歌。

“真美。”护士姑娘赞叹道。几年后，当我掀开她的红盖头时，也说了同样的话。

我们曾以为，只有生命才是美的，却不曾想到，结束生命也可以是美的。

我感到一阵空虚，努力不去探究这背后的意义。在这漫长的一年里，有些人的想法被改变了，有些人的命运被改变了——永远。

我探望过黑炮，那冷漠的微笑将永远凝固在他脸上，直到这个二等功战斗英雄生命消失的那一天。

教官后来私下告诉我们，隔壁片区的部队，也在那一天探测到了鼠群的异动，同样也是被引到那个山坳，但他们权衡再三，最终还是没有出动。据说报告上写的是，由于军纪严明，避免了出现重大伤亡的可能性。我不知道那件事最后怎么处理，只知道教官退了伍，当了个拓展训练基地的辅导员。

我们都上了电视，出席各种报告会，反复讲述一些连自己都会感动得落泪的故事。那故事里，没有新鼠的宗教，没有黑炮的嗜好，也没有豌豆的死。那是另一段历史，一段可以写进书本、报纸，在电视上播放的甚至载入史册的历史。而我们的历史呢？我不知道，也许那根本算不上历史，那段岁月只存在于我们每个人的记忆之中，伴随我们衰老，直到死去。

一年后，我被分配到当地机关，当了一个公务员，过起了我曾经厌恶的朝九晚五的生活。我总觉得自己生命中的一部分已经随着那些老鼠一起，消失在平静的海面下。我辗转收到了原先寄给李小夏的退信，一共二十封，我没看，直接拿铁盒封了，埋在院子里。

我国培育新鼠的自主知识产权研发获得成功，在对外贸易中增加了议价砝码，国产新鼠上市，尽管在语音模式及功能模块上仍有欠缺，但以低价策略成功占领了国内市场。我时常在专卖店的橱窗前驻足，观察那些可爱的人造物的一举一动。每当这个时候，我总会想起豌豆和他的问题。

那些复杂、微妙、超乎人性的举动，仅仅是基因调制和程式设计的结果呢，还是说，在那张毛皮底下，的确存在着某种智能、情感、道德，乃至于——“灵魂”？

如果可以的话，我会选择前者，那会让我好过一些。

但我持保留意见。

亲爱的，我没电了

晚餐前

有那么一个宁静的黄昏，他打猎回来，听见黑暗中传来一个颤悠悠的声音：

“亲爱的，我快没电了……”

他嘟囔了一句，在炉火旁坐下，开始撕扯小动物灰绿的毛皮，可怜的啮齿类动物在他手中吱吱地抗议。

“没电了……没电了……没电了……”

短句单调地在火光灼灼的洞壁上来回碰撞，余音袅袅。

淡蓝的焰舌跳着舞，焦黄的尸体开始噼啪作响，往下淌着油，空气中飘着略带青涩的甜香。

他抽出淌满金色油脂的小碟，均匀地淋在晚餐上，那瘦小的肉壳又“吱吱”地叫唤起来。

他的喉结往上一跳，狠狠地吞了一口口水。

“没……电……了……没……电……了……没……”

那声音缩成一把跑调的小提琴，似有若无地游走在空气里。

他恼怒地把手一甩，晚餐骨碌碌地滚到草堆里，冒着白气。

黑暗中，她闪着微弱的红光，像撒了气的气球，软塌塌地贴在墙角。粉红的皮肤皱成一团，开始浮出许多黑色的斑点，像一只只瓢虫。

她的头部蜷缩成拳头大小，五官全都挤在头顶，微微蠕动，像某种寄生在人体肠道的绦虫。树枝般粗细的脖子上的发音孔一张一翕，飘出愈加微弱的声音。

他叹了一口气，他知道她是真的没电了，人造肌纤维已经萎缩到原初状态。

和上一次间隔的时间又缩短了。

他转身走出洞口，他知道，留给自己的时间已经不多了，在日出之前，他得找到电池。

或者，再一次失去。

垃圾森林

没有月亮的夜里，他像一只蝙蝠，靠着耳蜗中微妙的液体平衡，走过光滑的有机平原，穿越冰凉刺骨的河滩，攀过尖峭的琉璃山。

远远的，他的眼睛捕捉到些许的光，那是一片冰绿的磷光，从几株茂密的植物中幽幽地渗出来，轻轻摇曳着魅惑的波纹。

那是他的目的地——垃圾森林。

他拨开几片锋利的叶子，眼前便猛地耸起一座泛着绿光的山丘，那是遥远的文明世界对这小小星球的无私贡献。等离子彩电、空调、双门无氟冰箱、复古的七系列BMW小车、剃须刀、宜家家具、残废的家用机器人、只剩下空壳的电脑、可装卸的一居室……诸如此类可以想象的消费主义残渣被喷上了标志着不可降解的荧光涂料，以防止无良商人回收翻新牟利，然后就一股脑儿地倾泻到这小天地里。

老鼠、青蛙、爬虫以及一些植物从冰箱里爬出来，它们居然也就这么繁衍扎根了，上天再次证明了自己的伟大。

至于他嘛……

他摇了摇头，当务之急是找到电池。尽管他在这堆垃圾里已经淘了四十七个白天黑夜，能用的也都用得差不多了。

他知道，遥控器里1.5V的碱性电池是不能用的，碳锌干电池也只能让闹钟叫唤，而那些废旧电器上的自带时钟上所隐藏的纽扣锂电池则完全没有转换的接口。他小心翼翼地在那堆无比熟悉的钢铁塑料垃圾中攀爬跳跃，翻找各种电气用品，最后，他无比沮丧地发现，所有的努力都白费了。

没有，一块都没有。

他瘫倒在一个硕大的南瓜型按摩浴缸里，光滑而冰凉的瓷壁与皮肤轻轻摩擦，发出丝绸般的声响。所有精雕细琢的细节都在炫耀，这曾经属于一户富足之家。

可这与我又有什么关系呢？他长长地出了口气，无力地望着被映成墨绿色的星空，微微有丝眩晕。

难道要到上几个抛掷点去找？可是时间不多了，何况……

等等，什么东西特别扎眼，他定了定神。那是一叶修长的黑影，斜插在垃圾山上，直指星空。它似乎一直矗立在他的视野里，可他居然没有察觉。

他突然精神一振，心中又重新燃起了希望。

那是一辆黑色的加长凯迪拉克。

亲爱的

他看着她，眼中闪烁着某种柔和的光，似乎是金色的炉火，和她身体中逐渐加强的荧光的糅合，可又似乎不仅仅是这些。

她的全身缓慢而持续地膨胀着，像充气的气球般，躯体和四肢开始变得丰腴圆润；粉色的皮肤上，皱褶如潮水退却，蒙上了塑料般光滑的质感。她那迷人的宝石蓝眼睛、微翘的鼻尖以及如樱丰唇，伴随着她头部形状的恢复，从头顶像水一样往下滑动，回到正常的位置。

像巫婆一样，他脑子里闪过这个念头。从丑陋不堪到如花似玉，只需要短短的30分钟。

那个黑色的大家伙“刺刺”地响着，他这才感觉到双臂酸胀无比。

铅酸蓄电池，采用高效率氧氢重组技术完成水分再生，寿命可长达10年，而且完全密封无须加水，作为车载电池再合适不过。可抱着它爬山又是另当别论。

看来这玩意儿还能撑好一段时间，他心里稍稍松了口气。

“嗯……”

她眼皮颤动着，湿润的双唇微微开启。

他不知为何心头“咯噔”一下，浑身不自在了起来。

她的双眼突然睁开了，一片深邃湛蓝，他又有点眩晕了。

她看着他，似乎努力地在辨认什么，嘴唇微张，却又说不出话。

他的心猛地一沉。

“亲爱的……”她突然娇滴滴地脱口而出，伴着花般的笑颜。

他的心又浮了上来。

这样的教训他当然不会忘记，有那么一次，因为充电不及时，她的记忆芯片断电超过三个小时，之前一个月的生活记忆全被抹成一片空白。

从“亲爱的”变成“先生”，这种滋味可不好受。

一切都只能从头来过，无论是食物的烹调方法还是彼此熟悉的触觉。

学习是一件耗时费力的事情，即使靠着芯片的帮助。

小世界的苦恼

“垃圾是文明的排泄物，正如人类是地球的寄生虫。”

某位擅长类比的意象派诗人如是说。

如果他活得足够长的话，他可能会把“地球”替换成“宇宙”，并为其宏大的气魄沾沾自喜。

在消费主义的鼓舞下，地球以及几大殖民地星球的垃圾成患，不可降解的塑料制品无处堆埋，新的时尚推动钢铁制品被淘汰；除了基础设施的建造，钢铁市场价格一跌到底，制造业已没有盈利空间。政府大力推广降解期短的新型材料，鼓励消费者全面更换旧有物品。于是，新一轮的垃圾浪潮汹涌澎湃，城市不堪重负。

垃圾问题成为横在人类面前的一道高坎。怎么跨过它？

“用核能销毁！”极端主义者挥舞着拳头。

绿色和平组织摇摇头。

“释放到外太空！”享有公民权的海豚发出超声波。

NASA摇摇头。

“培养一种能消化塑料和钢铁的细菌！”生物学家十分冷静。

动物保护者协会摇摇头。（他们以为细菌也是动物。）

“把垃圾扔进黑洞，或者丢到太阳熔炉里！”科幻作家声嘶力竭。

大家都假装没有听见。

经过许多、许多、许多轮的讨论，最后筋疲力尽的讨论者们终于达成了共识——由无人驾驶飞船定期将垃圾丢弃到具有相当质量的小行星上，省钱省力省心。至于那些小行星会如何，那就不是他们所关心的，也不是纳税人关心的问题了。

那么他，一个大活人，怎么会被当成垃圾丢弃到小行星上呢?

这也是他一直苦恼，或者说一直想要回避的问题。

所幸的是，这星球上居然有稀薄的大气层，以及各种从冰箱保鲜层里苏醒过来的动植物。上天匪夷所思地创造了一个小世界，一个自转周期7小时21分钟（地球时间），气温在半年内尚且可以忍受的小世界。

这给了他一个享受苦恼的机会。

冰箱飞船

天气越来越热了。他想，这可能是小行星正在朝近日点运动。

地面稍微有点烫手，他只好蹲着，来回地摁那台老得掉牙的计算器，想算算这个小世界距离毁灭到底还有多少时间。

可是失败了，那些公式和数字在脑子里和他捉迷藏。

他恼怒地把计算器摔了出去，惊起池塘边一堆聒噪的青蛙。

这让他想起了过去。

他是，或者说他曾经是，一名中学物理老师。

尽管他的专业是哲学。这个时代，哲学是一个让人耸耸肩的词。

面试的时候，那个胖得像猪的人事处长朝他喷着臭气说："哲学？哲学是什么东西？学生的脑子里已经够乱七八糟了，父母把他们送到这里来可不想让他们退化成猩猩。"他做了一个捶胸口的动作，把猪脸拉得像猴子那么长，滑稽吗？一点也不。

"我们这里缺一个物理老师，你看着办吧。哲学？哈！"

以前的他想到这里可能会把拳头攥得嘎吱响，现在？他耸了耸肩，哲学？也许吧。

他什么都不在乎了，除了一件事。

当他稀里糊涂地滚出那台超大容量的冰箱，四脚朝天地面对这个陌生的世界时，他想，这一定是个梦，而且是个很荒诞的梦，荒诞得有点疼。

后来他反复运用逻辑推演，结合朦胧的记忆碎片，编了一个基本能说服自己的故事，情节大概是这样的：

有那么一个郁闷的周末夜晚，他如往常般喝了个酩酊大醉，跌跌撞撞地回到家。吐了一地的他感到口干舌燥，于是打开冰箱找水，不知怎么就在保鲜柜里睡着了，又触动了冷冻休眠模式，于是乎……过了有那么几周吧，房东催了几次房租，没人，打电话到学校，又说好久没上班了，于是就把他房间搞个光光溜溜，值几个钱的卖掉，不值钱的丢掉。这冰箱明显被当成后者处理了……

他苦笑着摇了摇头，看来那头猪的话还是有点道理的，哲学并不能让人高尚些或者超脱些，甚至不能让人变聪明点少干些蠢事。该怎么样还是怎么样，只不过让别人取笑你时理由更充分罢了。

“亲爱的，吃饭了！”池塘那边传来一声甜蜜的呼唤。青蛙又是一阵聒噪，扑通扑通地跃入水中，荡起圈圈涟漪。

唯一值得庆幸的是，他还有个伴。

粉红机器人

日子就这么一天天地流走了，当然，小行星上的日子流得更快些，甚至留不下一点痕迹。

他已经放弃了计算、思考、苦恼……诸如此类都是徒劳。

有时候他会花上一整天的时间，傻傻地看着她，听她把记忆库里的东西一件一件地掏出来，像糖果铺一样琳琅满目。

“亲爱的，你知道吗？我会二十八种蜗牛的做法，清蒸、红烧、白灼、刺身、油煎、加法式白汁、意大利肉酱、泰国咖喱、印度香叶、墨西哥指天椒……”她眨着睫毛，全然不顾他腹部强烈的反应，“可这里一只蜗牛都没有，一只都没有。这里只有青蛙，到处都是。青蛙这种低级的肉类，我只会一种做法，那就是烤——放在火上，刷上烧烤酱，不停地翻转、翻转、翻转，直到它的肉被烤成金黄色……”

池塘里的青蛙不满地“呱”了一声。

事实上，在这个小世界上，除了青蛙、水果和蔬菜，他几乎就没吃过别的东西，仅有的几次老鼠肉，还是他自己烤的。

“亲爱的，你知道吗？我会讲一万八千个童话，安徒生的、格林的、加特林兄弟的、王尔德的、马克·吐温的、圣修伯里的……”每次讲到这里，她总会把双手捧在胸前，两条修长的粉腿微微弯曲，像不倒翁般左右摇晃。

“亲爱的，你知道吗？我会三十二种丝巾的打结方式，凤蝶结、海芋结、埃及结、伊丽莎白结……”

他早就知道，她只是一具被淘汰的老式家政机器人，从第一眼在垃圾堆里发现她的时候就知道。皱巴巴的、人形的、粉红色的、没有附加功能的、傻乎乎的……除了说话之外，她无法提供更多的快乐，因为她只是个老式的、粉红的，家政机器人。

可这是他能抓住的最后一根稻草。

电池，电池

他知道，她的电量又不足了，因为她慢了下来，大概是四分之三拍的样子。

“亲、爱、的、你、知、道、吗……”

不光说话，还有动作。

当苍蝇飞过眼前时，她会很慢地眨巴一下眼睛，动作如此之慢，以至于苍蝇转了一圈后，回来时刚好被她张开的睫毛打翻在地。

他想，只有到其他几个抛掷点去碰碰运气了。

这颗小行星一共有三个抛掷点，垃圾都是在近地时抛掷的，离他最近的这堆，他已经不抱什么希望，唯一的可能在小行星的另一面。

他甚至都不敢奢望会有另一堆垃圾从天而降。

带上用青蛙肉晒成的干粮，他踏上了旅途。

爬过几座山，不是很险；跨过几条河，不算很深。其实，路也不是特别远。

这边，她继续过她慢悠悠的日子。

就这么过了许多天，可对于他们来说，时间已经变得很模糊了。

又是那么一个黄昏，一条黑黑长长的影子慢慢地伸进了岩洞，爬到了她的脚下。

他回来了，背着一个棱角分明的大麻袋。

她缓慢地抬起头，用湛蓝的眼睛深情地望着她，微微张开双唇：

“亲——爱——的——你——回——来——了——”大概是一又二分之一拍的样子。

“嗯。”他闷声应了一句，然后“哗啦”一下瘫在地上。

紧接着，鼾声大作。

第二天，阳光明媚。

他站在一字摊开的大大小小的电池前，活像个沿街叫卖的小贩。

他想了一会儿，拣起一串绷带一样的东西。动能电池，捆绕在四肢，随着身体的运动产生持续电能。他又看了看她，见她正以蜗牛一般的速度从岩洞中探出头来，他苦笑着摇了摇头，甩手准备丢到一边。

手甩到三分之二个圆弧时，他停了下来，一个想法冒了出来：我帮她发电？

一幅画面迅速在他脑海浮现、成型。一个缠满绷带的木乃伊正在不停地奔跑，身后拉着一顶金碧辉煌的马车，车上坐着一位粉红女王。她紧紧地抓住木乃伊的两条绷带，电流正源源不绝地涌入她的身体。女王畅快地高叫着，皮鞭在空气中噼啪作响……

他打了个哆嗦，三秒后，绷带"唰"地飞进了池塘。

几分钟后，池塘边架起一块亮晶晶的大镜子。他举着镜子，对着太阳的方向，小心地调整着身体的角度。

她静静地躺在阳光里，镜子背后伸出两条黑线，连在她的双手手心。

白天很短，光线如流水般倏忽幻化，转眼已日过中天。

随着太阳的爬升与坠落，他挪移着手里的镜子，满脸通红。

日头渐渐红了，她的身体颤抖着，似乎想说些什么，却又发不出声音。夕照中的影子贴着地面缓缓流淌，汇入沉静的池塘。

终于，最后一丝光线也沉入地平线。夜幕降临了。

她突然坐起身来，嘴里连珠炮似的吐出一句话：

"亲爱的你难道不知道我不能晒太阳嘛噢天呐那样会把皮肤晒伤的会把粉色晒成小麦色的那样就不好配衣服了。亲爱的，下次让我晒太阳之前，请事先征……询……我……的……意……见……好……吗……"

像是空气突然增大了阻力，她的话音变得艰难而缓慢，词语像断开的珍珠项链般一颗颗散落在地，硬硬地撞得他耳膜发疼。

他长长地叹了一口气："又没电了。"

青蛙与橘子

这个夜晚很短，好像旧的一天刚刚过去，新的一天又匆匆忙忙地来临了。他一夜没有合眼。

她静静地躺着，偶尔发出一两声鸟儿般的呼哨，身体里闪着晶莹的红光，像一块冻结了火焰的坚冰。她的皮肤还保持着紧致光滑的质地，但手心已然蔓出纠缠的曲线。

他想起了那次，从一具心脏除颤器里拆下的镍镉电池，天晓得居然还能用。可她醒过来之后，却皱起了眉头，捂着胸口，说心里很难受。他从来不知道，机器人居然还有心，还会难受。

她气喘吁吁地说："亲爱的，这块电池记忆效应太强了，它装了好多好多的痛苦……"

他瞪大了眼睛，说不出话来。他一直以为，所谓电池的记忆效应，只是在充放电的过程中极板上产生的小气泡，日积月累，气泡减少了极板面积，也影响了电池容量。

看来物理确实是门博大精深的学问，他想。

天很快地亮了。他蹑着脚起了身，虽然他知道她没有睡眠，但是始终摆脱不了是人类的习惯。虽然他已经放弃了很多，包括费尽心思给她取个好听的名字。

包括抗拒一个叫自己"亲爱的"的机器人。

现在，他必须想些法子，一些物理课上滑稽的花招，一些让他丢尽脸面的伎俩。

他消失在晨曦中。

绸缎般柔滑的阳光中，她的皮肤如金箔受热收缩，慢慢浮现阴影斑驳。

一些东西正从她的记忆中汩汩流走，像水渗入泥土。

午后。

他回来了，背着一个鼓鼓囊囊的大麻袋。

“扑通”一声，麻袋被摔到了地上，里面叽里呱啦地叫唤开了，像无数个小心脏突突地往外蹦着。

他也“扑通”一声坐到地上，掏出不知从哪里拆下来的铁皮，咔嚓咔嚓地剪起来。不一会儿，膝盖前垒起了两堆小金属条，像两个鸟巢般闪闪发光。

他又掏出一团乱麻似的电线，绞绞缠缠。金属条转眼变成了一对对翅膀，翅膀末端连着一根根毛茸茸的电线，电线又如溪水般汇聚成粗大的一股，接在一个锈迹斑斑的接口上。

一只水母，触手上长满了蝴蝶的翅膀。他有点满意地看着自己的作品，露出疲惫的笑。

麻袋的口子小心翼翼地张开了，尽管他那么小心，可还是从指缝中滑出一个圆溜溜的橘子，不紧不慢地在脚底滚着。他松开一只手去抓，“呱”，口袋里又蹦出了一只呆头呆脑的青蛙。他赶紧捏紧了袋口，眼睁睁地看着那个橘子和那只青蛙，一前一后，一滚一跳地消失在池塘边缘。

他恼怒起来，抓起那把电线在麻袋里忙活开了。青蛙的聒噪伴随着汁液迸溅的“吱吱”声闷响着，口袋从里边湿到了外边，慢慢地在地上凝成一摊，最后又淌成小河。

他抽出了双手，橙色和红色的液体往下滴着，那些铁片，噢，应该是铜片和铝片，已经穿过橘子的果瓤和青蛙的肌肉，噢，那叫电解质。不同的金属片之间形成电位差，艰难地贡献着不到1V的电压。

然后通过水母的触手形成串联电路，然后接口插入了她的后背。

然后小红灯亮了，然后……

膨胀、膨胀……

他欣慰地看着她，脸上沾满了红红黄黄的液体，很难看地笑了。

膨胀、膨胀……倒三角脸、灯泡眼、阔嘴巴……

他的笑容越来越难看。

停止膨胀……

他努力地说服自己，这只不过是一张有点像青蛙的脸，可为什么胃部还是忍不住地倒腾。他开始把注意力转移到物理学上，这说不通啊，凭什么青蛙输出的电流就有反应，橘子就没有？

像是对他的疑问做出回应，她那粉嫩的皮肤开始发酵般肿胀，在他面前生生地变成了橘皮组织，粗糙不平的表面散射着黄澄澄的光。

某位哲学家的大脑已经丧失了提问的勇气。

外星贵族

这是一个月明星稀的夜晚，他仰望着星空，心中无限感慨。

“马儿啊，四条腿；大海啊，都是水。你说我们有没有可能，就算那么一丁点的可能，回到地球去呢？”

他静静地期待着，有人能给他一个安慰性的回答。可是没有。

在他身后，一个长着青蛙脸的女人，准确地说应该是女机器人，正四肢着地的蹲在地上，两只灯泡眼跟着空中的小飞虫骨碌碌地转，猛地把大嘴巴一张，弹出短短的舌头，打在自己的鼻孔上，然后这舌头狼狈而沮丧地耷拉下来，滴答着口水。

他深深地叹了一口气，垂下了头，就连夜空中闪过的那丝不寻常的光，都没能引起他的注意。

那是一团草帽型的蓝光，以东偏南45度切入视野，又在中天盘旋数个来回，终于下定了决心似的，朝他和她所在的方向飘了过来。

对于突如其来的客人，他显然没有做好心理准备，因此表情略显呆傻。

特别是当他看到那艘飞船的主人从旋梯上款款步下时，他的眼珠子都快掉出来了。

怎么又是一只青蛙？！

显然，他的观察不够细致，至少他没有指出，这是一只红色的青蛙，穿着类似非洲土著或者是印第安人的羽毛装；它的嘴巴比普通青蛙窄些，眼睛小些，额头上有几个粉红的突起，微微放着荧光。那么，他只能在心里暗自纠正，这是一个比较不幸的长得像青蛙的外星人。

外星人滑动到他面前。他颇感窘迫地想了半天，憋出一句：“嗨！”

外星人转了转眼睛，张开嘴巴，发出一阵鸟叫和树叶落地的声音。

又张开嘴巴，发出一阵榨汁机榨汁和煎鸡蛋的声音。

它闭上了嘴巴，又转转眼睛，可每次张开嘴巴，总会跑出来一堆乱七八糟的声音。有时是擤鼻涕和呕吐的声音，有时是打碎玻璃和闹钟的声音，有时是听不懂的音乐，有时又像一个穿着木屐的疯女人在一堆蜗牛壳上来回地踩……

他想捂住耳朵，又觉得不太礼貌，双手在半空尴尬地停住了。

外星人的眼睛转了十六又二分之一圈后，张开大嘴巴，终于说出一声："嗨。"

他偷偷地想，青蛙到底还是青蛙。

初次会晤纪要

"您是……外星人吧？"

"请叫我佛洛格，我的地球名字。"

"噢……佛洛格……怎么有点耳熟……"

外星人做了一个矜持的动作。

"那是贵族的名字。"

"噢……这样……我叫陈默……"

"也是个贵族的名字？"

外星人又做了另一个矜持的动作。

"不不不……是个，呃，汉族的名字。"

两个人都沉默了。

他觉得外星人的灯泡眼似乎老在盯着自己背后看，他思忖这是不是某种礼节，于是他也盯着它背后的飞船死看。

"你的飞船……挺漂亮的……"

“那是贵族的飞船。”

外星人做了第三个矜持的动作。

“噢……不知道能不能……多带两个人呢……”

“只要是贵族就可以。”

又回到了第一个矜持的动作。

“噢……”他没话了。

“她很漂亮。”

“她？”

他顺着外星人的眼神回过头，明白了。

“但是她原本不是这样的……她没电了……她是个机器人……机器人你知道吗？”

他显得有些慌乱。

“噢……”青蛙的眼睛又骨碌碌地转开了。

“或许我们能交换一下礼物。”

“礼物？”他不明白。

“就是你我各自想要的东西。”

他对这只青蛙有了全新的认识。

人体发电机

“那么……”他终于打破了长久的沉默，“你的意思是，我把她给你，你带我回家？”

外星青蛙做出一个优雅的动作，大概是赞同的意思。

“可是……”他也不知道自己要可是什么，“她没有电，你明白吗？没、有、电，就是不能动了，死了。”他头一歪，做出一个吐舌头翻白眼的表情。

“电？”

“电……就是……”他挠挠头，难道要跟这只青蛙解释一堆原子、电子还有电流方向的概念，这还真让人头疼。

外星人的眼睛又转了几转，说：“我明白了，不过……很遗憾，在我们星球上并不使用电力。”

池塘里的青蛙又开始聒噪起来。长着黄色青蛙头的她，趴在地上，缓慢地挪动着，听见青蛙的叫声，便张了张嘴巴，想附和一下，可跑出来的却是呜呜的小孩哭声。

“不过，如果她能撑到我们星球的话，或许能给她换上另一套能源系统。”

“那么……”

他看了看她，橘子般的皮肤已经开始松弛下垂，灯泡眼里浑浊不堪。她每移动一小步，身体里都会有各种零件互相撞击的声音。电不多了。

“咯咯……”贵族先生突然发出了类似笑的声音，“其实电池也不是什么很难办的事情啊。”

“喔？”

那对青蛙眼在他身上来回扫了几圈，又发出那种咯咯咯的笑声。

“按照我对你们种族有限的了解，你们体内存在着一些物质，它们之间发生反应时能产生能量，而这些能量是可以转化为电能的。”

“比如？”他还是摸不着头脑。

“比如你们所谓的新陈代谢——葡萄糖和氧分子反应就有能量产生。我们可以用某种聚合物在你体内形成一个电路，利用葡萄糖氧化酶加速化学反应，再通过导体将转换后的电流导出。”

他打了个哆嗦，虽然天气并不是很冷。

“咯咯，别担心，我们的技术水平是为贵族服务的。”

它又做出一个动作，其实有点滑稽，他心里暗想。

这场交易似乎开始倾斜了，他犹豫着，不过从一开始，他就没有讨价还价的本钱。

他想回家，想夏天冰镇的啤酒和冬天暖和的被窝，想那帮幼稚却又聪明得可怕的学生，想那些能吃进肚子里的、香喷喷的、实实在在的东西。他想，即使是回去当个物理老师，不，就算是体育老师，他也愿意。

可还有一些东西让他牵挂着，一个柔软的、甜蜜的、一成不变的声音，一句从耳朵眼儿搔到心头痒痒肉的话，哪怕能再听上一遍，也是好的。

亲爱的，摆在你面前的选择实在不多呢。

回家

窗外，星光如流水般倾泻而过，悄无声息。

他躺着，软弱无力，像一摊蒸烂的茄子，唯一能做的，只有眨眨眼睛。

回家了，回家真好。

他见不到她了。他猜她已经好了，否则自己不会在这里，在回家的路上。

他猜她正跟青蛙王子在一起。

管他呢。

他努力地想咧咧嘴角，做一个无所谓的表情，可他失败了，脸很疼。

这是后遗症吗？这是我当人体电池的后遗症吗？

又有什么关系呢？

反正都要回家了，就要回家了。

家里有什么呢？

噢，他突然想起他已经好几个月没交房租了，工作估计也没了。

兴许他可以起诉房东漠视他人生命安全，说不定还能赚一笔赔偿金。

只是，那个吝啬、凶狠又丑陋的老太还活着吗？

管那么多干吗？

只要给我一瓶啤酒，我就可以活下去，人生嘛，不就是这样的嘛。

可是，没有人在等我回家。

真的没有吗？

他使劲地回忆着，生怕漏掉哪个远房亲戚，哪个有过一面之缘的哲学爱好者。

没有，一个都没有。

好像有一个吧，模模糊糊的，却又很熟悉的样子。

怎么也想不起来。

就是那个嘛，你们经常在一起的啊。

哪个啊？

记忆仿佛被剜掉了一块，留下好大一个空洞。

就是那个嘛，她经常叫你什么来着……

亲爱的。

亲爱的？！他的头开始猛烈地痛起来。

四周摇晃震动着，发出轰隆隆的响声。

飞船着陆了，舱门缓缓地升起，从门缝外涌入刺眼的白光。

到家了吗？

他突然害怕起来。

家。

亲爱的，我们回家了。

天凉了

还是那么一个宁静的黄昏，黑暗中，一个细细长长的影子，静静的，不说一句话。

她那迷人的宝石蓝眼睛、微翘的鼻尖以及如樱丰唇，宛如夜河中的金子，熠熠生辉。只是神情有些黯然，她还没从两栖类的状态完全恢复过来，除了容颜。

她的新主人刚刚弃她而去，那个长着青蛙脸的贵族，像是遭到了天大的欺骗和侮辱，连续地做出许多组复杂而优雅的动作，在临走之前，还不忘向她丢下那样的一个眼神。那眼神，仿佛在它面前的是一堆缠满了苍蝇和臭蛆的垃圾，而不是这样一个粉扑扑、水灵灵的女机器人。

也许吧，上天是伟大的，但并不能说一切都是完美的。

她望着它远去的背影，唇边无声地滑落一个词。

黑暗的另一个角落里，她的前主人静静地躺着，身上插满了碳纤维导管，以及各种各样的电线。他的眼睑颤动着，脸上时而兴奋欣喜，时而紧张恐惧，除此之外，他一动不动。

这是交易失败的违约金，他得到的赔偿是一个梦，一个很长很久的梦。

他突然全身哆嗦了一下，紧闭的眼角淌出一丝晶莹的液体，口中反复呢喃着一个词。

在梦里，他回家了。

天气凉了，青蛙们从池塘里跳上了岸，找个舒服的泥坑蹲了下来，准备过冬。冬天是不会来到的，这不过是小行星向近地点运行途中暂时的冷却而已。

星空还是那么澄澈，如一汪泉水，无数的星光沉淀其中，互相召唤、牵引，勾勒出银河温柔的轮廓。

她缓慢地抬起了脸，边缘闪闪发亮，似乎在对自己，又像是对别的什么人，微弱而甜蜜地吐出那句话：

“亲爱的，我快没电了……”

然后，她闭上了嘴唇，静静地期待着，回应或者是枯萎。

总有一个期待是会实现的吧。

“轰隆隆”，行星的另一面传来沉闷的巨响，惊醒了沉睡中的青蛙。

又一堆垃圾着陆了。

递归之人

开始，那只是一张邮票大小的画面，光线暗淡，黑红色的背景上，隐约蜷着一条白色的小虫。

画面放大，虫子逐渐清晰，成形，可以分辨出头、胸、背和四肢。强烈的闪光造成了局部过曝，白晃晃地刺眼，与周围昏暗的环境形成了鲜明对比。

画面再放大，对比度和亮度进行了自调节，虫子的一些细节突显了出来。它姿势僵硬，双手攥成拳状，紧紧护在胸前，腰身佝偻，双腿也蜷曲着，如同一具浸泡在羊水或者福尔马林中的死婴。

画面突然分解为几幅局部特写，那些伤口、尸斑、血迹一下扑面而来，还有那张脸，那张安然、平和的人类的脸。

李甫文突然一阵恶心，再也无法把那具尸体想象成一条虫子，一条裸露的、苍白的、似人的蠕虫。他移开目光，抄起桌子上的验尸报告。

……死者全身尸僵，尸斑能全部压退，羊皮纸样斑形成，角膜高度混浊，巩膜黑斑出现，口腔黏膜及眼结合膜自溶，右下腹的皮肤上出现了不规则绿色斑块，初步判断其死后时间超过24小时。经对眼房水中钾元素的精确计量，死亡时间应为……

李甫文又点了一支点5的中南海，在满是烟头的烟灰缸里弹了弹，吐出一口飘飘袅袅的白烟。他有预感，这个案子也许比原先预计的要复杂得多，辞职的事又得往后拖一拖了。小敏肯定又会噘着嘴说“爸爸说话不算数”，不，那只是他记忆中的女儿，他已经很久没跟小敏面对面说过话了。

切换窗口，屏幕上出现了两个视频文件，长长的文件名标注着案件编号、审理时间以及受审人姓名。他点开了其中的一个。一个微胖的中年男子，相貌平常，穿着有点发皱的白色衬衫，正面对着隐藏起来的镜头。他的表情有点木讷，嘴巴却很利索，带着浓重的北方口音，说的话像泥鳅般又油又绕，审理人员需要不时打断他毫无节制的叙述。

刘东——09：45——2007-11-21

我这几天都没睡好，一闭上眼就看见老陈的脸，毕竟当邻居当了那么久，你们可得好好查，早日把凶手绳之以法，让他走也走得心安。

我跟老陈认识有两三年了吧。我在这公司干了五年三个月零七天了，一直住在这宿舍里，虽然旧了点儿，可离公司近，倒也省钱方便。大概是2005年的夏天吧，老陈来到我们公司，就住在隔壁，当时还是我帮他搬的东西。初见时，感觉这个年轻人白白净净，斯斯文文的，倒也有个知识分子样。您知道，像我们这种出门在外，没家没口的，一来二往大家也就熟络了。老陈年纪不老，可老爱装深沉，脸上老挂着不温不火的笑，于是大伙也就老陈老陈的叫开了。

据说他本科学数学的，后来研究生读了个经济学，在几家证券公司待过，在我们公司投资管理部负责项目投资分析。您还别说，虽然我干的是行政人事口的活儿，要耍嘴皮子、搞搞人际关系可以，但对这些技术含量高的事不太懂，可捕风捉影、琢磨人就属我们那口最灵。公司同事们都说老陈来了之后，负责的几个投资项目都取得了超过预期的收益率，老板们很高兴，给他又是加薪又是升职的，这小子可是成了红人。

可奇怪的是，按理说他工资也不少，可偏偏喜欢在这破宿舍猫着，说是方便。宿舍里也是简单得很，除了生活必需品，其他一样花里胡哨的东西都没有。

他没有女朋友，也没见他带过什么女人回来，有一阵子差点就有了，可又被他……咳，话说到这份上，我就干脆敞亮了吧，反正这事儿在公司里也早就传得人人皆知。

我们公司是上市公司，关于股份改制这种事，只有关起门来拍板那几个人才真正知道其中的猫腻。大老板惜才，觉得老陈在玩金融方面有天赋，以后还大有用处，就想破格提他当副总，主管金融资产方面的业务。但董事会的其他几位不答应，一来觉得外人始终是外人，没有手挽手打过江山，信不过；二来觉得大老板用这个厉害角色，恐怕日后有独吞江山之嫌。大老板想了半宿，想出了一个狠招……

视频文件的时间轴在此处出现了一个小红点，这是之前的审理人员在检阅记录时标注上的关联点，它关联到案件其他文件的相关资料段落，以方便对照，建立逻辑线索。自从电子化管理以来，这的确减少了办案人员的不少麻烦。

可他李甫文还是无法替代的。真的无法替代吗？终究会有那么一天，一台机器就可以让他们全部下岗，会有那一天的。那么，在小敏的心里他会是无法替代的吗？他脑海中又浮现出那个缠着他要糖葫芦吃的小女孩，那是她上小学时的事了，现在的小敏只会跟他伸手要钱。至少在这方面，他是无法替代的吧。李甫文有点自嘲地想道。

他点击了一下小红点，另一个视频文件被打开了。画面中显示的是一名年轻的女子，身形瘦削，脸色苍白，穿着剪裁精致的纯黑套装，衬着一条绛紫色的细纱巾，显得品味不凡。她的双眼通红，眼角有两条黑线垂下，应该是被眼泪洇掉的妆容。她说话很慢，却字斟句酌，逻辑性很强，可以看出受过相当好的教育。

不知为何，她的表情总让李甫文想起某种动物，某种已经灭绝的鸟类。

李佳——14：13——2007-11-23

是的，我不否认，最初我接近他的确是出于父亲的授意。他是我父亲的下属，两年前就在我父亲的公司工作，我父亲赏识他，希望我能和他交往。

当时父亲想提拔陈做副总经理，但是其他股东不答应。这是可以料想的，在这之前陈只是投资管理部的项目负责人，这样的破格提拔意图太明显。在股份制企业里为拉拢私人而进行人事调动是很招眼的事，父亲顾忌到董事会，没有坚持己见。他把陈介绍给我，刚开始的时候我多少有点抵触心理吧，但是我不想违拗父亲。虽然他只是我的继父，但是这份养育之恩是做什么都无法回报的……我的生父过世得早，我对他没有多少印象，在我心里，继父就是我唯一的父亲。他虽然严厉但是一直很关心我，送我去国外留学，后来又给我资金支持我开服装设计公司。没有他也没有我现在所拥有的一切。他希望我和陈结合，当然更多的是出于事业上的考虑，为了弟弟将来可以更顺利地接手他的公司吧。不过我很快就想通了，说到底父亲都是为了我们这个家。

当时我身边没有其他追求者，也许是因为人们常说的齐大非偶，所以我想试着和陈交往一下也没什么损失，就当给自己个机会吧。那些年我一个人远赴海外求学，回来后又独自打理着公司，说真的挺累，经常希望有个人可以让我依靠。

陈是有才华的，只要和他稍一接触就能清楚看到这点。父亲没有看错人，他对金融投资有种病态的敏感，让他在这个小公司里做个中层干部真是屈才了。如果他愿意，他本可以有更大的发展，只是他的注意力从来都不在这些事情上。

人们说他像一个局外人。这么说您能理解吗，您看过加缪那本小说吧？表面上，他的确是个生活态度萎靡消极的人，对人对事的反应迟钝，不把那些社会普遍遵奉的价值观念放在眼里。但是我不这么看，我深信自己了解他，他很有爱心，只是拙于表达。事实上我和他都是那种孤独体质的，必须在某一个独处半径内才会有安全感的人。只是我在努力调整着自己去适合社会，他却放任过于细腻的思想，反刍弱化了自己的行动力。

其实我早有预感，他会以某种特别的方式离开我。我说不清这种感觉从哪里来，但就是那么的强烈。我已经很多次梦见他离我而去，之后便大汗淋漓地醒过来……他曾经答应我，即使不能成为恋人，我们仍是彼此一生的soulmate。但是我知道，他所说的一生和我所想的根本不是一回事。我一直都知道。

不，他没有仇人，他也不会有仇人。就像一个三维的球在二维世界上只能留下一个圆形的投影，他跟普通人交集有限。所以，杀害他的，不会是一般人。

因为陈对于一般人来说，只不过是一个怪异、乖张的知识分子……

刘东——10：17——2007-11-21

……他是有点怪，不过知识分子嘛，大家都明白的是吧？

老陈喜欢给东西贴条儿，什么门、桌椅、电视、书、碗、药瓶、衣服、鞋袜、手纸，什么东西都贴。纸条上面标着一长串的字母和数字，他说这能帮助他记住东西长什么样，是什么颜色，什么材料，放在哪等等。我就笑他，说老陈啊，你读书把脑子读出毛病了吧？你要吃个饭，就去拿碗筷；要去撇大条，就拿手纸。给东西贴条儿不是脱裤子放屁，多此一举吗？

老陈却很认真地摇摇头，说你不明白，还说这个世界是由数构成的，我们只是让万物回到它们原来的样子而已。

说实话，我没听明白，不过我挺喜欢跟老陈唠嗑儿的，他读的书多，阳台上一箱一箱的，什么事都能给你掰扯出个道理来，让我挺长见识。他说公司年报的年增长率是错的，又说国民生产总值的计算也是错的。你知道，年轻人嘛，什么事都喜欢较劲，自以为是得很。他说这个世界上的任何事情都可以用数学来表示，只要做到这一点，一切都一目了然。有人走出了这一步，但走得不够远，就好像邮电系统积累了庞大的客户数据库，但只有商人们会用其中的一小块数据来投放直邮洗衣粉广告，这不过是在汪洋中取了一个水分子，其实整个社会变迁的规律都藏在里头。

他最喜欢文绉绉地说："人总是迷恋于沙滩上闪闪发光的贝壳，却看不见眼前浩瀚无边的大海。"末了还要加上一句，"我也是"。

有个雷雨天，我正在阳台上收衣服，老陈也站在阳台上，他呆呆地看着不停闪烁的天空，喃喃自语了几句，突然风风火火地转身进屋，之后我便听见一声很响的关门声。我担心他会出事，就赶紧跟了上去，一看，他已经上了天台。那么大的风雨，伞也不打，雨衣也不穿，就那么穿着大裤衩和背心，傻傻地站着，脸上还是那么温温的笑。雷声不断地在头顶上炸响，震得我耳膜发疼。我大声吼着，叫他下去，你猜他跟我说什么？

他指着黑色的城市上空，那一根根像触须般弯弯曲曲垂下的银色闪电，说："多漂亮的分形啊。"没错，这就是他当时说的，"多漂亮的分形啊"。我一开始没听清，后来，他又重复了好多遍，我才反应过来，毕竟那个词对我来说，太陌生了。

那一瞬间，借着闪电的白光，我看见他那完全被打湿的脸，那是一幅深深陶醉其中的表情。我突然强烈地意识到，这家伙已经不是我们通常意义上所理解的人了。什么功名利禄，男欢女爱，对他来说，就好像我们这些凡夫俗子眼中的分形一样，都是另一个世界的事物，完全不可理喻。

打那以后，我就不怎么跟老陈来往了，可以说是有意的，换作是你，你会跟这样的人称兄道弟套近乎？不合适嘛……

李甫文看到这里，突然有一种恶心的感觉，他停下看刘东的文件，转去看李佳。不知怎么的，他对这个女人和陈的故事产生了浓厚的兴趣，之前这个案件并不是他经手处理的，他对这几个人所知甚少，但现在，他必须排除一切干扰。因为，这已经不单单是死人的问题了。

在他的辞职报告批下来之前，他想给自己的刑警生涯画上一个完美的句号。

但这样的句号他已经画了五六个，辞职报告也在局长那里压了大半年了。“人手不足，年轻人又缺乏经验，再带带他们吧。”局长总是拍拍他的肩膀。

每次他都痛下决心，最后一次，一定是最后一次，因为他已经食言多次了，在他的女儿小敏面前。他下意识地觉得，这是挽回父女关系的最后一根救命稻草，只要他不当警察，只要他有充足的时间去待在小敏身边，去照顾她，小敏就不会像现在这样对他，像对待一个陌生人一样的对他。

李佳——14：32——2007-11-23

……我走过很多地方，结交过很多朋友，但是从来没有遇到过像陈那样，身上充满了重重矛盾的人。他极度悲观，又天真得像个孩子，不通世故却洞悉人性的复杂晦暗。他有一个高度理性的大脑，但是内心敏感而脆弱，充满了不安全感，可能和他幼年丧父的经历有关吧。是的，这一点上我俩际遇相同，也正是因为这个，我们有很多共同话题。最先是在网络上闲聊，我一点一点被他的博学和深思吸引，又觉得他孤单，不自觉地想去关心他，但他似乎在感情上很木讷。直到后来发生了一件事，我们的距离才拉近了许多。

记得那是我们第三次约会，去看一个现代艺术展。他好像对大多数展品没有多少兴趣，却在蒙德里安的画作前愣了很久。我在留学时曾经选修过西方美术史，就给他介绍说："蒙德里安是荷兰人，几何抽象画派的先驱。他崇拜直线美，主张透过直角可以静观万物内部的安宁。他的画总是排除曲线，只有各种十字形。因为他认为直线和横线是两相对立力量的表现，这类对立物的平衡到处存在着，控制着一切……"

陈听到这里很兴奋地叫起来："是的，毕达哥拉斯学派也这样认为。从几何学上说，没有一个可感觉的对象是严格的圆形，无论我们多么小心谨慎地使用我们的圆规，画出的圆总会有某些不完备和不规则。由此可以推导出这样一个结论，思想的对象要比感官知觉的对象更真实。"

我点点头："这的确和蒙德里安的论调有点相似。蒙德里安认为精神与物质是相通的，造型数学意味着真正有条不紊的思想。事实上，西方从柏拉图开始一直有这样的哲学传统，他们认为发现真理是精神和数学观念的世界在进行接触，上天是一位几何学家。"

陈闻言吃了一惊，深深地看了我一眼："你懂得很多，不过毕达哥拉斯时代的数学和现代数学的差距，就像拿爬行类和灵长类相比。"

那是他第一次那样看我，像看着一个女人一样的看着我。

但这并不能改变什么，最终，他还是拒绝了我，当然，那是之后的事情了……

刘东——10：33——2007-11-21

……千真万确，老陈把老板的女儿拒绝了。

这等好事，要换成是我，我抛妻弃子都得上，这何止少奋斗几十年，简直一辈子都妥了。可老陈就是这样一根木疙瘩光棍，他居然不领情。

两位同志别怪我话糙。我四十出头的人了，抛妻弃子来到这儿，八年了，平均一百五十三天才能见到老婆孩子一回，我图个啥，还不是为了存点钱，买个房，把他们从农村接过来，能过上点城里的好日子。老陈有才，这谁都看得出来，他不用这捞钱，我们可以说他境界高，也可以说是聪明得过头，糊涂了。这人什么都好，但一不识时务就招人嫌了，甚至成了一些人的眼中钉。

这事我也是后来听小秘书说的。她说老板把老陈抓到办公室劈头盖脸地臭骂了一通，差点就动手了。老板对老陈说：“要不是董事会不让我炒你，我早就把你一脚踹出去了。你现在有用我留你，但你记住，你永远是一只不识抬举的白眼狼，不，你只配当一只狗。你让我女儿受的委屈，我迟早要加倍还给你。”

据说，老陈从办公室出来时脸色惨白，平日那种温温的笑不见了，有种冷得像刀子的光从他眼睛里射出来，让人看着毛骨悚然。

老板为什么不炒他？他知道的东西太多了，很多商业机密在几年内都事关重大，如果泄露给竞争对手，公司分分钟垮成一堆豆腐渣。

他为什么不主动辞职？老陈绝对是那种死扛到底的臭知识分子，不服输，好面子，我想他当时已经做好辞职的准备了，要不是家里突然出了档子事儿……

老陈从没说起过他家里的情况，除了那一次，几个哥们给他灌了些红的和白的，他被灌到吐之后，才趁着酒劲倒了几句。他有个老母亲，查出来患上了尿毒症，每个月要做两次血液透析。他那个下岗的姐姐在照顾老父亲，这三五号人的生活费、医药费都靠他每月寄钱贴补，他不能随便就丢了工作，那可是血亲的性命，何况他还签了长期保密合同，提前解除合约可是要赔一大笔钱的。

也就那唯一的一次，我看见他的眼睛里，闪过那么一丝人情味儿，可这味儿却又苦又涩。

如果他娶了老板的女儿，钱的问题不就解决了吗？我当时也是这么想的。而且，从他的一些言语间，可以看出他对那个女孩也并不是一点好感都没有。但是，老陈有他自己的考虑，这种考虑已经超乎我们的想象范围之外，这也是之后我才意识到的。

不过话又说回来，如果我是老板的女儿，我也会恨不得把他千刀万剐了……

光标在小红点前停下了，如果是十年前，李甫文可以拍着胸膛说，这个女人绝对不可能杀人，可现在，他不敢保证了。他接过一个案子，妻子把丈夫剁碎了搁冰箱里，每天拿出一点来做菜吃，直到她被执行死刑的那天，还坚称自己只是杀死了一头家养的猪。医生说这叫妄想型精神分裂症，近年来发病率有逐年上升的趋势。

许多事情都不一样了，为了学习这套新的信息系统，他花了足足半个月参加培训，那些毛头小伙子还指手画脚的，让人气不打一处来。

还有小敏，她妈还在世的时候，那是一个多乖巧的小妞啊。可如今，她整天对着电脑，看些不知所谓的东西，连句话都不跟他说。他不知道到底电视和电脑都教给了孩子些什么，他也不想知道。他只知道，女儿离自己越来越远了，她说的话、做的事情，自己完全理解不了。记忆中那个天真温顺的小敏和现实中这个叛逆漠然的小敏，就像是一个物体在两个平面上投下的影子，相似而又各异。

或许记忆总是不可靠的吧，他点下了小红点。

李佳——14：51——2007-11-23

我们的关系就是从那时发生转变的。看画展的那一天晚上，陈突然给我打了电话，那是他第一次主动和我联系，他说了很多关于电脑科学、数学、物理学、宇宙学、神经和精神科学的问题，非常兴奋。我们聊了一整个通宵，末了他对我说：“真的很感激你愿意听我讲这些，你是个很不平常的女人，认识你是我的幸运。”

那次夜谈之后，他突然大幅度地回应了我的爱。那真是一段流水一样遥远快乐的日子，我们经常聊天约会，去逛书市，看各种展览。但旁人可能不相信，我们交往的大部分时间都在谈论形而上的问题，陈很少向我提及生活上的事，他甚至刻意回避谈及这些。我知道，其实那句话是他表达自我情感的最大尺度了。他的交流欲需要精神上的客厅，而他的自主性又需要私密的卧室。所以我俩只能住在彼此的大房子里，遥遥相望。这种感情，需要对自由达成一种共识，换作其他人，大概是无从理解也无法接受的吧。

但我们的关系也只能滞留在那个阶段，这让我很失落。几个月后，我约他去临城一个旅游景点玩，最开始他拒绝了，但几天后又答应了。我后来才知道了，是父亲给他施加了压力。他兴致不太高，对我解释说不想出游是因为最近手上有很多工作要做，我问他是不是在外面打零工，他否认了，却不愿另作说明。

我看得出来他心事重重。他经常长时间陷入沉思，似乎想对我说什么，却几番欲言又止。第三天晚上，我们住在一个度假村的农场里。夜里我拉他去草场上散步。乡下的空气纯净，没有半点城市里的灯光污染，四周万籁俱寂，星斗的寒气如同压在我们眉眼之间。我长吁了几口气，问他："陈，你是什么星座的，你相信星相学吗？"

他笑了，眼神清澈而纯净："我愿意相信这种计算。错综的命理，能够与周天星辰关联，这是一种神秘的幸福。"

我说："小的时候，住在乡下，抬头就看到满天星斗，灿烂得能让人失眠。我那时候还不知道那些光芒是从几百万年前穿越浩渺光年而来。但是只要久久看着星空，总是会生出一种难以描述的复杂情感，几乎要掉下泪来。是恐惧、悲怆、还是自卑，我不知道。陈，古往今来有这么多睿智的人放弃了世俗幸福，去追寻另一种精神涅槃，追寻上天的快乐，他们想俯瞰众生，想总结人类历史的规律、把握奇妙的关联，然而最终谁又成功了呢？他们看到了浩大的世象，就像幼年的我看到星空，只能由衷地感到苍凉悲悯，却不明因由。说到底我们都只是凡人，为自己找寻点尘世间的简单快乐不好吗？”

陈深深地看了我很久，随后露出了一个恍惚而疲惫的微笑，“简单快乐只是生活的表象，其内在则有种难以触探真实的无力。人生的特殊之处，就在于时间不会倒转，事件无法重复，我们的选择并不总符合概率分析。在单次的事件中，概率隐藏在结果下面，表面上呈现出来的，往往是运气。就像我遇见你，也许是大概率事件，但我愿意将此视为一种幸运。但是你想要的简单快乐的世俗生活，注定是我所不能给予的。你是个好姑娘，我希望你能幸福……”

其实话说至此，意思已经清楚，剩下都是多余了。爱情的确能够让人变得盲目，盲目得竟然看不见那道无法跨越的鸿沟，我所指的，不是距离、时间、年龄或者身份、财富、地位这些俗世的标准，而是像之前我所说的，二维世界与三维世界之间的鸿沟。是的，他拒绝了我，他心底深处的那道沟，我填不了也跨不过……

刘东——11：05——2007-11-21

家里出事之后，老陈比以前更加沉默寡言。他也不加班，下班准点就回来，吃饭就叫外卖，但屋里的灯总是很晚才熄。他也不再跟我来往，直到前几天，他来敲我的门，借针线盒。

我说：“你怎么知道我有针线盒。”

他说：“上次来时看见的。”

于是我回屋取了给他，他倒是很客气，说："用完了我就还回来，谢谢你啊，BN2744。"

我以为自己听错了，问他最后一句说的啥，他愣了一下，没说话，我这才肯定自己没听错。我那天刚输了几百块钱，不知怎么的，怒气一下冲上了脑袋，当时就给了他一巴掌。

我说："我去你的BN2744，你自己犯病不要扯到我头上来，我有名有姓给你叫，你叫我什么BN2744，我又不是什么劳改犯。"

我劈头盖脸地打过去，当然不是真打，只是吓唬吓唬他。他用手护住脑袋，也不求饶，就那么呆呆地站着。

打了几下，气也消了，我朝四周看了看，幸好邻居们都不在。我指着他鼻子说："今天你不把事情给我说清楚，我跟你没完。"他看我不打他了，脸上又露出那种温温的笑，说："老刘你别生气，我，我错了还不行吗？你要想知道，咱进屋里说吧。"

不进屋不打紧，一进去真是吓了一跳，纯净水、方便面、面包一箱箱地堆在地上，活像一间杂货铺。四面墙上贴满了各式各样的照片，有老陈自己从小到大的，也有各种建筑、风景、动物的图片，可谓应有尽有。每张照片上都标着字母和数字，密密麻麻地从墙角一直贴到靠近天花板的位置，乍一看就像是长满了各种颜色的霉斑。

我有点眼晕，说："老陈，你这是开万国博览会呢，还是搞装修没钱贴墙纸啊？"

老陈笑笑，说："老刘你还记得吗？以前我在东西上贴条的事儿。"

我说："当然记得，你连擦腚的手纸都要贴个条。"

他说："跟那个道理一样，只不过，现在我把脑子里记得的人、东西和事情全都贴上条子，编个号码。”

我直直地盯着他看了半天，心想这哥们真的是神经病了，别说这辈子，就是今天一天见过的人，做过的事都多得数不过来，恐怕下半辈子都拿来数数还不够用呢。

老陈像是看出了我的疑惑，赶紧说：“不是你想的那样，一个一个数，确实没完没了。我的办法是，先收集足够数量的样本，然后制订出分类规则，这样以后我看到的人或事物就可以自动对号入座了。分类确定之后，数字不过是简单的累加而已。”

“用你那台IBM？”我问道。

老陈敲了敲自己的脑壳，温温地笑了笑，笑里带着点自傲。我突然感到一阵毛骨悚然，仿佛又看见了那个站在雷雨中的年轻人。天地有大美，只不过，他的欣赏方式实在是太特别了，特别得让人心惊肉跳。

“三天，三天后分类系统就可以完成了。”他喃喃自语。

“然后呢？”

“然后……开始递归。”

“‘递归’？哪两个字？”

“是的，递归。邮递的‘递’，当归的‘归’。”老陈像是突然醒悟过来，发现面前站着的这个人并不属于他的世界。他犹豫了一会儿，大概是出于对刚才冒犯我的补偿心理，他解释起来。这哥们儿就是有点邪门，能把假的说成真的，还忽悠得你不得不信。

老陈说：“你还记得我跟你说过的吗？万物皆数。”

我点点头。

“所以，每个人其实也都是一个数，对吧？”

我点点头，又摇摇头。

“递归就是让人回归到那个数的过程。”

……

李甫文皱了皱眉头，通过小红点调出了另一个文档，是他的助手查到的关于这个术语的解释。

关于递归

手机里的汉诺塔游戏，就是递归的一种直观形式。只要你找到了把第一块砖头从A挪到C的办法，其他的砖头只要重复这个步骤，就可以了。

又如斐波纳契数列，就是《达·芬奇密码》里的那个：1、1、2、3、5……也就是说从第三个数开始的每一个数都等于是前两个数的和，这在高中数学课本里叫作递推数列。

如果我们要求这个数列里的第n个数，该怎么算呢？当然算法有很多，如果用递归算法的话，我们就把这个数列定义为一个函数f（n），当n=1或2时，函数值都为1；当n>2时，f（n）的值就等于它前面两项f（n−1）和f（n−2）的和。

而要得到f（n−1）的值，又得再往前求f（n−2）和f（n−3）两项的和。就这样反复地调用f（n）的函数进行计算，往前递推，直到到达边界条件，也就是n=1或2时，返回到已知项的值1，再把这个值代入函数，层层返回，最后得到f（n）的值。

这是一种适合于电脑编程的方法，许多问题用它来解决会变得很简单，但它的缺点就是在递归循环中占用太多的内存堆栈，很容易造成溢出。

……

他看不下去，又想起了女儿。小敏从小数学成绩就很好，还拿过奥赛的奖项。他还记得每次开家长会，女儿总是拉着他、求着他一定要去，因为那是她最威风的时候，老师总是会不厌其烦地把她拎出来，当作一个典型，大夸特夸。可因为工作的缘故，他至今也没去过。

倒是另一件事让他记得特清楚。有一天晚上他一反常态，早早地就回了家，结果发现女儿的房间里还躲着一个怯生生的男孩，尽管小敏一再解释他们是在研究数学题，可他还是勃然大怒，给了那男孩一巴掌，把他轰出门去。好像就是从那时起，父女俩的关系无法挽回地越走越远。

看这破玩意儿还不如让女儿给自己讲一讲呢。可这玩意儿对破这个案子有用吗？他让前一拨的审理人员不要透露给他任何信息，因为这样可以避免先入为主的思维陷阱，他要靠自己的观察和思考，理出个头绪来。

可到现在为止，他还没找到这堆乱麻的线头在哪。

李佳——15：03——2007-11-23

有些记忆永远不会像早晨的星斗一样稀廖暗淡下去，我现在还记得当时他说话的神情和语气，可能是我根本就不想忘记吧。

听了陈的回答，我清楚我们之间不可能再进一步了，但到底还有点不甘心，追问他说："究竟是为什么呢？我们之间并没有什么障碍啊。我并不反对你去思考那些终极性的问题，事实上你吸引我的正是你的思想，你知道的。为什么你会持有这种宿命论，你明明也爱我，却不能接受我。这究竟是为什么呢？"

陈苦笑着，表情十分难看："傻姑娘，我们生来就没有自由意志。宇宙在时空上是有限无界的，而我们生来就生活在这种宇宙里，别无选择。宇宙本来就是可以计算的。远离平衡态的热力学耗散结构也许是生命现象的雏形，动力系统的不稳定性导致混沌之中又隐含着新的秩序，这些是对理解生命的努力。我们虽然已经了解了这些，但至今没有将此用来改造自身进化的命运。可现在不同了，我们已经发现了'递归'！你看这个世界多么疯狂，人心浮躁、物欲横流，这一切都可以用递归来改变，把一切拨回良性的轨道。简而言之，这是个让人回归到数的过程，我们快要进入实验阶段了……"

我摇了摇头，迷惘地说："我听不懂。让人回归到数，怎么可能呢？还有，你说的'我们'又是谁？"

他仿佛如梦初醒，突然意识到自己说了什么，踌躇片刻摇了摇头："算了还是别说了，天凉了，你早点回去休息吧。"

"你先回去吧"，我说，"我还想看会儿星星。"

陈不放心地看了看我，沉默地站了会儿，最终还是走了。夜凉如水，我站在风里把他说的话仔细回想了很多遍，还是不能完全理解他的意思。但是有一点我是清楚了，他不会接受我。他的全部注意力都在一种名叫递归的实验中，无暇顾及其他。我明白他的精神痛苦，他怀揣着用技术济世的巨大野心，迫切希望证明自己，却没有多少人理解他，支持他。我并不怪他。

可能是那天夜里着了凉，从临城回来之后我得了场重感冒。我没有再和陈联系，但意外的是他在两个月之后找到了我，说要借两百万，因为他母亲得了尿毒症需要做血透。因为我没有这么多积蓄，就只给了他三十万。后来，听他说他用那笔钱做了投资，我不知道具体回收了多少，只知道除了足够他母亲的医疗费和家人的生活费之外，还有不少盈余。有一次他提起同事刘东要跟他借一笔钱，但是他没有借，因为之前几次借钱给他，都被输了个精光，况且，那笔钱已经挪作他用……

刘东——11：27——2007-11-21

没错，我是跟他借过几次钱。我喜欢打牌，有时手头紧点，就问老陈借点钱周转一下。后来有一次问他借得多了点儿，是因为那阵子我听说他炒股赚了不少钱，可这小子愣没借我，这事我也没往心里去，毕竟他家还有病人嘛。

没错，我是刚买了120平方米的房子，正打算把老婆孩子接过来。什么？老陈死后银行账户上的存款全被转走了？等等，难道您是怀疑我这钱是从老陈那儿得来的？您误会了，我这钱是买福利彩票中的，二等奖，扣税后还剩个几十万，再添上这些年的积蓄，勉强才凑够的。

你们该不会是怀疑我吧？我跟他无冤无仇的，一起同事这么久了，连脖子都没红过一回。

为了钱？不不不，警察同志，您完完全全错了。我刘某人虽然穷，可咱的钱来得正派，偷鸡摸狗的事从来不干，更不用说这种掉脑袋的事了。您听我接着往下说。

我压根儿就不信老陈的那套鬼话，什么把人的记忆用函数形式来表示，再通过递归变成一个数。这纯粹是胡扯。我说："除非你死了，你的记忆才能变成一个确定的数，我说的有没有道理？"

老陈怔了一下，没想到我会提出这个问题。不过他很快恢复了那种自傲的神情，说："老刘，我低估你了。不过这并不算一个悖谬，因为我们掌握了无须死亡便能停止记忆运转的技术。想想道家的入定，想想印度瑜伽的冥想术，抑制大脑皮层特定区域活动的技术已经存在了上千年。我们只不过用科学的方式让它更容易实现而已。"

"我们？"

"是的，我们。"

老陈转身在电脑上敲了几下，显示器上出来一个十分简洁的白色页面，上面有几个数列，中间空着几格。他快速地敲进了几个数字，屏幕忽然一暗，跳转到一个纯黑的页面。

黑暗之中似乎有一些光点浮现，越来越清晰，越来越密集。它们的排布似乎是规律的，但又似乎时时变动不定。慢慢地，那些光点连成了线，在黑色的背景上做着各式各样的运动，两条线段偶然相交，便围绕着交点旋转起来，刷出了面，面掳获了某条飘入其范围的直线，便将其作为轴线旋转起来，又形成了体。霎时间，各种颜色的点、线、面、体如同一堆被狂风刮起的垃圾，乱舞不止，相互之间演化出无穷无尽的组合形式。

我感到一阵眩晕，把电脑一推。谁知那画面竟像受到感应般，猛地拉开了焦距，成为一幅环环嵌套的西藏佛教那种纹样，对，曼陀罗，大大小小的曼陀罗轮旋转个没完没了。一时间我竟有呕吐的冲动，便赶紧把视线移开。

“你干吗给我看这玩意儿？”

“你应该感到荣幸，凭你那点数学知识，根本进不到这个隐藏页面。你以为那些动画都是随机的吗？它正在向你演示整个人类数学知识的发展史，稍微具备一些高等数学知识的人，都能从中看出许多著名的定理和猜想。加入组织是有门槛的。”

“噢，真是对不起您了，我只是觉得想吐。”

对于我的侮辱，老陈一点反应都没有。他只是严肃地点点头，说：“第一次都会有这种感觉，你很快会对数字产生敏感性，先是时间，然后是空间，有些特别有潜力的人还会对随机数字规律敏感，可以去买福利彩票。”

“您真是伟大。”我揶揄了一句。

老陈的神色一下肃穆起来，笑容消失了。他望着我，充满神圣感地说：“我是组织里第一批递归的人。”

那表情仿佛在说，我是尤里·加加林，我是阿姆斯特朗，我是杨立伟。

“莫非……你们想把全人类都那什么……递归了？”我忍住笑，说出这句蹩脚的台词。

老陈竟然深深地点了点头，脸上一片悲哀。

“老刘，你还没感觉到吗？这个世界早就走上了一条递归之路，也是不归之路。我记得你曾经说过，数字决定了一个人在社会中的地位。你说得没错，GDP代表着一个国家的实力，数学模型描绘着金融市场的涨落，银行存款捍卫着人仅有的尊严。一个十七岁的小女孩可以为了一个八千块的LV皮包，跟一个年纪比自己父亲还大的老男人上床；一个有身份、有地位的富人，可以为了三块钱停车费将六十岁的老人撞倒在地再来回碾轧……不，举出这些极端的例子并不是因为我的愤怒，也没有任何道德批判的意味。我也是他们中的一员，当然，你也是。现实远比我们想象的要复杂得多，这只是一种选择，跟其他选择并无二致。当做出这种选择的人数达到一定数量级时，它便成为一股潮流、一种趋势、一个方向。但可惜的是……"

"可惜什么？"

"这种递归太感官、太物欲了，远远到达不了纯粹的数的境地，反而会滋生出更多现世的纠葛。因此，组织诞生了，我们要拨、乱、反、正。"

这个词从他的嘴里蹦出，听来非常的奇怪。

我沉默了片刻，说："那你的老娘和你的姐姐一家人怎么办？没了你，他们全都活不下去的。"

老陈也沉默了片刻，说："谢谢你，老刘。我明白你的意思，我全都安排好了。"

"好吧，那我也没什么可说的。"我起身准备要走，可总觉得少说了一句什么话。

"你不会成功的。"我说。

"你会看见的。"

“难道这么浅显的道理你都看不出来？你们递归的只是你们的意识，可还有身体呢？即使成功了，最多也就变成个大脑一片空白的痴呆而已。”

他看着我，眼带犹豫。

“老刘，我真的低估你了。其实刚才我说的只是一个纲领性的宣言，许多技术细节没有完全展开细讲，但既然你问到这一步，我也就不能不解释清楚了。我跟你借了什么东西？”

……

这都什么乱七八糟的鬼扯，李甫文按停了刘东的记录。他需要好好整理一下自己的思路。

根据银行记录，在陈死之后，的确有人将他银行账户上所有的钱转走了，但那是一个保密级别很高的账户，不太可能是刘东的，而且根据转账记录，对方提供了所需的一切证明，包括陈亲手签署的协议，在法律程序上毫无漏洞。

刘东因为没借到钱而杀人，这个可能性也不大。没人会傻到在犯罪现场留下那么多的指纹和证物。何况死者还是自己的邻居。但是刘东这番莫名其妙的话总让李甫文觉得有哪儿不对劲。那段对网站的描述，让他觉得似曾相识，可又一时想不起来在哪里见过。

李佳的记录只剩下一小段了，李甫文决定把它看完，尽管他并不指望能从中得到什么有用的信息，可他就是想看。

那个女人，那种表情，那淡淡的口吻。

李佳——15：20——2007-11-23

是的，我没有问过那笔钱的用处，我猜想也许和他的实验有关。最后一次见到陈，是半个月前，他说他要把那三十万还给我，我们便约好在一家咖啡馆见面。

那天正好有寒流南下，整个城市都雨雪霏霏的。他把信用卡还给我，我接过来也没有说什么，我们相对无言坐了很久。窗外天色惨淡，我心里隐隐地作痛，却又说不上原因来。我问他："以后下雪天还能这样陪我坐一坐吗？"

他只是说："不用担心我，很快，一切都会好的。"

我们在咖啡馆前道别，他第一次主动拥抱了我。随后我们朝着不同的方向走去，忽然他回身喊住我，在黄昏的人流里遥遥相望，对我打着手势。

他先是用拇指和小指，翘成一个听筒状，然后是两手的拇指和食指，拼成一个四边形。我明白了，第一个手势是说如果有事就给他打电话，第二个手势是说去银行查查账户上的钱。

我突然意识到他把自己所有的爱都浓缩成了手势，我们彼此懂得，我们全身都布满默契的开关，语言已经沦为装饰。这个世界上的一切，在他的眼里，都是无序的、混沌的、不讲道理的，让他厌倦也让他害怕。但，除了我。

然而没有用，我的力量太小，我留不住他。

后来，我收到了他寄给我的信，很简短的信，那信的寄出日期，是在他死之后第三天。是的，我没记错，是死后第三天。

那就是他留给我的最后一点消息……

女人说到这里低下头去，久久地沉默着，接着，开始抽泣，肩膀耸动，可以看出她在竭力控制着自己，以至于整个身体都微微颤抖起来。

李甫文叹了口气，把视频关掉，又把尸体的照片调了出来，放大成局部特写。

尽管尸体侧卧于地板上，但臀部和大腿背面的肌肉却被压成扁平状，并有交叉状的压痕。经过对照，这些压痕与死者身边的座椅椅垫纹路相吻合，可以判断是由于死者在座椅上死去，肌肉松弛而形成的压痕，但又由于失血过多，导致重心失衡而跌落到地板上。从现场来看，并没有外界移动尸体的痕迹。

莫非真的是自杀？李甫文摇摇头。

一般自刎式的自杀者在死去时会发生尸体痉挛，在这种情况下全身肌肉会立即发生缺血性强直收缩，关节不能屈曲，因而不发生肌肉松弛，也无法形成扁平状压痕。何况，他实在无法相信会有人采用这种方式进行自杀。他见过无数种死法，可这次的情况，在他三十年的刑警生涯里，还是头一回见。

刘东——11：41——2007-11-21

老陈打开那个粉红色的圆形针线盒，从里面抽出四根细长的缝衣针。他说：“你看着。”

他用右手捏起其中的一根，在左臂上找了一会，似乎选定了某个穴位般，把那针缓缓地扎进去，红色的血珠立即冒了出来。针大概进入了三分之一的时候，他停住了，任凭那根针在他的手臂上那么直直地立着，然后又拿起了第二根针。

“你真的疯了。”我目瞪口呆地看着他的举动，不知该怎么办好。

他已经拿起了第三根针，这可不是针灸的银针，这是又硬又粗还不带消毒的缝衣针。

老陈的表情颇为复杂，既兴奋，又有点因疼痛导致的扭曲。他额头的青筋鼓着，带着眼角一下下地跳动着，像是面部肌肉痉挛的症状。

四根明晃晃的钢针，在他的左臂皮肤上立着，形成一个四边形的四个顶点。鲜红的血从这四个点里冒出来，胡乱流着，滴落到地上。他拿起一支墨水笔，把那四个顶点连了起来，又在中间的那块皮肤标上一个号码：LA0001。

“瞧，我把身体也编上号了。”他举着流血的胳膊，得意扬扬地说。

那鲜红的颜色刺着我的眼睛，一股强烈的恶心感从我胃部开始翻滚着，搅动着往上涌。我扶住墙，努力稳住自己的身体，把头低下不去看那摊血。

我不知道后来怎么回的屋，我只知道，那是我最后一次见到老陈。他第二天没去上班，也没请假，接下来两天也都没去。之后的某天晚上，我回到宿舍，发现门下边塞进来一个信封，上面贴着张小纸条，是老陈留的。他拜托我按照信封上的地址，在三天之后把信寄出去，末了还有一句话，“我走了，保重”。

好了，这就是我知道的全部，我说完了，可以放我走了吧，同志？

什么！您说在屋里找到我的指纹？对，对，我不是告诉过你嘛，那天他问我借针线盒，我去过他屋里，应该是那时候留下的。

你的意思是……我现在是第一嫌疑人？所有的证据都对我不利……死刑？不，等等，两位，你们一定是弄错了，从小到大，我连一只蚂蚁都舍不得踩死，杀只鸡我都手软。对了，我晕血，您记得吗？我打小晕血，我怎么可能……怎么可能干出那样的事儿呢？

这是老陈尸体的照片？……他真的这么狠，那些眼儿……都是针扎的？缝衣针……我借给他的，这都臭了几天……没有，我一点也没有闻到……老陈真这么干了，他真的彻头彻尾的疯了……

什么？从尸检结果来看，他不可能是自杀的？

只有一种可能……只有一种可能了。那小子说的全都是真的，递归，对，他被递归了。可是出了什么问题，导致递归失败了……他没把自己递归，反倒把自己弄死了，所以这倒霉事儿就栽到我头上了。

是！没错！我是说过我不信，可我现在能不信吗？我就快成死人了，只要能留住这条小命，让我认谁当爹都行！

对了，还有希望……还有一点希望……老陈说过，他是组织里第一批递归的人，也就是说，像他这样死法的不止一个，或许还有很多人，只要找到这些人……不，死尸，就能证明我的清白了，只有这样了……找到尸体……必须找到递归失败的尸体……

屏幕上的那个胖男人脸色苍白，双唇抖动，口齿不清地喃喃自语着，完全丧失了原先的自在。他的衬衫已经完全被冷汗沁湿，皱皱地贴在胸前。李甫文笑了笑，关掉了文件，又点了一支烟，手指微微有些颤抖。

尸体被放大的脸出现在屏幕上，一张年轻的、毫无血色的脸，表情宁静平和，如陷入了沉睡般安详。

死亡时间应为2007年11月21日上午11时43分（正负5分钟）……

他的预感是对的，这个案子比原先预计的要复杂得多，这个句号不好画。

这张脸，并不姓陈，他属于第二个人。刘东的罪名无法成立，他所期待的尸体已经出现了，完全相同的死法，而刘东没有作案时间，当时他正在受审。

李甫文手里的烟烧着，却没有放在嘴边，他努力思索着这陌生的一切，递归，数学，组织。他开始怀疑这一切是否只是一个连环杀手的恶作剧，或者疯子们的聚会。可他不能这么想，他必须借助缜密的逻辑和科学的证据，来证实自己的假设或者判断。

他突然想起了李佳最后提到的那封信，他找了出来。

人是记忆的容器，记忆赋予人存在的意义，记忆是黏合人与外部世界的介质。失去了记忆，人就像一个空荡荡的杯子，它仅仅是存在，而不具备意义。

李甫文琢磨着字里行间的意思，手里的电话响了，是局长。

记忆从人降生之日起产生，每日更新。但每日更新的基础，必是前一天旧有的记忆，否则，新的记忆便没有意义。尽管会有失忆和遗忘，但记忆的机制始终存在，只不过被暂时掩藏起来，或以扭曲的形式呈现。记忆的连续统一体一直存在，直到生命完结之日。

“王局你好……什么？我的辞职报告您同意了？已经批了？下周就可以离职？那手头这案子怎么办？交给年轻人……积累经验……锻炼队伍……行行行，好的，没问题王局，一切按您说的办……”

记忆所包含的一切，便是人与世界之间互相渗透的历史过程。它由人、物、地点、时间、动作、情感等基础元素构成，每一段确定了起止点的记忆，都可以被化约为由基础元素组成的表达式。

李甫文拧着眉头，觉得世道真是变了，一切都变得那么微妙而暧昧，让人琢磨不透。他想起了刘东所说的那个网站，他终于记起来在哪里见到过了。

万物皆数，一切的基础元素都可以用数来表示。

因此，一切的记忆都可以用数的表达式，也就是某种函数形式来表示。

在他女儿小敏的电脑上。

通过递归，人最终回归为数。

递归的人将永在，因为数是永在的。即使宇宙毁灭，数也不会消失。

请加入我们的行列……

心机

——Mole Detector

当Glico和木章提到枪时，直觉告诉我，事情会像脱轨的过山车一样失控，尽管那只是网购的仿真玩具。可我还是参加了这场行动，不是为了科学，不是为了纳税人，更不是为了见鬼的正义感。原因很简单，行动是我发起的，我是个靠谱的人，仅此而已。

我买的单，可谁规定发起人要买单的？

我们穿着不合身的西装，打着歪歪扭扭的领带，像三个业绩不佳的保险销售员一般缩在肯德基的角落里，花了大半天的时间，做简短得可以忽略不计的自我介绍，研究大厦草图，对表，讨论流程，对行动成功的定义达成共识。点餐时，木章显然有些紧张，他要了一份麦乐鸡，而Glico则颇为老练地用全家桶搪塞了过去。

如果事情顺利的话，我们会在下午5点30分到达银科大厦15层，按响全球科技有限公司（没错，这就是他们的全称，十足的皮包公司）的门铃，漂亮的前台小姐会带我们进入王经理的办公室，因为我们以某大型房地产集团的名义，事先预约了谈一笔价值千万的大买卖。根据Glico的情报，5点30分后，公司基本没什么人。实际上，作为一家刚进驻本地市场的分支机构，他们本来就没多少人，但谈下了不少大生意。

进入办公室后，我们会礼节性地握手寒暄，然后以三足鼎立之势包围王经理，他会掏出名片，而我们会掏出手枪。王经理会脸色苍白地跌坐在电脑椅上，由健硕的Glico将他五花大绑，木章会拿出事先准备好的DV，我们所要的，只是让他亲口承认一个事实，即，所谓的摩尔探测器不过是骗人的狗屎。

然后，我们便会成为英雄，受到媒体的追捧，数以亿计的购置资金会被清查。这样，社会大众离科学又近了一步，谎言又少了一个。

“也许，我们会被抓起来，我是说也许，我们会被追杀……”Glico突然紧张起来，盯着黑色西服下的白球鞋，喃喃自语。

我怒视这个比我高出半头的大男孩，说："想想你的狗，我说，它叫什么来着，无敌？"

"伍迪。"

"随便啦，想想它是怎么死的，你还为它哭过，对吧？"

Glico把头埋得更低了。木章背对着我们，一言不发，像个冷静的得力干将，除了那微微抖动的裤腿。

事情的起因是一桩事先已被张扬的瓦斯泄漏事件。警方和消防队同时接报到达现场，消防队坚持按照常规程序进行检查，警方却建议启动新装备摩尔探测器。探测器显示结果为没有泄露。于是几名警员进入现场勘察，而消防队员出于谨慎，征用了路人Glico嗅觉敏锐的拉布拉多犬作为先遣部队。不幸的是，三分钟后静电火花引爆了积聚的瓦斯，造成了两死三伤的惨剧，无辜的小狗伍迪也在此事件中丧生。

当然，这不会出现在晚间新闻或者警方通报中。除了当事人，也许只有极少数消息灵通的小报记者能够拼凑出真相，可他们的手已经被红包砸得拿不动笔了。于是，他们只好在酒足饭饱后通过八卦和吹牛表演一下所谓新闻从业人员的良知，而这些记者中，有一个正是我旧日的同事兼老友。

幸好我们还有互联网。我找到了一个论坛，其中有几个ID对于这起事故表现出异乎寻常的兴趣，我分享了小道消息，并邀请他们进行线下的"活动策划"。于是，我认识了Glico和木章，一个说话完全不过脑子，一个八竿子打不出一个屁。

但至少他们靠谱，在这点上我识英雄重英雄。

"叮。"电梯停在了十五层。

这间公司比我想象的还要普通，钢化玻璃门、白色前台、蓝色背景墙上几个黑体字，连前台都长得那么普通，一点也配不上他们“划时代的神奇科技”。我按响了门铃，前台小姐似乎正准备收拾东西走人，她瞄了我们一眼，十分自然地举起一张白纸，上面打印着巴掌大的“保险”两个字，还用红笔划了一个粗重的“X”。

我们尴尬地对看了一眼，早叫你们穿商务休闲装了，还黑西服配白球鞋，一看就是脑门没长好的学生。

我赶紧赔上笑脸，摆摆手，又举起手里那个Lenova的笔记本包，显示我的商务人士身份。

门终于开了，我们报上名号，前台小姐“哦”了一声，脸上一副不耐烦的表情，把我们引到一扇门前，门上也并没有任何铭牌。她先敲门通报了一声，然后让我们进去，临了还说了声：“王经理，那我先走了哈。”

一切进展顺利，看来我们所要对付的只剩下一个人了。

我们进了门，王经理从办公桌前站起来做欢迎状，我们顿时被震住了。

这哥们没两米也得有个一米九八，宽厚的身板把窗户挡了个严严实实。屋里突然暗了下来，看不清他背光的面孔，只是感觉他在笑，很瘆人的那种笑。我在心里暗暗把Glico的个头和他进行了比较，胜算不大。“啪”，屋里灯亮了，那站着的并不是我脑海里的王经理，我的意思是，那张脸，无论如何，你都没法把它和一个中国人联系起来，但也说不好到底哪里不对劲，也许是光头扰乱了我的判断。

“你们好。”他用十分标准的普通话问好，甚至有点标准得过头了，不带一点口音。他伸出大手，脸带微笑，等着。

我深吸了一口气，走上前，握住那只厚实有力的手掌。一瞬间，我感觉自己像是会被随时拎起来并甩到墙上的毛绒玩具，所有的心理优势荡然无存。

“我是陈必安，银帝集团物业管理公司的副总，这两位是小高和小张，我的助理。”我看着Glico和木章那僵硬的脸动了一动，与其说是笑，不如说是抽搐。

“陈总真是年轻有为。我是王守仁，这是我来中国之前刚起的名字，很高兴认识您，请坐。”他掏出名片来与我交换，该死，怎么忘了这一步，我只好推托名片用完了还没印出来。

“您的中文说得可真地道。”我琢磨这个名字似曾相识，却又想不起来。

“小高，小张，你们也找张椅子坐下吧，那边有饮水机，自便。”王经理招呼道，这老外还挺懂人情世故的。

“那我们就不客气了。”我在“不客气”三个字上加重了语气，这是约定的暗号，此时，Glico和木章应该拔出手枪，一左一右瞄准王经理，然后开始正式的谈判。结果我等了半天没动静，我回头一看，这俩无脑儿正那抢着接水喝呢。

我强压住心头的怒火，第一步踏空，只好见机行事，先赶着驴子往下走了。

“贵公司对我们的产品感兴趣？”

“是。我看过不少报道，贵公司的摩尔探测器在协助警方查找毒品及易燃易爆物品方面，成果不凡，特别是在奥运会安保项目中立下赫赫战功。我们公司最近有些麻烦，嗯，你应该听说过，现在行情不好，房价一直在跌，有些业主威胁如果不补偿就会采取过激行动，所以……我们打算每个子公司都配上一台，只不过……”

王经理嘴角一直保持着不变的弧度。

“每台三十万可不是个小数目。你知道我们上市公司，财务审计很严格的，一定要先经过董事会批准。当然，我也派手下研究过贵公司网站资料，可实在，搞不太清楚这里面的原理，我们老板学理工出身的，为人做事严谨苛刻，顺便说一句，你们网站上好像有些拼写错误……”

“算不上错误，只是你们还没习惯这种用法而已。”王守仁在电脑键盘上快速地敲打了几下，“我不得不说，您算是赶上了好时候。虽然之前我们在亚洲市场表现不俗，但因为资源有限，一直没有设置相应的分支机构来提供售前售后服务，不得不说这是个遗憾。但现在，我们相当重视这一块的开发及维护，在中东、远东市场趋向饱和的情况下，亚洲是我们下一个重点，所以，我被派来，解决您的问题。”

他活像个自动应答机，对着屏幕念出不痛不痒的台词。

“坦白说，我也看到了一些负面的评论，把摩尔探测器跟中国传统迷信的‘碟仙’‘笔仙’相提并论，你知道，对于一家科技公司来说，这可是很严重的侮辱。”

王经理并没有答话，他拉开抽屉，拿出了两个黑家伙。我对这玩意的外形并不陌生，像随身听的那个是主机，使用时挂在腰间，有一根线连接到酷似旧款大哥大的手柄上，手柄一端伸出半米长的金属指针，可左右自由移动。据说，它的探测半径超过100米，可穿越墙壁、集装箱乃至冰层，准确定位数十种爆炸物、毒品乃至人体。最不可思议的是，它不需要任何电源，仅靠使用者行走时产生的“人体静电”即可工作。

窗外天色渐暗，夕照从高楼的玻璃幕墙上缓缓流过，泛着怪异的金属光泽。

“摩尔探测器的基本工作原理是分子共振、人体静电和超低频传导技术……”王经理右手握着手柄，金属指针在空气中轻轻摆动，他慢条斯理，但又用毋庸置疑的口吻说，“每种物质都有其特定的分子结构，就好比人类的DNA一样，这就意味着几乎所有的物质都有其本身的‘特征’。摩尔探测器就是根据物质的分子结构，赋予它一个‘特征’，并且将这些‘特征’固化到主机的记忆卡中。这样，它即可对附近区域中所有具有类似‘特征’的物质进行定位。”

跟网站上的简介一字不差，只要上过基础物理课的人都可以轻松挑出一堆硬伤，我必须主动出击了。

“桑迪亚国家实验室那份报告您怎么看，双盲测试的结果并不比随机选择的强，这是否说明……”

“这说明，历史总是惊人的相似。”他打断了我的话，似乎有点儿走神。

“嗯？”

“在哥白尼、达尔文、爱因斯坦或者埃弗略特的时代，人们发出了同样的疑问。对于新生事物，保守主义是安全的，那是一种基于已知世界的思维定式。父亲告诉我，科学发展史不就是一段段试错的历史吗？时间将会证明一切。”

看来，我们面对的是一个雄辩家。我只好使出撒手锏。

“那么您怎么看待前不久那起瓦斯爆炸事件？”

王经理的微笑渐渐凝固了。

“他们选错了人。”

“什么？”身后传出一声刺响，Glico或者木章，按捺不住地用坐着的椅子，在地板上狠狠刮了一下。

“他们没有选择正确的人，去做正确的事。你知道，这也是我们售后服务的重要内容之一，教您怎么挑选正确的使用者，以及如何正确使用这一高科技产品……”

“别扯淡了！”这是Glico的声音，他腾地站了起来，演员上场了。“什么高科技，全是骗人的，那垃圾告诉警察那里没有瓦斯泄漏，是安全的。消防队员不放心，征用了我的伍迪，结果，它刚一进去……”

听起来还真是一个悲惨的故事。

王经理仍然一副成竹在胸的气魄，他说：“如果那些警察接受我们的培训，就不会出现这样的事情。”

我盯着墙上缺乏设计感的时钟，是时候了。

“小高，小张，给他点颜色瞧瞧。”

一把乌黑的枪管对准了王守仁，是Glico。木章只是把手放在口袋里，身体僵硬。

王守仁笑了，说：“别冲动，小伙子，我干这行够久了，知道你们想要什么。”

“木章，快把DV拿出来！”Glico颤着嗓子吼了一句，“今儿个要让你原形毕露。”

木章白了他一眼，显然对Glico暴露自己名号表示不满，尽管那只是个ID，就像Glico只是一个饼干牌子一样。他摸出DV，打开，走到王守仁的写字台前，开始像个专业摄像师那样，调整着DV的角度。

我把身子凑近，用低得像耳语的声音说：“承认这是一个骗局，或者，让身上多几个窟窿，你挑。”

王经理笑了，也放低了身子，盯着我，说：“又或者，一些能堵住你们嘴巴，或者枪眼的东西，比如，钞票。”

我僵住了，视线定在那块鹅卵石雕成的烟灰缸上。

他看透了我，他知道我的真实用意，不是为了科学，不是为了纳税人，更不是为了见鬼的正义感。撺掇两个论坛上的热血青年给我当枪使，完全是为了敲上一笔竹杠，好还上拆东墙补西墙欠下的信用卡债。对于一个已经失业三个月、年过三十的IT民工来说，科学和正义感都比不上钞票好使，尤其在还不上房贷，银行逼着收债的时候。唯一值得庆幸的是，背后没有一个挥舞着皮鞭的女人。

他重重地靠在椅背上，带起电脑椅转了四分之一圈，很轻快的样子，然后，拿起那个大哥大似的黑疙瘩。

“现在，由我为大家演示这台摩尔探测器的神奇功效。我们要找的东西是，打个比方，枪。”

Glico的手哆嗦了一下，这小子的心理素质真不过硬，但出乎意料的是，木章也顿在那里。

“当我们对世界的认识水平还停留在混沌时期，这种技术就已经存在了。据说是源自上古文明的知识，农夫们从地里挖出镌刻着古怪符号的金属器皿。学者经过数个世代的解读，了解到粗略的实施方法，却无法明其究竟，只好提出物质会寻找同类的物质，并与其结合的理论……”

王守仁轻描淡写地讲解着历史，一副胸有成竹的样子，双眼盯着我们，瞳仁的颜色有些奇怪，是一种近乎褐的金色。金属指针随着他的左手在空气中游走着，微微摇摆，经过绷紧的Glico跟前时，没有反应，没有任何反应，只是无力地指向虚空。

“国家广泛推广这项技术，发展经济，建设城市，人们感激并视之为神的恩赐。在仅仅寻找矿藏和水源的时代，摩尔探测器——我们姑且仍然这样叫它，事实上在不同的历史时期它有着千奇百怪的叫法——它的准确率相当高。人们被灌输以固有的概念，认为这技术就是为了解决这些核心问题而存在的……”

被看穿了吗？我心里“咯噔”一下。现在的情况不在我们原先所能设想到的所有可能性之中，那就是，摩尔探测器竟然是真的。

而我们并没有B计划。

王守仁微微一笑，摇了摇头：“但摩尔探测器不是Google。”

我们仨面面相觑，不知道这话背后的意思。

“这不是阿拉丁神灯，也不是那种按下‘健怡可乐’，然后就会滚出银色罐子的机器。它更不是输入‘美女’——我敢打赌你们经常这么干——然后就会有一吨美女图片弄瞎你双眼的那种东西。不，不是的。摩尔探测器不是这样用的。”

除了站在那里乖乖听着，我想不出更好的应对措施。

“当人类还在茹毛饮血的时候，他们已经会用一根带分叉的树枝寻找地下水源；在19世纪中期的旧金山，或者说三藩市，人们发疯似的用金属条探测金矿；接着是埋藏多个世纪的皇家古董，我猜你们可能会更熟悉些；然后是钻石、稀有金属、石油……你们应该明白我的意思了吧？这才是摩尔探测器的用法。”

似乎有什么东西从我脑海里一闪而过，但我还是摇了摇头，他也摇了摇头。

“一些顽童曾经尝试着用摩尔探测器去寻找青蛙、蜂窝、美味的水果或者稀有的金色琥珀，他们有的成功了，但大多数失败了。有学者注意到这种现象，开始分析其中的缘由。他发现如果寻找的目标是一种纯粹单一的物质，成功率会比寻找一种复合物高出许多。他敏感地提出，物质是由一些基本的单元组合而成，而摩尔探测器在这个层级上是有效的。这个认识，相当于亚里士多德的五元素说的水平……”

“所以枪是不能被探测出来的，因为它是复合物？”Glico居然还能兴奋地抢答，我狠狠白了他一眼。

“Bingo！但是……硫和硝酸钾可以。如果你的枪想要射出子弹的话，我猜火药还是少不了的，除非你用的是激光枪？”

Glico咧嘴傻笑着，然后又突然醒悟过来，闭紧了嘴巴。木章脸色阴沉，也不去管DV录得怎么样。

“那么……我们来找找……火药？”王守仁的表情像是在玩一场有趣的游戏。

金属指针像懒惰的生物，缓缓地靠近Glico，他的嘴角抽搐了两下，指针又滑了过去，依然没有反应。大男孩一下子跌坐在椅子上，高仿玩具枪无精打采地指向地板。王经理露出了一切尽在掌握的笑容。完了，我在心里默默盘算着肉搏的胜算概率。

突然间，那指针兴奋了起来，像是闻见了猎物气味的捕手，猛烈地颤动起来。王守仁面露惊讶，轻微地移动手柄，指针的反应更加强烈，如同有一根无形的线把它扯向某个角度。

那是木章所在的位置。

木章显得比我们还要惊讶，有那么一瞬间我以为他就要哭出来了，像个被冤枉的倒霉孩子。但最后，他低头叹了口气，重新抬起头时已经像是换了个人，他掏出口袋里的黑家伙，指着王守仁，眼睛一眨不眨。

现在，我们终于可以确定那是一把真家伙。

“我能问一下为什么吗？”王守仁倒是很冷静。

木章眼圈似乎红了一下，又立即恢复了正常。“我爸爸是警察，他是被你们害死的……”他说。

所有人都沉默下来，窗外的天色已经完全黑透了。

言简意赅的一句话，却解释了所有的疑问。木章并非偶然出现在那个论坛，也并非出于热血才参加了我的计划，从某种角度来看，他才是最靠谱的人。

但我马上找到了他的逻辑漏洞。如果木章把父亲的死归咎于摩尔探测器，那么，符合逻辑的做法应该是不掏出手枪，这样才能证明摩尔探测器的不可靠性。而他拔出了枪，摩尔探测器得分，父亲的一切与此无关。木章的冲动把自己绕进一个该死的悖论。

可见大多数时候，人类是多么不讲逻辑的一种生物。

“我明白你的感受，孩子。”王守仁此时一改之前的咄咄逼人，显得温情脉脉，也许这就是荷枪实弹的威力，“你就像从前的我，心存愤恨。但如你所见，摩尔探测器是有效的，不能把犯罪和战争怪罪在枪支弹药上。你的父亲是无辜的，一切都是巧合。如果非要说有什么不对的话，那只能说是时机不对。”

无懈可击，但木章显然不这样认为。他微微低下枪口，像在思考什么，又抬起来，更加用力地指向王守仁的头颅，他的手臂在发颤。

这不是我们的计划！我的心简直被揪到嗓子眼儿。没有钞票，没有名声，没有真相，只有一具老外的尸体和两个学生。而杀人犯说不定还未满

16岁，所有的罪名将会落在我的头上，我的下半辈子，如果还有的话，只能数着铁栏杆来打发余下的日子。

“木章……冷静点，他说的没错。”我没有别的选择，只求全身而退。

“解释……我只要一个解释。”

“解释……”王守仁重复了一次，他调整了坐姿，似乎要宣布什么重大事项。

“解释是，他们选错了人，正如我之前所说的。”

我听见木章拇指拨动保险的声音，顿时大气都不敢喘一口，生怕他触发了扳机。

王守仁十指相对，顶着下巴，微微皱起眉头，似乎在用力思考什么。最后，他举起双手，像是投降一般，用疲惫而低沉的声音坦白。

“好吧，我别无选择。某种程度上讲，你们是对的。说明书上的共振波理论只是假设，学者们经过许多年的研究，深入了解了物质的结构和彼此间的相互关系，发现原先的理论并无法解释摩尔探测现象的存在。他们做了许多实验，提出了许多假设。不过在某一个历史时期内，这些基于客观世界认识的理论貌似都说得过去。”

“骗子。”木章似乎已下定了决心。

“可如果我说出实情，你会以为我是疯子！”王守仁看着乌黑的枪口，脸部肌肉微微抽搐着。

“木章，”我尽量让自己的语调冷静，并且富有说服力，“我完全同意你的做法，但在你替你父亲报仇之前，我们需要真相，记得吗？我们都是靠谱的人，这是一次靠谱的行动，所以，请你……”

木章看了看我，又看了看Glico，咬了咬嘴唇，放下了枪。

“现在，王经理……轮到你靠谱了。”

那个身躯庞大的男人拽了拽自己的领带，似乎是那玩意儿勒得他透不过气来，而不是枪。

“事情要追溯到社会统计机构针对摩尔探测器使用者的一次调查。由于统计员的疏忽，将‘年龄’错当成‘年份’与成功率进行了交叉统计，得出的图表显示出了令人震惊的结论，成功率与使用者年龄呈十分明显的正相关曲线，而在此之前，人们只是笼统地认为，经验丰富的人较容易找到目标物。就像你们中国古话说的，‘老马识途’。”

“但这曲线仍然可以用经验来解释啊。”我提醒他。

“没错，如果没有同时发生另外一件事情的话。基于当时的机械制造水平，科学家们认为他们完全可以制造出自动化的摩尔探测器，从而取代人工作业，节省大量的劳动成本。当然，那还是一个资源大开发的时代，还有大片的蛮荒之地等待探索。这一自信的举措引发了不小的社会动荡，人们害怕失去工作，被机器代替，所以有些科学家被暗杀、店铺被烧砸、公路遭到破坏；但最终结果出乎所有人的意料，自动化的摩尔探测器完全无法发挥到科学家预期的效果，它们简直一无是处……”

在工人们欢呼雀跃的时候，一名具有敏锐观察力的女性生物学者将两件事联系起来，她带领深受打击的科学界进入了一个全新的时代。而我们对于世界，对于自身的认识也随之焕然一新。正如我所说的，人，才是摩尔探测器的核心，机器，只不过是辅助。

“胡说八道！”我忍不住打断了他那所谓的故事，这与我所知的真实科学史相去甚远，他不是被吓疯了就是原本就疯了，“木章，你还是把这家伙杀了吧。”

木章显然被他一本正经地胡说八道搞蒙了，神经质地在手里反复把弄着手枪，这让我们更加紧张。

“我知道，这的确难以置信……听起来很像伪科学或者怪力乱神的东西，但请相信，这玩意儿在宇宙间已经存在了亿万年之久。你们听说过念动现象吗？”

出乎所有人的意料，Glico缓缓地举起了手。

现在，我知道Glico是个体校学生，主修中长跑。这跟他的体魄很般配。他们老师在运动心理学课程中提到过这个名词。

念动现象是由苏联一个叫什么科夫的生理学家发现的。当运动员在头脑里想象正在进行赛跑时，他的左腿和右腿股四头肌的生物电流就会发生变化；而当小提琴家在头脑里演奏时，左手和右手肌肉的生物电流以及脑皮层运动中枢的生物电流都会发生明显的改变。因此，许多运动员都会运用这一条件反射性的现象进行心理训练，以提高比赛成绩。

“老师说，其实笔仙和碟仙也都是这个道理。”Glico末了补充了一句。

王守仁赞赏地看了他一眼，像老师夸奖学生那样来了一句“非常好”。

“人类就是这样神奇的生物，在你的大脑意识与身处的现实世界之间，看似存在无法逾越的鸿沟，但其实处处皆是通途。如果你接触过某一种物质，比如火药，那么它的信息，无论是视觉、嗅觉还是其他的，都会储存在你们叫作海马区的结构中，这就形成了所谓的记忆。当你回想起这种物质时，大脑皮层会调动出相应的信息，同时在身体层面产生生物电流的变化。而摩尔探测器，仅仅是放大你的生物反应，为你指明方向。简单来说，就是这样。”

木章握枪的手稍稍有些放松，我相信他跟我一样，都需要时间来好好消化这番话所包含的深意。当所有人都告诉你，世界是这个样子的时候，突然，一个人跳出来说，世界其实是另一个样子的。你会怎么想？

最可怕的是，似乎这个人手里还掌握着真凭实据。

“所以我说，操作摩尔探测器的人都必须接受相关的专业培训，包括对探测物质的认知。我猜他们都没认真读过说明书。”王守仁摊了摊手。

这不合时宜的幽默感又触动了木章的痛处。他愤怒地挥着枪，几乎是脱口而出：“为什么你们不一早就告诉别人！”

王守仁显然被吓了一跳，他本能地躲闪了一下，有些狼狈。

“告诉别人？你知道他们会做何反应吗？你见过被绑在十字架上烧成黑炭的女巫吗？你见过那些拼命想从自己脑子里挖出神秘声音的可怜人吗？你见过一个小镇的居民排成曼陀罗的形状，然后集体吞下氰化物的情形吗？不，孩子，还没到时候。这远远比你想象的复杂得多。”

“你刚才说还没到时候，这是什么意思？”我敏感地抓住他的字眼。

“就拿你们几个来说吧，我敢打赌，你们除了自己，谁都不信。”他露出那商人特有的狡黠微笑，“不信神，不信鬼，不信新闻和电视，不信老师和朋友，甚至连家人的话，你们都会在心里打个折扣，是这样的吧？你们活得心机重重，各自为战。我们曾经也是这样的，直到摩尔探测器帮助我们找到了唯一的真神……”

“嗤。”木章阴沉着脸发出一声冷笑。

"我看出来了，你一直在兜着圈子耍我们玩呢，一会儿科学，一会儿神鬼，你是为了拖延时间等人来救你吧？"

王守仁沉默了片刻，打开抽屉，木章条件反射般举起枪对准他，他抬高双手，表示抽屉里没有武器，然后缓慢地拿出一个相框，上面的照片里是一个中年男子和一个小男孩。他们在阳光闪烁的溪流边钓鱼，十分平和惬意。

"这是我和我的父亲，当然，这是很久以前的照片，在我们的家乡。他同样死于摩尔探测器，不过那是另外一个故事，或者事故。从你身上，我看到了曾经的我。"王守仁端详着照片，神情哀伤，然后把相框仔细地收好。

"父亲曾经告诉我，是记忆，而不是相貌、财富、智慧、身份地位或者什么其他东西，让你成为不同于别人的个体。在山谷中如银带般的溪涧里垂钓，在冰冷刺骨的寒风中行走，童年羞耻的经验，极度愉悦的肉体快感，你与人们复杂而微妙交错的关系，美食在舌尖味蕾留下的眩晕，等等，塑造了你，一个独一无二的个体。这些记忆可以通过文字、言语、图像进行传达，但无法完全复制到另一个人的大脑。这就是摩尔探测器的根本所在，它无法探测你未曾体验过的事物。"

"可你刚才说它帮助你们找到真神，那意味着……"木章的语气稍微和缓下来，或许是另一起不幸的事故勾起了他的同情心，毕竟没人会拿自己的父亲开玩笑，尤其是这个人还相信神。

"是的，如果我们都是由神创造出来的，那么，它的信息必定存在于我们的记忆之中，无论埋藏得多深多远，就像基因一样。"

"等等。如果我是佛教徒，而你是基督徒，我们怎么可能找到同一个神？”木章不依不饶。

“啊哈。好问题。”王守仁摩挲着自己的光头，“开始我们也是这么想的。教派冲突存在于世界的所有地方，加沙、巴基斯坦、古吉拉特邦……在我们家乡，不存在争夺油田的问题，彼此的冲突更多地存在于信仰与理念之上，暴力行为被最大限度地遏制。我的爷爷曾经是个玛哈教徒，在此之前，我的家族世世代代都是，而当我开始懂得崇拜的含义时，我父亲和我却都已经成为一位新神的子民。”

“玛哈教？从没听说过。”我指出这一点。

“很正常，但这并不是问题的关键。回到故事的核心，科学家们研发了一套平台，可供多人同时进行摩尔探测，能将探测的覆盖半径和精度大大提高。用你们的话说，就是人多力量大。其实在技术上也不是什么突破性的进展，只不过是将模块化和即时计算的功能集成在一起，但科学的进步往往就是这样，由量变引起质变。

在一个多教派共存的地区，有年轻人提出了极富创意的挑战，让各个教派用多人摩尔探测器寻找神的所在。因为所有的宗教都坚信，真神只可能有一个，无论哪一派找到了，就意味着数千年来的争端终于有了终极答案。”

“这听起来像是一档电视真人秀呢，真带劲儿。”Glico兴奋地插话。

“并没有那么带劲儿，年轻人。这是一个现在看来十分冒险的提议，如果所有教派都找不到呢，那是否意味着神是不存在的呢？那些热血青年并不知道这场挑战将可能带来多恐怖的混乱，人们多年的信仰也可能在瞬间烟消云散，那也许就是文明的毁灭之日。”

“结果呢？”我们三个人异口同声地问。

“结果出乎所有人的意料，所有教派的摩尔探测器都指向同一个方向，那是天空中的某个方位。消息像风暴一样席卷开来，这样的实验在不同地区，不同教派，不同规模的人群中重复了无数次，直到教会和信徒们都不得不重新审视自己的世界观。曾经我们有许多个神，现在我们只有一个。”

“这不可能！”我脱口而出。

“是的，许多人都这么想。幸运的是，我们都能很好地调控自己的情绪和心理状态，因此，混乱和迷惘的社会状态只持续了一个较短的时期，然后我们拥抱了这位未知的新神。新神的名字经过全民公投得出，叫作‘曼’，是星星的意思。”

“请问这是哪门语言？”这简直是一派胡言，我控制不住自己。

“你所不知道的那种。”王守仁挑了挑眉毛。

“噢？莫非是火星文？”他的傲慢激怒了我。

“那您应该能认得出来。”

“闭嘴。”木章制止了我们孩子般的斗嘴，“我受够了你的鬼扯，你需要为此付出代价，站起来，面向墙，向你的真神祈祷吧，可惜你看不到明天的太阳了。”

王守仁缓慢而迟滞地起身，眼神中充满了复杂的情感。他张了张嘴，我以为他要说些求饶妥协之类的话，结果却没有。他只是淡淡说了一句：

“其实那是一回事。”

“什么意思？”没有人明白。

“我的真神，曼，就是你们的恒星，太阳。”

“什么？”这句解释激起了Glico的尖叫。

“难道你们以为我所说的一切，是发生在这个世界的故事吗？”

他招牌式的微笑告诉我，木章不能杀他，至少现在还不行。王守仁再一次得逞，就像《一千零一夜》里的山鲁佐德，用一个又一个的故事来换取一夜又一夜的生命。我突然想起了他的名片，正面写着“王守仁”，背面的英文名赫然印着“Thousand One”。

我开始相信这一切并非出于巧合。

现在轮到我靠谱了。

作为一个正统理工科出身的IT民工，如果我无法用严密的逻辑从王守仁的叙述中找出破绽，并把他一举击溃，我就对不起大学里面那重修的六门课以及两千四百块钱。

“说说看，王外星人，你们的技术发展到什么水平了？”我把玩着他的名片，想诱使他露出马脚。

王守仁微微一笑，似乎看穿了我的心机。

“就像之前我所说的，摩尔探测技术在我们的科技发展史上扮演着重要的角色，就像一根隐而不露的线索，总是在关键时刻把我们指引至全新的方向。我们知识的最高水平，应该集中体现在对大脑、知觉和主观世界的认识上……

那位女科学家，你们可以把她想成居里夫人。她用实验证明了摩尔记忆理论的正确性，也将大量的资源引入这一领域的研究。相关科技在提升了整个社会智力水平和运行效率的同时，也成为哲学和心理学上的新起点……

人们更聪明地调控自己的情绪和预期，因此他们活得更快乐、更满足；罪犯被当作心理疾病患者对待，通过有效的药物和心理调控根除他们的潜在动机；学校里，阅读他人的心理状态并以最有效的方式进行沟通成为基础教育的一部分；哲学上发展出一套高度复杂的理论体系，用以界定实在（指客观世界）和虚在（指主观世界）以及彼此间的转化关系，感官被定义为一个接触二者的界面，各种符号和方程式相继诞生，帮助人们理解其中的深义。但父亲说，真正理解这一切的人不会超过七个人，正如你们的相对论或者量子物理……”

“且慢！”我打断了他的话，“既然你们对主客观世界的认识水平这么高，为何还为神保留着这么重要的位置，这不符合逻辑。”

“这得从头说起。由于星体位置及地质条件的特殊性，我们星球大陆板块的构造及运动特征极有利于植物与动物化石成煤和成油。所以，一方面是能源储备的极大丰富，另一方面是我们没有发现足够的化石证据来支撑并发展类似于进化论的理论。神创论在我们那个世界占据主导地位。我们也有各种创世神话，也有类似教堂的公共建筑，也有烦琐的教规礼节。不同的是，科技在宗教变革中扮演着更为重要的角色。”

我回忆起在他说到宗教争端时，的确说过他们那地方不缺油，这又提醒了我另外一件事情。

“如果化石能源极大丰富的话，我猜你们没什么机会发展原子能或者其他高效率能源吧？”

“的确如此。”他回答之前似乎迟疑了一下。

“如果摩尔探测器在你们历史上如此强势的话，你们也没什么机会研发其他的勘测定位技术吧，尤其是对外层空间。”

“是的……”

“既然这样的话，”我深吸了一口气，觉得自己已经胜券在握了，“请问你们是怎样在茫茫宇宙中找到了太阳的位置，并且跨越光年来到这里的呢？”

他陷入了沉默。Bingo！得分！我的兴奋溢于言表，这种满足感远远超过了解决一个系统bug。我通过智力手段把一个有血有肉的，呃，外星人击倒，足以证明我的逻辑课没有白学，我的重修费没有白交。

“是，直到我离开之前，我们都没有发展出足以进行星际航行的技术，能源是一个大问题，很讽刺对吧？在一个能源充沛的世界里，居然会因此遭遇瓶颈，这也许就是世间万事万物的绝妙平衡。但当我们灰心丧气以为走入死胡同时，神却向我们敞开了另一扇门。它让我们知道，我们并不孤单。”

“什么？”我猜自己脸上的表情只能用震惊来形容。

“我们找到了兄弟，或者说，他们找到了我们。”

“你是说，还有另外的外星人？”Glico脸上的表情就像个做着梦的白痴。

“是的。我还清楚地记得那历史性的一刻，父亲搂着我的肩膀，站在社区的广场上。那天有点冷，空气里有一股铁锈的味道，许多人在激动地流着眼泪或虔诚祷告。但父亲没有，他总是把自己的情绪隐藏得很好，仅仅是手臂上传来微微的颤抖……”

王守仁突然煽情起来，他目光游离着，像是回忆着遥远的往事。我不得不承认，他是个了不起的说书人。

“爆炸性的新闻标题是递进式的：外星人来了，他们是我们的兄弟。这个‘兄弟’并非外交辞令或者带着政治意味，而是从生物学上证明了我们和他们之间的同源关系。不仅如此，尽管他们发展出了先进的空间跳跃技术，但找到我们的方式，竟与我们找到新神‘曼’的方式如出一辙。”

“你是说……摩尔探测器？”木章也按捺不住了。

“也许名字不一样，但原理，完全一致。历史学家开始重新审视摩尔探测器的原初理论。符合逻辑的推理是这样的，创造者在宇宙间符合条件的行星播撒下同一模板的生命，它的原则是以最低限度的干涉，让文明得到最自由的发展，唯一给出的便是造物可以探寻自身，进而探寻其他同胞文明的钥匙——摩尔探测的内在机制。这种机制从一开始便被设计好了。这是神的实验，一场宇宙间的试炼。”

“这听起来像是宇宙间的连连看……”不用猜，这句话只能出自Glico之口。

“为了便于你理解，你可以这样想。”王守仁笑了笑。

我一直观察着他讲述这一切时的表情，平静、自然还有淡淡的感伤，像一个活了许多世纪的老人。如果是他编造了这一切，那未免有点过于费尽心机，演技过分精湛了。何况，对我们说出这个故事的意义何在呢？仅仅是为了从枪口下活命吗？

“如果你说的一切都是真的，那么，你们来到这里的目的就是寻找创造者，可这似乎跟我们所看到的……技术贩子的行为不太相符吧？”我说出了我的疑问。

王守仁笑了，露出两排大白牙，似乎听到了一个天大的笑话。

“太像了，甚至连逻辑思维的方式都太相似了。现在我更加确定这是神的旨意了。这一切都是神的大计划……”

我注意到，自从我们踏入这房间以来，墙上的钟已经走过二又四分之一圈。所有的东西都脱离了原先的计划，我们彻底失控了，没有什么是靠谱的。

也许，只有眼前的这个外星人是靠谱的。

“我们的兄弟带来了震撼人心的新技术，同时，他们也从这里学到了许多关于内在世界的知识。两种文明的交融和碰撞并没有像之前想象的那般残忍、可怕，我猜，这里面有幸运的成分。类似的文明发展阶段与存在观、互补的技术优势，也有必然的关联，这是一种根源上的同胞情节。

我们达成共识，携手将神的旨意贯彻下去，继续沿着这条跨越光年与岁月的线索，寻找其他神的孩子，或许有一天，我们将会一起荣归它的怀抱。一种太空奥德赛情结，你可以这样说。”

“喀。喀。”从木章的方向传来两声脆响，他用枪管敲了敲桌面，似乎在提醒所有人，局势现在仍然掌控在自己手里。他的表情已经恢复了平静，只是显得有些迷惘，似乎也陷在这个超现实的故事里面，一时半会拔不出来。

“为了你们的神，”木章眼神空洞地晃着枪，说，“却害死了我的父亲。”

王守仁像踩了刹车，突然停下了他的布道。他似乎才意识到自己仍然命悬一线。

“我的父亲就死在这颗星球上，像你父亲一样，死于摩尔探测器。在被选中的时候，父亲告诉我，这是偶然，也是必然。在短暂的有生之年，能够受到神的感召，去见证它的伟大，这是宇宙间最大的幸福。我相信他说的每字每句，一如既往。但我从来没有想过他也会有死去的一天。”

"你有没有想过，也许神错了。"Glico突然蹦出一句十分深刻的话。

"我不知道，我不知道……"王守仁的语气变得不确定起来。"我们遵从着神的指示来到这里，小心翼翼地不直接介入你们的世界。我们观察，并且研究。

你们和我们一样，都是同一种造物，来自同一位造物主。不同的是，我们走过了不一样的发展轨迹，摩尔探测器的技术在你们的历史中如草蛇灰线般存在着，但大多数时候，被当成一种巫术、魔法或者非理性的边缘知识。我们看到了你们面临的困境：能源枯竭、环境恶化、脆弱的金融体系、复杂的国际关系、民族仇恨、人心迷失……我们希望伸出援手。但从神的原则出发，必须尽量避免直接干涉你们的历史进程。"

"为什么？"我表示不解。

"如果我们现身，告诉你们一切，后果是可以预料到的。旧有的将崩塌，而新的未必能建立。想想那部关于末日的电影带来的骚乱。"

我明白也许他是对的。

"我们尝试着让摩尔探测器重新进入你们的视野，因为只有这样，神的旅程才能继续下去，哪怕花上数百年、数千年。通过分析你们的行为模式，我们认为利益才是你们传报佳音的源动力，无论在人群中、公司间，还是国家与国家的博弈。只有利益，能让信息传承、生长、渗透进你们文明的肌体，并逐步逼近我们的终极目的。"

"利益也会害死人。"我冷冷地抛出一句，瓦斯爆炸案就是最好的例子。

"是的，我们为此付出了许多代价。我的父亲……在一次谈判中遭到袭击，政府武装夺走了机器，也夺走了他的生命。我甚至没能要回一具完整的尸体。所以，我很理解你，木章，那种怀疑一切，痛恨世界的情绪也曾在那么一瞬掳获我的心智，我甚至怀疑自己做的这一切是否有价值，怀疑这样的文明是否存在被拯救的必要。但相信我，一切都会好起来的。”

木章眼神中闪过一丝愕然，但随即又黯淡了下来，他说：“可这并不能改变什么。”

“不，这的确改变了什么。你让我再次领会了神的旨意，让我回忆起了对父亲的爱，那些使我不同于所有人的回忆，宇宙间独一无二的珍宝，在那一瞬间又回到我的眼前，充满了我的心脏。那些回忆，我相信同样会永远存在于你的世界里。”

木章的眼眶开始泛红，然后有点点亮光闪动，他像是突然卸下了所有重负，瘫倒在椅子上，软绵绵地问王守仁：“你恨我们吗？”

王守仁低头沉思了片刻，并没有正面回答这个问题。

“我们是兄弟，我们有着同样的情感和弱点，我们有着同样的愤怒和悲伤。每个人都会有年轻幼稚的阶段，胡闹过，叛逆过。尽管道路千万条，但目的地只有一个，长大，回到兄弟姐妹中间，回到父母的身边。而兄弟不就是要互相扶持的吗？”

那确实是一个漫长而怪异的夜晚，时间像是被凝固在故事里。

我还记得王守仁最后的动作，他庞大的身躯像一座碑石般立在我们面前，双手捧着摩尔探测器，向前递出。

“这只是一个故事，相信你们不会透露给别人，尤其在这个国家里，别人会以为你们是疯子，或者更糟，以为你们是个科幻小说家。希望你们带着这台机器离开，将其作为我个人的一点微不足道的补偿，然后去做一些力所能及的事情，从了解自己开始……”

我无法用语言描述当时的感受，相信木章和Glico也一样。我们的脑子里、心里，被一种混乱而莫名的情绪占据着，被这个宏伟而沉重的故事触动着。我们在真实和虚构之间摇摆不定。王守仁的眼睛闪着奇异的光，他的微笑有一种莫名的感染力，让你不由得沉浸其中，像身处于一场肃穆的宗教仪式，丧失了所有的判断力。

“也许我们都等不到那一天，但至少我们要相信，一定会有那么一天，人类可以摒弃种族、宗教、语言、阶级、贫富等等一切的差异和隔阂，携手寻找一个共同的目标——我们的造物主。”

我已经记不清当时是如何从他手里接过摩尔探测器，又是怎么拖着木章和Glico一路跌跌撞撞地跑出办公室，下电梯，离开银科大厦的。我想，我们都想从一些东西中逃离出来。

某种程度上，我更愿意相信王守仁的故事都是编造的，摩尔探测器也是假的，而我们只是一群乌合之众，为了狗、父亲或者几个臭钱，干出一些不入流的荒唐事。但从那个晚上之后，我发现自己已经没有办法这样假装下去了。

摩尔探测器没被卖掉，这成为我们三个不定期聚会的借口，我们试试这个，测测那个，有时奏效，大多时候不灵，然后我就会嚷嚷着还不如卖几个钱花花呢。但没人当真。我找了一份新的工作，Glico重新养了一条金毛，至于木章，据说那个经常开车送他的男人会成为他的新爸爸，不过我猜在这件事情上他没什么发言权。

我们很少提起那天晚上的事情，仿佛那是一个心照不宣的秘密。但我们时不时的，会在新闻里关注一下相关的报道，看起来王老板的生意发展得不错。

每当我被工作或者生活折磨得苦恼不堪时，我就会巨细无遗地回忆起那个晚上的事情，那昏暗的光线、晚霞、玻璃幕墙的折射、没有设计感的钟、写字台、鹅卵石做的烟灰缸、椅子在地板上摩擦出的刺响、那把仿真枪、另一把枪、那个高大的光头男人和他的故事。一切都真切得那么不真实。

然后，我会突然感到自己触到了一些东西，一些超越了眼前琐碎生活的东西，一些无限大、无限远、无限古老的东西，一些虚无缥缈但让人感觉到希望和温暖的东西。

于是，真假也就变得不那么重要了。

至于木章的DV，他说，不知道为什么，录下来的只有一堆噪点和杂音。我和Glico对视了一眼，心照不宣地笑了。

也许，故事本来就该这样结束。

无尽的告别

我还清楚地记得那个早上，丽达从被窝里翻过身，看着我在镜前系领带，她的眼神有点迷茫。

“怎么？”

“我做了个梦。”她迟疑着，寻找着合适的表达方式，肩部漂亮的弧线在晨光中闪烁。

“我梦见你要离开我。”

我笑了，但又马上收住。我正了正领带，坐到床边，俯身给她一个深吻。

“我永远，永远不会离开你，除非我死了。”

她的表情告诉我，那正是梦里出现的景象。我当时告诉自己，梦总是反的。

丽达的梦没有成真，但事实上，比那要糟得多。

事情发生得毫无预兆。一阵疼痛突然攫住我脑子里的某个部分，我像是咽下了一大口冰激凌，像被没剪指甲的利爪，钳住，松开，然后再更用力地钳住。财务报表从我手里滑脱，白花花地散了一地。安关切地问我有没有事。“没事。”我敷衍着回答然后蹲下身拣起那些纸片。

我打算上楼把它交给老板。在爬楼梯的过程中，我觉察到身体肌肉机械而僵硬。我尽量缓慢地踩上每一级台阶，同时抓紧扶手，但在此过程中，我似乎正从身体以外观察着自己，那不是我的身体，而是某一个长得跟我一模一样的人形傀儡。

那个傀儡把材料交给了老板，然后把自己关进了厕所的隔间，以为这样就能缓过来。

头疼得更剧烈了。然后像是一瞬间，整个世界开启了静音模式，所有细微而嘈杂的声响都不见了，我能听到的所有声音只是心底的自言自语。没事的，很快就会没事的。

自我安慰失效，情况变得越来越糟。我感觉不到身体的边界，像是与这厕所隔间的合板墙壁融为一体。我在膨胀，不停地膨胀，变得无比巨大，仿佛占据了整个3.5米高的空间，甚至溢出这座建筑，向着宇宙深处进发。

我试图站起来，却发现双腿根本不听使唤。我哆哆嗦嗦地掏出手机，手指却僵硬地无法握紧它。

好不容易打开拨号界面，我发现自己竟然无法读懂那些名字，那些本应熟悉的名字，此刻却像一堆堆乱码，让人毫无头绪。我无法控制住自己的恐慌。干！我这是怎么了！

我努力使自己冷静下来。我无法认出那些文字，但能记住那些颜色和形状，知道哪个按键代表最近通话记录。上一个接听电话是来自公司前台的包裹通知。

我按下按键，期待那个无比甜美的声音出现，拯救我的性命。

“呜呜？呜呜呜呜。”

听筒中传来类似于动物呜咽的吠声。

“救命！我在八层厕所，找人来救我！”

我不顾一切地大喊，可从我口中传出的，却是同样的呜呜声。我绝望了。我挥起僵硬的手臂，砸向隔间的门，期望有人能够听见。

门被砸开了，我由于用力过猛扑倒在地，感觉不到疼痛，只是宁静，超乎寻常的宁静，像是所有的压力与烦恼都离我远去，不复存在。有那么一刹那我竟然觉得这样也挺好。

终究有人发现躺在厕所地板上的我，如此狼狈的我。

我被抬上担架，送上救护车，推进急诊室。我能看到穿着白大褂的医生和护士在我身上忙活着，巨大的无影灯吞噬了我的最后一点意识。

我闪过的最后一个念头是，丽达。

我还活着，某种意义上。

我的身体无法动弹，但还有知觉。脑子不太疼了，但它似乎浸透在一片噪音的海洋中，无法分辨哪些是有用的信息。我无法控制舌头和声带，能眨眼，能看见一个女人跪在我的床头，握着我麻木的右手，她的眼睛里有液体在滚动，她仿佛在说些什么。

我花了五分钟来回忆这个女人，这个从5岁起就进入我生命的女人，丽达，我的爱。

医生和护士出现了，他们给我来了一针，噪音消失了。

“晓初！你觉得怎么样？”那是丽达带着哭腔的声音。

我的喉咙一阵发紧。

“王先生，非常抱歉，接下来我要告诉你的，可能不是什么好消息，你要做好心理准备。”

说话的医生拿出一个平板显示屏，上面出现了一个大脑的形状，被分隔成不同颜色，中间出现了一个红点，红点正慢慢扩散到邻近的区域。那是我失灵的大脑。

“由于突发性的血管破裂，导致你的基底动脉脑桥分支双侧闭塞，双侧皮质脑束与皮质脊髓束均被阻断，外展神经核以下运动性传出神经功能丧失。你的意识清楚，但身体不能动，不能说话；你的眼球可以上下转动，不能左右转动。”

我试了试，果然如此。

“这不是那该死的《潜水钟与蝴蝶》吗？”

“闭锁综合征。类似，可还不完全一样。”

“你怎么知道我在想什么？”

医生指了指旁边。

“你不知道我脑袋动不了吗？”

“对不起，我忘了。现在的技术已经不需要患者靠眨眼运动来逐个拼写单词了。我们可以根据你的语言中枢神经电流合成信息流，当然，也可以人工合成语音，只要你不觉得别扭。”

“我想我需要时间适应适应，你刚才说什么不完全一样。”

“现在才是真正的坏消息。由于某种非常罕见的原因，你的大脑外围皮质功能正在逐步丧失；你的知觉会一个个地被关闭，首先是嗅觉，最后是触觉；你的意识会渐渐模糊，直到进入昏迷状态。”

“植物人？”

“很遗憾，你说的没错。”医生深深吸了一口气。丽达的脸背了过去，显然她早已知道这个事实。

“我还有多长时间？没有任何办法了吗？”

“根据你的情况，我们推测你还有一到两周的时间，办法嘛，倒是有，不过需要冒很大的风险进行开颅手术，而且根据你的保险记录……”

“而且什么？”我突然醒悟过来，“而且很贵对吗？”

我很清楚我们没有钱，没有那么多钱，我没有，我父母没有，丽达更没有。可如果我作为植物人活下来，花费将是个无底洞，我会拖垮他们的此生。事情本不该如此，至少不该来得这么快。

“我可以死吗，医生？”

“不！”丽达愤怒地拽着我的病人服，“我不许你死，王晓初！

不许！”

“很抱歉，安乐死目前在我国是违法的。”

“求你了。解脱我们吧。”

医生摇摇头，离开了房间。

“让我死吧。让我死吧。让我死吧让我死吧让我死吧让我死吧让我死吧让我死吧让我死吧让我死吧让我死吧让我死吧让我死吧让我死……”

丽达捂住嘴逃出了病房。我终于理解他们不启用语音合成装置的良苦用心了。

那些军人来的时候，我正在进餐。

由于吞咽肌已不受控制，我只能通过食道直接吸入流质。我的味蕾也已不起作用了，不过用想象力为那些黏稠的物体赋予美味，这确实是件有难度的事情。今天是宫保鸡丁和葱爆羊肉，我津津有味地含着那根塑胶管。

来了三个人，中间那位明显是头儿，他嘴上叼着一根烟。

“请不要在病房抽烟。”丽达毫不客气。

“没关系，我想几位长官也不会大老远跑到这儿来过烟瘾。”他们觉得我的精神状态已经趋于稳定了，于是为我开启了语音合成功能，采用的是一位中年男播音员的波形，以至于每次说话时我总以为谁家打开了新闻联播。

定制自己的波形也是可以的，只是很贵。

他们出示了证件，并要求丽达回避，因为“以下谈话涉及高度军事机密”。

丽达不放心地看了我一眼，我翻了个白眼表示“没事的，去吧”。

两名低阶军官随同她一起退出了房间。

他并没有做自我介绍，似乎觉得没这个必要，也许是军人开门见山的习惯。

“答应我们的条件，你或许还能活下去，我是说像个人一样有尊严地活下去。”

“什么条件。”

“三周之前，我们的‘哪吒号’科考潜艇在菲律宾海沟上方放出无人侦测器，对约10375米深的沟底进行钻探取样，恰好遇上俯冲板块运动所引发的浅源地震喷发，于是对喷射物质也进行了采集。我们在其中发现了某种未知的蠕虫类生物，由于未及时进行增压保护，它一直处于类休眠的防御状态，也可能是命不久矣。但是……”

他停顿了片刻，似乎又在脑子里做着选择题，这回他觉得有必要让我知情。

“我们从中发现了智慧迹象，某种有规律的神经信号传递，某种意识拓扑结构。”

他看起来不像是个爱讲笑话的人。我努力思考着这重大发现与我可能存在的联系。

“所以，我们首先从地内而不是地外发现了人类之外的智慧生命？”

“我只能说，一切都是未知数。”

“你们要我做什么？”

“我们要你作为人类的大使与它进行交流。”

在意识里，我不怀好意地大笑着，但从表面上看来，我仅仅是冷静地翻滚了两下眼球。

“为什么是我？怎么交流？作为一个植物人？”

作为一个军人，他极好地控制着自己的语调，似乎早有准备。他说出了一个我早有耳闻却不明究竟的词：“开窍计划”。我最早得知这个计划还是通过一道高考试题的阅读材料。科学家们希望通过对脑神经活动的编码与转换实现电信号的输入和输出，真正成功制造出脑机接口。那道题我答得很烂。

脑机接口从来没有实现。

而照那位军官的说法，我们实现了更有意义的技术，超越语言基础的个体底层意识的“融合”。不同语言之间存在不可通约性，比如英语的“sweet”和汉语的“甜”是否指的是同一种味觉刺激，无从知晓；但对于同一种物质，比如“糖”，所引发的神经冲动拓扑模式，却可以划归为一类。

“开窍”可分为“出窍”与“入窍”。当A的意识被完全模制到B的意识中时，A所感知与理解的世界，便是B所感知与理解的世界。这完全超越了语言与文化的隔阂，实现了本体论意义上的“融合”。

这项技术最初是在冷战中用来对战俘进行情报侦查的。

“别问我具体怎么实现的，我不是那些疯子。”

“可为什么是我？”

“你以为你是第一选择吗？哈！我们已经烧坏三个灯泡了。”军官眨眨眼睛。

他们不知道人类大脑与蠕虫大脑是否具备可融合性，他们只是假设二者既然存在于同一个行星上，便具有一定程度的同源性。很显然，他们的考虑欠周全。人类大脑通过左右半球对信息进行分工处理，而蠕虫似乎并没有这项设置，它的全脑模式瞬间烧坏了三名精英的脑桥和胼胝体。

而我的脑桥原本就是失效的，你没法烧掉一个原本就坏的灯泡。

“你没有任何损失，之后我们会付你的手术费。万一，我是说万一手术失败的话，我答应你，不会让你的家人受罪。”

我自然明白他话里的意思。

“我需要做什么？”

“家属签字。”他从文件袋里取出一叠纸。

我想我别无选择。

我被换到了特护病房，每天有警卫站岗的那种。据说原本应该把我空运到某个绝密的封闭军事基地，但考虑到我随时可能崩溃的大脑，几经周折，上级终于同意将实验地点挪到我所在医院。自然，这家医院同时进入了高度戒严状态。

视力下降得很厉害，精致的丽达在我眼中变成边缘粗糙的像素块。她不知疲倦地按摩着我的全身，似乎如此就能延缓我丧失意识的进程。可惜收效甚微。

那个吴姓军官花了不少力气说服丽达在协议书上签字。

他向她解释为何现在不动手术，如果现在把我脑中淤积的血块取出，我很可能在“融合”的过程中我就会像之前三件牺牲品一样，因神经联结被冲击垮断，提前变成植物人。所以，必须在执行完任务之后，在颅内压升高到极限之前，进行开颅手术。

“为什么必须执行那项任务。”丽达近乎幼稚地质问。

“女士，我们不是慈善机构，您的丈夫也不是……”他很识趣地把后半句吞了回去。

我凝视着丽达，希望能把每一个像素都刻入失灵的大脑沟回里。我看得如此用力，以至于眼睑开始抽搐，泪水无法控制地溢出。

她签下了名字。

军官没有告诉她的是，我有极大的可能会在任务过程中突然神经退化，产生认知障碍，加速记忆缺失，也就是早发性阿兹海默病。如果发生那种情况，她将会得到保险额度之外的一大笔钱作为补偿。这些写在补充条款里的内容，我想还是不要让丽达知道的好。

我想我是个自私的人。

身体在移动，光线从眼帘上掠过，有人紧紧地握着我的手，指甲嵌入肉里，似乎要长进我的体内。我知道那是丽达，几股强力将她拽开，指甲在皮肤上划出一道长长的痕迹，我竟然还能感觉到痛。

这痛或许便是我与她在这世间仅有的最后一丝联系。

门关上了。注射，插管，电极，头盔，倒计时。

我漂浮了起来，像是天线突然被扳正了方向，所有的感官澄澈锐利远胜以往。我面对面看着自己赤裸的肉体，以及并排着的那个密闭金属箱。这不是真的。这只是大脑产生出来的离体幻觉。我还好好地在自己的躯壳里，等待着那场荒诞的实验。

有那么一瞬间，我竟然产生了挣脱困局去寻找丽达的念头。然后一股强大的吸力袭来，我急速缩小，穿透那个金属箱以及数个夹层。我看到了它，那么脆弱，那么渺小，像一堆胡乱凝结成型的白色灰烬，无法分辨哪端是头部，哪端是排泄孔。我进入了它。

那个我所熟悉的世界永远消失了。

人类语言已无法表述我的状态。

我无法看见，却不是黑暗；无法听见，却不是寂静。似乎除了触觉之外的其他感官都被悉数剥夺了，无法遏制的恐惧如潮水般冲击着我的理智，我开始明白为何前面三个人会丧失意志。一切都在混沌之中，感受陌生而强烈，甚至比五官健全时还要丰富敏感，但是你无从把握其含义，所有与信息对应的意义都断裂了，留下的只是刺激本身。

最初的狂乱之后，恐慌逐滴消退，这是否就是我那颗残缺大脑的禀赋？

我醒悟，这便是它所感受到的世界。

它移动了起来，一种体积感占据了意识中心，温暖的流体标记出前进的方向，体下传来细腻的颗粒摩擦感，甚至能觉察地面微小的纹路与振动。尽管只有触觉，但其细腻的层次感竟丝毫不逊于人类的五感，我能体会到自己的意识与它缓慢磨合、对接、融入。事情的进展比想象中快了许多。现在，我能借助纤毛的颤动掌握周围空间的大致情况，但始终无法掌握躯体的对应部位。没有四肢，没有前胸后背，没有头部，也没有脊柱，只有一种模糊不清的整体感。

残存的人类理智告诉我，这是在数十公里深的洋底岩层中，没有光，也没有空气。所谓的食物也许就是厌氧嗜热的微生物，拓扑融入帮助我适应了极大的压强，可存在本身并不体现任何的文明或智慧，它只是就这样发生了。

它向前移动着。我探知这是一条粗浅的沟道，有着预定的方向，每隔一段距离会有分岔口，地面的凸起会有些微的差异，然后它会选择某个方向，继续前进。

我假设这是某种道路系统。

那么它是有意识地选择目的地，它要去哪里？它是否意识到我的存在？我们为何会从医院的手术室来到这里？我毫无头绪。

它来到一块稍微空旷的区域，身体的某部分延伸出去，在一根棍状物上摩擦着。我能感受到其上细微的颤动被吸收到体内，同时带来一种欣快感。我猜这是用餐环节。

纤毛觉察到附近有另一个个体在缓慢靠近。它们身体的某一部分相互贴合，如同双手紧握，接触面上有复杂的褶皱，之后一种熟悉感传来。我想它们互相认识，那褶皱或许便是姓名。

它们似乎在交谈，接触面上浮现各种隆起、颗粒与纹路，又迅速地褪去，如同一场潮汐在瞬息间反复冲刷着岸边自动增殖的沙堡。在一阵密集交流后，双方都恢复了平静。

然后我感到了忧虑，从栖居的这具躯体中传来的深深忧虑。

科学家们对了，科学家们又错了。

我与它的感官相连，共享大脑皮层最基础的刺激与反应，甚至，一些情感的波澜。但我无法理解抽象的概念，我无法体会那些超越了感官层面的思考与涌动。没有哲学，没有宗教，没有道德，只有世界的表象。

我像个附身的幽灵，飘荡在这无解的世界。更绝望的是，作为人类的自我意识在渐渐模糊、变淡，我的时间无多了。

唯一的救命稻草，也许只有回忆本身。

在我忘记丽达之前。

我和丽达，是不被祝福的一对。

五岁那年，我们曾有过短暂的相遇，那是在一家儿童医院的走廊里。我们被各自的母亲拽着，迎面擦身而过。我记得那股淡淡的牛奶味儿，在刺鼻的消毒水气息中稍纵即逝；我记得那晨光中蛋青色的墙壁；我记得她的栗色头发和苍白肤色。我记得，并坚信，我们会有再次重逢的一天。

那一天，医生告诉我母亲，由于某种先天性基因缺陷，我患上阿兹海默病的概率是83.17%。

当时的我，对于这种平均发病年龄在六十五岁的疾病一无所知，我只知道，在头发脱落、牙齿松动之后，会有很严重的事情发生。就像在路牌标志上前方一百米处有陷阱，可你并没有别的路可走，而你在这条道路上所遇到的崎岖也不会因此有半分减免。

上天是公平的，母亲总这样教导我，我信了。

她给了我一个快乐而漫长得似乎永远不会完结的童年。据说小孩子觉得度日如年，是因为大脑中存储的记忆长度还很短，因此每一天体验所占的比例高。而随着年岁渐长，每二十四小时所经历的信息刺激在记忆中的比重逐渐下降，于是光阴似箭，于是岁月蹉跎。

在我的脑海里，始终存在着一个六十五岁的时间点。我近乎病态地纠结于这中间约六十年，也就是21915天的距离，像个明知道自己会在终点线前摔倒的马拉松选手，却不得不去胆战心惊地迈开每一步。

有时候，我宁愿陷阱就设在离起跑线不远处。

你永远不会懂得那种感觉，没人懂得。

我们重逢在大学入学前的体检，在另一家医院。世间果然有些东西超越了理性和时间。在十年之后，我们一眼就认出了彼此，宛如上天的奇妙旨意。我看着她不变的栗色头发和苍白肤色，只知道笑。她已经出落成一个足以让人心跳失速的漂亮女孩。

那是一段疯狂而刻骨铭心的时光，像所有的年轻人一样，我们彼此相爱又彼此折磨。每次在激情顶点丽达总会问我，“你会娶我吗？”而我总是保持沉默或岔开话题。我不能让她知道我有多么无法遏制地想要拥有她，我不能把一颗定时炸弹绑在她的人生上。

这种折磨持续了四年之久，几乎抵消了哲学专业带给我的所有快乐。

毕业典礼那一天，她穿着学士服，走到我面前，神情出奇地严肃。

她说：“我再最后问你一次，你会娶我吗？”

我知道她面临着选择，申请出国或者留下来。看起来她的决定取决于我的答案。

上天真的是公平的吗？我的心在痛苦地嘶吼，却不得不努力维持表面的平静。

我深深吸了口气，闭上眼睛，摇了摇头。我做好了一切心理准备，她可以打我骂我，甚至一语不发转身就走，从此消失在我的生命里，哪怕我为此抱憾终身。

我竟然那么坚定地笃信那是为了她好。

我睁开眼睛，一张检验单几乎贴在我脸上。

“是因为这个吗？”她颤抖着说。

那是我5岁那年的基因检验单，可为什么会在丽达的手里。

“我去了你家，跟你妈聊了很久。”她的眼泪掉了下来。

我咬咬牙，说：“你能想象有一天一觉醒来，我看着你，却认不出来，甚至连之前的所有记忆都完全丧失吗？我爱你，所以我不能害你。”

另一张检验单出现在我眼前。

“王晓初，这样能扯平吗？”她几乎是喊了出来。

我呆住了，看着另一张单子上熟悉的英文缩写和数字，她竟然和我一样，患有那种罕见的先天性基因缺陷。

上天是公平的，以你意想不到的方式。

除了拥抱，除了亲吻，我想我别无选择。

从那天起，两枚“炸弹”被紧紧地捆在了一起。我们甚至开玩笑，打赌谁的脑子会先出问题，另外一人就必须拿保险赔付去帮他或她实现人生愿望。愿望被各自写在纸上，封装到瓶子里，埋在某个花盆的泥土下。

我们以为还有很多时间，我们从来不互相告别，哪怕道声晚安。

人生充满了不连续的单独概率事件，我们忘记了每一天都可能是最后一天。

那是一种熟悉的感觉，如同丽达的手掌滑过我的身体，但要缓慢上千倍。你能感觉那种微弱的酥麻一寸寸地移动，从表面，到内里，沿着一条既定的轨道匀速前进，抵达某个终点，又以同样的速率回到起点。

开始我以为那是思念造成的错觉，直到两个循环之后，我才醒悟。

这是它的时间感。

如同从丹田出发，经会阴，过肛门，沿脊椎三关，到头顶，再由两耳颊分道而下，会至舌尖，沿胸腹正中下还丹田的一个小周天。

一个周天便是地球自转一周，一个昼夜。

我猜想那是类似鸽子辨识方向的功能结构，能够感应地磁场与重力的变化，毕竟这是在地球表面之下十数公里的深渊，地磁感强度会明显得多。

这是一种奇妙的感觉，我从未想过时间能够以肉体的方式进行标识。我努力地将沿途的敏感点与人体部位虚拟对应起来，哪怕不那么确切，却可以帮助我掌握时间。我将额头当作零点，四点时到锁骨，六点到胃，八点到脐，十二点到肛门，然后再反方向运行。

我用身体建起一座钟楼，却带来了意想不到的副作用。

以前只知道味觉与嗅觉能触发回忆，但当其他知觉被悉数剥夺之后，代偿作用强化下的触觉竟与记忆产生了如此隐秘而强烈的关联。

两点半走过我的下巴，恍惚间仿佛颠簸在父亲凉硬的单车后架，那是我幼儿园每天必经的旅途。

七点和十七点在幽门处，我在学校跑道上反复摔倒，膝盖在洒满煤渣的地面上磨出无数血肉模糊的伤口。

十一点前后五分，我在丽达的身体里不知疲倦地奋力冲撞，那是我俩的初夜。

找不到任何逻辑，似乎是随机布下的锚点，任意钩沉，但每当我到达记忆点时，那具蠕虫身躯的深处便会传来阵阵不安或骚动。我这才想起，我能感知到它所感知到的，反之亦然。

我们就像一枚硬币的两面，互为一体又永难相见。

我能感受到它的困惑与不解，它在竭力思索寻求答案。但是否这也是我自己的情绪折射，就像两面平行的镜子，源头无穷无尽。我开始明白所谓“融合”的含义，却陷入了更深的孤独的困局。

它似乎找到了方法。

某种知觉在迅速膨胀，其他感官蜷缩到次要的位置，那是触觉里的一个分支。我只能一一排除那些我所熟知的，不是形状、冷热、快慢、质地，像是整个躯体被包裹于一枚无比巨大的蛋黄。你能感到四面八方传来有节律的震颤，一种均匀的压力迟滞而坚定地迫近，仿佛有一只巨手捏着这枚鸡子，而它将无可避免地走向破碎。

世界便是这枚鸡子。

我被那种巨大的压迫感深深震慑了，同时也理解了它与时俱增的忧虑。这个个体到底在它的社会中扮演着什么角色？倘若用人类的眼光来看，会为世界末日忧心忡忡的无非几种人，科学家、哲人、疯子。

但愿它不是最后一种。

它在躯体上向我展示了一条触觉线路，似乎是由肌肉和皮肤的紧张感形成，看来它们对感官的控制已极尽精微。在体内形成的立体地图勾画出清晰的空间方位感，这是极其奇妙的感受。它用一个刺激点表明我们所在的位置，如果我理解得没错，我们正处于地壳岩层的隙洞中，而目的地是一个相对高点，接近以体表为象征物的上方岩壁，不是山峰，更像一座高塔。

它用一种略带战栗的敬畏感来描述那个高点。

我突然明白了，它是个住持、神父或阿訇，总而言之，是一个信徒，而高点便是它们社会中与神沟通祈祷之地。它需要神的启示，解答关于世界崩坏的预感，还有我，这个附在它身上的沉默幽灵。

那是一条漫漫长路，我不知道我的意识还能不能撑到终点。

像是感知了我的忧虑，它将那条线路拉直开来，比附到体表时间线上，大概是三个单位长度，也就是一天半的样子。我震惊于这种能够同时表达空间与时间的智慧语式，这是习惯于以声音与视觉沟通的人类所未曾掌握的技能。或许我还有机会。

我发现我已无法回忆起丽达的面孔，一些感觉的残片漂浮在意识中，却无法找到对应的感官去重现。我还能感受到她的体温、皮肤的触感、拥抱与亲吻的混合物、发梢拂过脸庞的瘙痒、湿润的气息、手臂上最后的一线疼痛。

我知道这些都将无法挽回地逐一消逝，甚至这个人，这个名字也会像水面的皱褶，平复如不曾存在过。

再漫长的历史，再强大的国家，再深刻的思想，都会在时间洪流中烟消云散，何况两段人生短暂的交叠。

可我甚至没来得及说再见。

它是对的，我能做的只有祈祷。

我知道这是个梦。这个梦曾无数次地出现。

起因是一个早晨，我如常般先起，洗漱之后在衣柜中挑拣。我看见穿衣镜中的丽达缓缓转过身，面向我，却是满脸的迷惘，然后，出乎意料地，她放声尖叫起来。我慌乱地扔下衣服，捧着她的面孔，问她哪里不舒服，可她口中却只是喃喃重复着三个字：

“你是谁？”

你是谁。你是谁！你是谁……

我心里一沉，闪过的只有那个病症的英文缩写，定时炸弹提前引爆了，而我们都还没做好准备。我绝望地拿起电话，近乎崩溃地抓着头发，却不知该向谁求助，仿佛自己是世间仅存的人类。这时穿衣镜中的丽达眼中闪过一丝狡黠的笑，从背后把我一把抱住。

我知道你不会离开我的。

我一触即发的愤怒却在这句话里融化无踪。此后，这个场景会时不时地在我的梦境里重播，不管我在入睡前与丽达多么缠绵多么亲密，但在梦中，所有的理智都被一句“你是谁”彻底击溃，然后放大了无数倍的绝望、悲伤与孤单慢慢没过胸口，直到我因呼吸困难而赫然惊醒。

但我从来没有告诉过她梦的内容。

没想到这竟是我在这个触感世界里唯一清晰的联觉记忆。

我学习着如何与它沟通，尽管仍然不得要领。对于它来说，这可能跟自言自语一样正常，但也可能像妖魔附体一般恐怖。感受着自己的身体不受控制地浮现各种凸起，伴随着莫名的情绪涌动，却不知其中含义，如果是人类，多半是要请个精神科大夫或者驱魔人的，而它却依旧保持冷静克制，至少给我的感觉如此。

沉默的时候，会从它身体深处传出持续的震颤，变幻着频率和模式，带着繁复的节奏和配合，然后便有一种宁静的愉悦弥漫全身。我猜那是它们的音乐。

我尝试着去体会那种共鸣腔的感觉，类似于坐在按摩浴缸中，让水流慢慢没过头顶。

世界的压力日趋增大，现在我的脑袋就是那枚鸡蛋，无形的逼迫感让人疼痛、恶心、艰于思考。我甚至怀疑自己会在这个世界崩坏之前先炸开。

我们还有大半天的行程。

打个不甚恰当的比喻，仿佛在一间黑屋中摸索前进，你对即将出现的事物一无所知，可能踢到椅子，撞到台灯，也可能迎面就是墙壁。在它的引导下，这个世界以怪异的方式展开。空间不可思议地在感官中变换着形状与相对关系，如同猫能以胡须测量宽度，它以纤毛的颤动勾勒出物体的尺度。

这是一座远比我想象中要庞大复杂的地下城市。它似乎按照地质条件，也就是岩面质地分成若干区域，有些区域的情绪是“鄙夷”，有些区域代表“尊敬”，有些是“畏惧”。我猜它们也存在着阶层之分。有一些功能性的区域，我无法理解其用途，它们似乎是运用重力和磁力进行某种表演，从而给身体紧密相连的“感众”带来愉悦感，同时达成某种精神上的趋同性。

蠕虫艺术家。我相信自己在意识中传出一阵大笑，因为它十分不适地调整了身体的姿势。

第一次经历蠕虫们的交合仪式时，我的存在给它造成了不少障碍。它们貌似是雌雄同体的物种，那种互相进入彼此身体的感觉让我不快。不仅如此，它们的个体意识也在互相融合，边缘模糊，以至于我像是个躲在暗处的偷窥者。对方感知到我的存在，犹豫着要退出这场仪式，我的宿主展开平和而强大的情绪场，抚平了对方的疑虑。

那只是我的第二人格。如果是我的话，我会这样解释。但它似乎给我赋予了更多神圣与崇敬的触感。

那是我此生最为诡异的体验，令人疯狂而眩晕。仿佛共用一颗大脑的连体婴，我感受到对方的温度、纹理和震颤，但同时也感受到来自自身的肌体刺激。我触摸着它，它又触摸着我；我包容它，它又包容我，这像是一个置于音箱前的麦克风，回输信号被无限循环放大，推向神经冲动的极限。

在那三位一体的迷醉中，我触摸到更为遥远、古老而宏大的存在，像是穿越了幽暗的岩层和数万米的海洋，穿透了大气与辽阔无际的星空，穿行于时间与空间交织而成的躯体，仿佛所有的感官都恢复了正常。但只有电光石火般的一瞬。

那个存在说，一切都会终结，一切终结都需要仪式。

我跌落回只有触觉的世界，我知道，仪式结束了。

随之而来巨大的空虚和失落远超过人类所能想象的极限。我们曾为一体，如今各自分离。这恍如躯壳悬于真空，割断了所有与外界的能量联系，一个感官的黑洞，无所依托，无法触及，没有意义，只是宇宙间一个孤独的物体。

就像梦中，丽达问出那三个字时我的感觉。

认识论基础课上教的都是错的。知觉并非中介，我们并不需要额外的知识和心理加工过程来理解感官知觉所传递的刺激信号，那将导致循环论证。知觉本身就是意义，通过能量模式直接作用于意识本身，帮助我们理解自身与世界的关系。

否则，我无法解释在我身上发生的这一切。

它似乎已经习惯了这种巨大的落差，情绪迅速地平复，然后继续前进。我猜测它们或许将永不再重逢，这个社会建立在流动之上，所有的个体都不曾停歇，也不愿留下踪迹。它们追寻着自己内心的触动，一直前进，并不在乎那些凝固的羁绊。

每次相遇都是无尽的告别，因而如此投入。

交合仪式在旅途中又进行了数次，每次都让我记忆中残留的人类经验更加苍白浅薄，无论是欢愉、和谐还是孤独。同时也坚定了我的想法，无论如何，我欠丽达一个告别，终结的仪式或是继续生活的开始。

我需要它的帮助，不是为了活下去，而是为了告别。

这是一条感官的隧道。我看不见，听不着，身体漂浮在知觉之海上，缓慢地穿越时间的尽头，而一生的记忆却凝缩在须臾之间，从摇篮到坟墓，只隔一朵浪花。

那些能量的波动纷乱至极，又简约至极，每次穿透都明确无误地传递出一个信息：我正在死去。

一如它正在死去。

旅途不断地发生畸变，仿佛被错乱剪辑的影片，时而反复跳回某个早已经过的岔口；时而逆向而行，那些本已熟悉的摩擦和空间又重回陌生；时而加速前进，飞快掠过道路、山坡或沟壑，触感随之变得浓缩密集，接连袭来浓重的喘息。

这是世界崩塌的前兆吗？

我那稀薄的意识突然醒悟。只有一种可能性，能完全解释这一切。

这趟旅途只是它的记忆回溯，仿佛濒死的人会看见生命快速重演。真实的它仍旧被囚禁在灰色金属箱中，渺小、脆弱、安静、如即将熄灭的余烬。

而我是中途强行上车的不速之客，给它带来困扰，尽管这种困扰只作用于回忆。真的仅是如此吗？

我已无法分辨哪种不安来源于世界即将毁灭的预感，哪种压力来自颅内压迫近极限的恐慌，我相信它也不能，或许是两种感觉的叠加效应？如果没有我的存在，它是否仍将义无反顾地奔赴接近神的高点，去祈祷、忏悔或者探寻这世界完结的真相?

在已知的时间线里，它的世界将被一场浅源地震所摧毁，而它将在接近地壳的高点随着喷射物质被人类机械掳获，难逃一劫。

而在回忆的时间线里，它将搭载着我逐滴消逝的意识，共赴毁灭。

我的预感，或是它传递的情绪告诉我，它将随它回忆中的母国一起死去，不再回来，这便是它最后的告别仪式，一场记忆之旅。

我是见证，亦是牺牲。它表达了深深的歉疚。

我别无选择。我替它配上台词，同时也是我的独白。

我明白的。

命运把我们抛掷到无法理解的境地，而我们所能做出的回应，无非一个姿态，一种仪式，体面地接受失败，而后鞠躬离场下台。

我似乎遗漏了什么重要的事情，却怎么也想不起来。意识就像生命力一样在世界的收缩震荡里变得稀薄离散，像风拂过水，留不下痕迹。

我们终于到达高点。

身体是静止的，可世界却像在疯狂旋转，所有的方位感消失殆尽，意识模糊，无法集中。我猜这是高点地磁场紊乱弱化的缘故。

开始只是水平旋转，然后垂直，最后是不定向的变轴旋转，仿佛苏菲教派的旋转舞，舞者右手朝天通神，左手指地通人，不停旋转至意识不清之时，便是与神最近之处。

没有我，没有它，也没有身体与世界的界限。野火在烧；鸟群拍翅离枝；巨鲸跃出海面，落下，卷起浪花和漩涡；雪花触及皮肤，滋滋融化。我没有眼睛，没有耳朵，没有鼻子，没有嘴巴，一切却栩栩如生到极致。我在蛋壳中，我在海中，我在铅与火的洗礼中，即将破碎。

我膨胀，溢出了蛋壳，溢出了海洋、天空以及万物的间隙，我便是万物。

在这场宏大的风暴中，有一根小小的细须，轻轻地从我的意识中抽离。在完全断裂的瞬间，它似乎有点不舍，粘起小小的凸起，重又放开，像是一次人类的握手。

我知道，这次将是永别。

蛋壳碎了，旋转减缓了，膨胀停止了，然后是猛烈、急速、无尽地收缩，如恒星坍塌、如地铁穿越隧道、如精子游入子宫、如浴缸拔掉塞子，像是要把万物都塞回某个渺小、脆弱、安静的容器中。这个过程如此漫长，以至于连时间都失去了弹性。

然后，我看见了光。

我还能记得这个早晨，睁开眼，丽达就在那里，冲我一笑，帮我起身，穿衣，洗漱。

我能走，走得不好。我能说话，说得也不好。医生说，这需要时间。

丽达带着我上街、逛公园、买菜，我假装对一切习以为常，熟视无睹，其实心里充满害怕。那些突然出现在马路拐角的铁皮家伙和刺耳的声响都让我心跳加速，我恨不得就地躺倒，再也不起来。但是丽达总是紧紧地攥着我的手，一刻也不放松，不管是过马路、等红灯还是在和小贩讨价还价……

我们一起回家，等着她把饭菜做好，吃饭，然后她会给我读会儿报纸，我多半听不明白外面到底发生了些什么事情，只是若无其事地点点头，假装明白，然后哆哆嗦嗦地滚回床上打个盹儿。

醒来的时候，她多半在花园里忙活着，浇花、松土、除草。午后的阳光是黄铜色的，打在事物上像是老照片的效果，我好像记起来些什么，又立马忘记了。

“你是谁啊？！”我大声说。

"丽达。"她没有抬头，继续手里的活计。

"那昨天那是谁啊？"

"也是丽达。前天、明天、后天、大后天、之后的每一天，都是丽达。"

我点点头，坐下。我一直以为每一天都是一个不同的女人，有着不同的名字。我的脑子不太好使，和我的膝盖一样。

"丽达……我以前也认识一个叫这名字的姑娘。"我像是说给她听，又像是说给自己听，"可她没你这么多皱纹。"

她停了下来，回头笑了笑，皱纹显得更多了。

"你还记得她的模样吗？"她问，鼻尖的汗珠闪烁着金光。

我使劲想了想，摇了摇头："我是怎么变成这个样子的？"

丽达拍拍手，站了起来说："你动了个大手术，昏迷了很多天，他们都以为你没救了，可你又醒了，带着这个姿势。"

她举起右手，拇指微屈，其余四指并拢，高于头顶。

"这是什么？"

"像是在说'你好'，又像是要道别，你说呢？"

我想了想，说："应该是'你好'吧。"

她笑了，说："我也是这么想的。"

"你好！"她使劲地挥了挥手。

虽然有点傻，但出于礼貌，我还是缓慢地举起了手，在黄铜色的阳光里摇了摇。光裹在手背上，暖洋洋的。

"你好，丽达。"

科幻文学群星榜 出版书目

序号	作者	书名
1	郑文光	侏罗纪
2	萧建亨	梦
3	刘兴诗	美洲来的哥伦布
4	童恩正	在时间的铅幕后面
5	张静	K 星寻父探险记
6	程嘉梓	古星图之谜
7	金涛	月光岛
8	王晋康	生死平衡
9	刘慈欣	纤维
10	潘家铮	子虚峡大坝兴亡记
11	韩松	青春的跌宕
12	星河	白令桥横
13	凌晨	猫
14	何夕	异域
15	杨鹏	校园三剑客
16	杨平	神经冒险
17	刘维佳	使命：拯救人类
18	潘海天	饿塔
19	拉拉	永不消逝的电波
20	赵海虹	月涌大江流
21	江波	自由战士
22	宝树	人人都爱查尔斯
23	罗隆翔	朕是猫
24	陈楸帆	动物观察者
25	张冉	灰城
26	梁清散	欢迎光临烤肉星
27	七月	撬动世界的人于此长眠
28	杨晚晴	天上的风
29	飞氘	讲故事的机器人
30	程婧波	第七种可能
31	万象峰年	点亮时间的人
32	长铗	674 号公路
33	迟卉	蛹唱
34	顾适	为了生命的诗与远方
35	陈茜	量产超人
36	刘洋	单孔衍射
37	双翅目	智能的面具
38	石黑曜	仿生屋
39	阿缺	收割童年
40	王诺诺	故乡明
41	孙望路	重燃
42	滕野	回归原点

科幻文学群星榜